KB082473

시골로 간 아줌마,

들뢰즈와 산책하다

시골로 간 아줌마, 들뢰즈와 산책하다

초판 1쇄 2021년 12월 20일
지은이 김연실 | **펴낸이** 송영화 | **펴낸곳** 굿위즈덤 | **총괄** 임종익
등록 제 2020-000123호 | **주소** 서울시 마포구 양화로 133 서교타워 711호
전화 02) 322-7803 | **팩스** 02) 6007-1845 | **이메일** gwbooks@hanmail.net

ISBN 979-11-91447-95-8 03810 | 값 15,000원

D E L E U Z E

시골로 간 아줌마,

들뢰즈와 산책하다

김연실 지음

굿위즈덤

찾고 싶었던 '나'는 없었다

차분한데 급하고, 논리적인데 감성적이고, 계획적인데 즉흥적이다. 한마디로 양극단을 왔다 갔다 하는 지극히 모순적인 인간형. 내가 생각해 오던 나의 모습이다. 고3 때 가장 믿고 의지했던 아버지가 갑작스런 사고로 돌아가셨다. 아버지 장례식에서 엄마에게 '성질이 독한 건지, 정이 없는 건지, 눈물 한 방울 흘리지도 않는 딸년'이라는 소리를 들으면서도 눈물이 나오지 않았다. 나에게서 어떤 중심이 쑥 빠져나가는 기분이었다. 아버지의 죽음이 곧 나의 죽음처럼 다가왔고, 그때부터 줄곧 같은 질문에 사로잡혔다. 나는 왜 살아 있는가? 나는 누구인가? 나는 왜 수많은 사람들 중 다른 누구도 아닌 바로 지금의 이런 나인가? 이런 질문들 속에서 20대를 보냈다. 제대로 된 해답은 찾지 못한 채, 죽지 않았으니 그냥 산다는 마음으로 되는 대로 살았다. 그래서인지 20대에는 내 성향이 극단적으로 드러났고, 갈팡질팡하는 내 모습에 실망했다. 남들과는 다른 특별한 '나'가 있을 것도 같았지만, 그렇다고 해서 특별히 다르게 살 만한 용기도 없었다. 다르게 살아보겠다고 튀어 나갔다가도 다시 제자리로 돌아오곤 했다. 내가 뭔가 다른 방식으로 살려고 할 때마다 엄마가 나에게 자주 하시던 말씀이 있다. 제주도 말로 '벨나게 허지 마랑 놈이 대동 허라.' 특별하게 살지 말고 그냥 평범하게 남들처럼 살라는 말이다. 가장의 역할을 하며 힘들게 살아가시는 엄마의 말씀을 거부할 수는 없었다. 남들 살 듯이 하루하루 그렇게 2, 30대를 보냈다. 가정을 꾸리고 아이를 낳고. 나와는 거리가 멀다고 생각했던 삶의 모습으로 나는 살아가고 있었다. 이렇게 그냥 살 수는 없었다. 도대체 어떻게 살고 싶은 건지, 어떻게 살아야 하는 건지, 나는 어떤 인간인지 알고 싶었다.

30대 중반쯤 '나'를 찾기 위해 심리학이며 정신분석학이며 공부하러 다녔지만, 그 길도 나의 길이 아니었다. 무엇이든 단정 짓고, 규정 짓는 방식에는 왠지 모를 저항감이 앞섰다. 40대가 되었고, 남편이 갑자기 암 판정을 받았다. 항암 치료를 하느라 6개월 남짓 병원을 드나들었다. 그러던 중 병에 대해, 몸에 대해 너무 모른다는 사실을 새삼 깨닫게 되었다. 너무 무지해서 의사 선생님에게 전적으로 의지하고 굽신거리고 있는 내 모습을 보았다. 몸에 대해 알고 싶어졌다. 의학에 관한 기본 지식이라도 있어야겠다 싶어 한의학 공부를 시작했다. 사주팔자, 음양오행, 64괘, 경맥, 혈자리, 병증, 약재 등 쉽지 않은 커리큘럼이었다. 내 사주가 물과 불의 조합이라는 사실도 그때 알았다. 양극단의 성질이 나오는 이유를 조금은 이해하게 되었다. 공부에 재미를 붙이기 시작했고, 젊은 시절부터 관심을 갖고 있었던 철학 공부까지 하게 되었다. 동양 철학, 서양 철학, 가리지 않고 얄팍하게 공부하기 시작했다. 철학이라고는 아직 기본도 모르는 상태에서 우연히 들뢰즈를 만났다. 아무것도 알아들을 수가 없는데 그냥 왠지 좋았다. 강도가 셌다. 내 안에서 뭔가 바람이 일기 시작했다. 나를 작동시키는 들뢰즈의 힘이 있었다. 내가 찾아 헤매던 답을 찾을지도 모른다는 생각이 들었다. 그때부터 나는 무턱대고 들뢰즈를 좋아하기 시작했다.

아무런 인연도 일면식도 없는 인문학 공동체에서 들뢰즈를 공부한다길래 무조건 신청하고 듣기 시작했다. 나 혼자 좋아하는 줄 알았는데, 생각보다 들뢰즈에 빠진 사람들이 많았다. 그들도 나처럼 뭔지 알 수 없는데 좋다는 것이다. 들뢰즈를 이해하기 어려운 첫 번째 이유는 우선 서양 철학사를 어느 정도 꿰차고 있어야 한다는 것이다. 플라톤, 데카르트, 라이프니츠, 스피노자, 흄, 칸트, 니체, 베르그송, 푸코에 이르기까지, 어느 한 사람만 알기에도 버거운데 이 철학자들의 개념들을 모두 알아야 한다니 결코 쉬운 일이 아니다. 그뿐만이 아니다. 프루스트, 카프카 등 그의 문학의 세계도 광범위하고, 그의 박사 논문이었던 「차이와 반복」은 거의 수학책인가 싶을 정도로 전문적인 수학이 나온다. 과학 분야는 말할 것도 없고, 예술 분야 또한 전문가의 수준을 넘어서기는 마찬가지다. 이런 지경이다 보니 들뢰즈 책은 한 줄 한 줄 읽어나가기가 너무 힘들다. 들뢰즈가 어려운 두 번째 이유는 사용하는 개념들이 너무나 방대하다는 것이다. 게다가 그 개념들을 우리가 알던 것들과는 다르게 사용한다. 플라톤의 개념을 가지고 와서 들뢰즈-플라톤의 개념으로, 칸트의 개념을 가지고 와서 들뢰즈-칸트의 개념으로 만들어버리는 식이다. 들뢰즈는 기존의 개념에 반대되는 개념을 만드는 것이 아니라, 기존의 개념들을 다르게 쓰면서 우리의 사고 체계를 전복시킨다. 누구와 맞서거나 대립하지 않으면서 그것을 온전히 자기 것으로 소화시키고, 거기서 새로운 아이를 낳는다. 그것이 들뢰즈가 철학하는 방식이다. 부정이 없는 절대 긍정의 힘, 바로 여기에 들뢰즈의 매력이 있다.

들뢰즈는 빠져나가기, 이탈하기, 탈주하기의 달인이다. 하나로 묶이는 것, 조직화하는 것, 통일시키는 것을 극도로 싫어한다. 때문에 하나의 틀 안에 가두려는 근대적 주체의 개념에 구멍을 내고, 한 가지 목적을 향해 가는 수목적 사고의 방향을 틀어버린다. 하나의 목적, 하나의 방향이 아니라, 중심도 없고 체계도 없는 리좀적 사고로 전환한다. 어디로 뻗어 나갈지 알 수 없는 고구마 줄기 같은 리좀. 중심이 없는 게 아니라 더 정확하게는 무수히 많은 중심이 생성된다. 수많은 중심으로부터 수많은 구조, 수많은 코드들이 만들어진다. 모든 것은 분산되어 흩어져 있고, 그곳에서 다른 중심이 형성되고, 그 중심은 또 다르게 뻗어나간다. 무한한 역량, 무한한 잠재성은 거기서부터 만들어진다. 하나로 정해진 내가 없다는 것, 그것이 오히려 나의 잠재성을 드러낼 수 있는 힘, 나의 무한한 역량이라는 것을 알게 되었다. 젊은 시절 방황의 이유는 잘못된 질문 때문이었던 것이다.

이 글의 시작은 들뢰즈에 대한 호기심, 혹은 호감 정도였다. 그것은 들뢰즈 식으로 말하자면 내 인생의 특이점으로 작동되었고, 새로운 계열, 새로운 배치를 만들었다. 공부는 계속되었고, 공부로 인한 인연들(그것이 사람이든 사건이든)이 만들어졌다. 공부는 내 삶 속으로 슬그머니 스며들어 와서 이전과 같으면서도 다른 삶을 살아가게 했다. 30년의 도시생활을 접고 시골로 들어와 살게 된 것도, 갑자기 농사를 시작하게 된 것도 공부의 힘이 없었다면 힘들었을지도 모른다. 시골살이와 농사는 다시 글로 이어지는 전혀 새로운 계열을 만들어냈다. 수학 전공자이자, 수학을 좋아하는 나는 지극히 이과적인 사고방식으로 살아왔고, 글과는 전혀 무관한 사람이었다. 그런 내가 그 어렵다는 들뢰즈를 쓴다는 것은 대책없는 무모함이라는 생각도 했다. 제대로 알지도 못하면서 쓴다는 건 내 자신이 용납할 수 없다며 주저하기도 했다. 하지만 밀어붙이기로 했다. 이제 나이도 50이나 먹었는데 못 할 게 뭐가 있겠나 하는 생각도 들었다.

나이가 든다는 건 한편으로는 아주 좋은 장점이 있다. 누구에게 잘 보이기 위해 나를 잔뜩 꾸밀 이유도 없고, 나의 맨바닥이 드러날까 봐 두려워할 필요도 없다. 삶이 가벼워지는 건 분명 즐거운 일이다. 앞뒤 안 가리고 바로 행동으로 옮기는 무서운 아줌마의 힘을 글쓰기에서 발휘해보기로 했다.

"무언가 말할 것이 있다고 필연적으로 상상하게 되는 것은 이 지점에 이를 때이다. 글을 쓰게 되는 것은 오로지 앎이 끝나는 최전방에 도달할 때이다. 글쓰기는 앎과 무지를 가르고 또한 앎과 무지가 서로 꼬리를 물면서 이어지는 그 극단의 지점에서만 시작된다. 글을 쓰고자 결심하게 되는 것은 오직 이런 길을 통해서이다. 단순히 무지를 메우는 데 그친다면, 그것은 글쓰기를 내일로 미루는 것, 오히려 글쓰기를 불가능하게 만드는 것과 같다."

—『차이와 반복』, 질 들뢰즈 저, 김상환 역.

들뢰즈의 이 말이 나를 응원했다. 글은 앎에 의해 쓰여지는 것이 아니다. 오히려 앎이 끝나는 지점, 그래서 질문이 계속되는 지점에서 쓰게 된다는 것이다. 들뢰즈를 공부하며 나는 삶 속에서 끊임없는 질문을 던지게 되었다. 계속해서 무언가 물을 게 있고, 무언가 말할 게 생겼다. 그것이 글이 되지 않으면 어느새 모두 날아가버리고 나는 다시 무지 상태로 돌아온다는 것을 수없이 경험했다. 그래서 쓰기로 했다. 이 글의 목적이 내가 알고 있는 들뢰즈의 철학 개념들을 풀어 놓는 것은 아니다. 많은 오해와 오류, 잘못 쓰여지는 개념들도 많을 것이다. 이건 내가 들뢰즈 전문가가 아니기 때문에 누릴 수 있는 자유이기도 했다.

글을 써 가는 과정에서 깨달았다. 글이 내 삶에 계속 끼어들어 온다는 사실을. 그래서 삶을 바꾼다는 사실을. 그렇게 바뀌는 삶은 글 속에서 다시 태어났다. 글과 삶이 톱니바퀴처럼 맞물려서 서로가 서로를 끌고 가는 힘이 생겼다. 삶이 들뢰즈의 개념을 조금씩 이해하게 만들었고, 들뢰즈의 개념이 삶을 이해하게 만들었다. 그리고 나의 잠재성을, 나의 역량을 믿는 힘이 생겼다. 대립되고 모순된다고 생각했던 나의 성격은 오히려 기존의 것에서 튀어 나가는, 탈주하는 역량, 새로움을 생성하는 역량이 되었다. 무턱대고 기대해본다. 물과 불의 힘으로, 차분하고 급하게, 논리적이고 감성적으로, 계획적이고 즉흥적으로 '새로운 나'들을 만들어 가기를.

목 차

봄 - 내 안의 시골싹을 틔우다

여름 – 여름 밭의 카오스

가을 - 그래도 길은 있다

겨울 - 시골의 나이테 한 겹 쌓이고

내 안의 시골싹을 틔우다

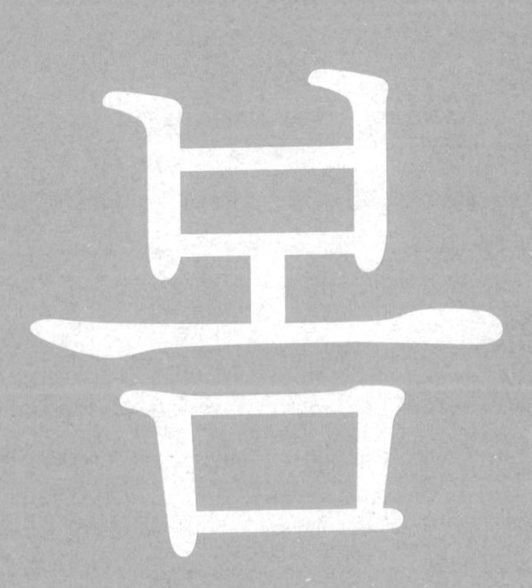

1

제대로 놀고 싶다면

- 노예의 도덕

초등학교 시절 십자가니, 오징어니 하는 놀이가 있었다. 그 당시 놀이의 형태들이 주로 비슷했는데 상대방의 영역을 뺏으면 이기는 놀이였다. 쉬는 시간 종이 울리기가 무섭게 여자 아이들은 운동장으로 나가서 팀을 나누고 놀이를 시작한다. 70, 80년대에 초등학교를 다닌 세대라면 이 놀이가 얼마나 피 튀기는 살벌한 전쟁인지 다들 알 것이다. 한쪽은 자기 땅을 뺏기지 않기 위해, 다른 쪽은 그 땅을 뺏기 위해 죽기 살기로 달려들었다. 하지만 나는 왜소한 체구에 겁 많고 소심해서 힘도 써보기 전에 가장 먼저 잡히거나 지푸라기처럼 나가 떨어지기 일쑤였다. 그중에는 나와는 다른 악바리들이 있었는데, 옷이 찢어지거나 무릎에 피가 나도 아랑곳하지 않았다. 크고 작은 부상들이 속출했지만, 이 놀이는 계속되었다. 힘의 서열이 정확하게 드러나기 때문에 어디에 붙어야 편하게 살지를 알려주는 나침반 같은 놀이 중 하나였다. 강자들은 그것을 즐겼고, 약자들은 약자들대로 강자에게 붙어다니기 위해 애썼다. 나는 이 놀이가 너무 무섭고 하기 싫었지만, 모두가 같이 하는 놀이라 빠질 수도 없었다. 어떻게든 다치지 않기 위해 피해 다녔고, 누가 공격해온다 싶으면 너무 무서워서 미리 쓰러졌다. 눈치껏 일찍 죽는 게 상책이었다. 나는 태생적으로 다른 사람들과의 싸움이나 경쟁을 싫어한다. 누가 괜히 시비를 걸어와도 어떻게든 정신승리법이라도 동원해서 그 자리를 피하려 한다. 하나라도 더 얻기 위해 싸우는 것보다 안 싸우고 손해 보는 게 차라리 더 편하다.

언제부터 이런 회피형 인간이 되었는지는 모르겠지만 그 역사는 계속되었다. 우연히 반에서 1등이라도 하게 되면 누군가를 밟고 올라간 자리 같아서 싫기도 했고, 경쟁의 대상이 되는 게 싫었다. 고등학교 때는 수학 선생님의 유별난 관심을 받는 게 싫어서 수학 시간만 되면 제일 뒷자리 구석에 숨어 있었다. 경쟁에서 이긴다거나 관심을 받는 게 싫고 중심이 되는 게 싫었다. 친한 친구들도 잘나가는 아이들이 아니라, 학교에서 정말 존재감 없는 아이들이었다. 뭐든지 함께하는 것이 좋지, 나만 튀는 것은 받아들이기 힘들어 했다. 단순하게 자존감 낮은 아이였던 것일까? 아니면 누군가를 누르고 올라가는 것은 나쁜 것이라고 생각하고 있었던 것일까?

결혼을 하고 나서는 여러 가지 이유로 수시로 이사를 다니게 되었다. 이사를 가도 꼭 그 동네에서 제일 변두리였다. 그것은 남편의 가장 큰 불만이기도 했다. 작은 집이라도 중심가로 가자고, 왜 항상 주류에 끼지 못하고 변두리로만 가느냐고 불만을 토로했다. 좀 살다 보면 그곳은 온통 공사판이 된다. 소음 공해를 참다못해 다시 나오고 만다. 우습게도 우리가 이사를 나오면 그곳이 일명 동네의 랜드마크가 되었다. 주변 친구들이 우스갯소리로 자기들의 투자 원칙 중 하나가 우리랑 반대로 하기란다. 중년이 되고 30년간 생활했던 서울을 떠나 시골로 들어왔다. 친정 엄마는 성공하라고 고생해서 서울로 보내놨더니 결국 시골로 들어가냐고, 거기 가서 도대체 뭐하고 살려느냐고 야단이시다. 친구들도 아무 이유 없이 시골로 가는 나를 이해할 수 없어 한다.

이쯤 되면 '나'라는 사람, 문제가 좀 많은 거 아닌가? 강자, 1등, 권력을 가진 자, 주류들을 그냥 무턱대고 악의 무리라고 생각했던 것일까? 반대로 약자, 주변인, 소수자들을 무조건 선이라고 보는 것인가? 이건 니체가 말하는 전형적인 '노예의 도덕'형 인간이 아닌가?

니체의 '노예의 도덕'은 들뢰즈가 『안티 오이디푸스』에서 몇 페이지에 걸쳐서 그대로 인용할 정도로 중요하게 생각하는 개념이다. 니체는 『도덕의 계보』 서문에서 이런 질문을 던지며 시작한다.

"인간은 어떤 조건 하에서 선과 악이란 가치판단을 생각해냈던가? 그것이 이제까지 인간의 번영을 저지하여 왔던가, 혹은 촉진시켜왔던가? 일반적으로 인류의 복지와 진보에 기여한다는 점에서 선인이 악인보다 높은 가치를 대표하고 있다는 것을 의심해본 사람은 지금까지 아무도 없었다. 그러나 만일 그 반대가 진실이라면?"

–『도덕의 계보/이 사람을 보라』, 프리드리히 니체 저, 김태현 역.

니체는 선이 악보다 높은 가치를 가진다는 명제에 대해 의심하기 시작했고, 선과 악이라는 개념이 좋음과 나쁨이라는 것에서부터 어떻게 변형되어 왔는지를 파헤친다.

호메로스가 『일리아드』, 『오딧세이아』에서 보여주듯이, 그리스인들에게는 좋음과 나쁨이 명확했다. 그리스 귀족 계급에게는 '우리'와 '그들'이라는 오직 두 종류의 인간만 있었다고 한다. '우리'는 물론 좋은 인간, 용감한 인간, 고상한 인간이었고, 반면에 '그들'은 겁쟁이, 쓸모없는 인간들이었다. 모든 귀족의 도덕은 자기 자신을 의기양양하게 긍정하면서 발전되었다. 그런데 반대로 노예의 도덕은 자기 긍정을 접어두고, 자신이 아닌 다른 것을 부정하는 것으로부터 시작한다. 즉 노예의 도덕이 성립하기 위해서는 우선 적대적인 외부 세계를 필요로 하는 것이다. 노예의 도덕을 지닌 자들의 행동은 그 자체에서 생기는 것이 아니라, 어떤 것에 대한 반작용에 의해서만 생겨난다. 상대방을 부정해야만 자기를 긍정할 수 있는 방식. 이 방식에는 반드시 부정해야 하는 적이 필요해진다. 나쁜 적이 있어야만 좋은 내가 될 수 있기 때문이다.

니체가 노예의 도덕을 설명할 때는 독수리와 어린 양의 관계를 자주 예로 든다. 어린 양은 독수리에 대해 자기를 위협하는 적대적인 대상, 즉 악으로 간주한다. 강자인 독수리를 악으로 규정하면서 약자인 어린 양 자신은 선이 되는 도덕이 바로 니체가 말하는 '노예의 도덕'이다. 노예의 도덕을 보여주는 예들은 의외로 주변에서 흔하게 볼 수 있다.

악당과 영웅의 구도로 만들어지는 영화에서도 대부분 악당은 강력한 무기나 힘을 가진 강자로 나온다. 신기하게도 영웅인 우리 편은 항상 약하거나 뭔가 부족한 캐릭터다. 하지만 정의롭고, 선한 존재이기 때문에 강자인 악의 무리를 물리치는 것으로 끝이 난다. 약한 쪽이 정의이자 도덕이고, 그래서 그것은 지켜져야 하는 선의 존재이다. 덩치가 크면 악이고, 작으면 선이다. 힘이 세면 악이고, 약하면 선이다. 자신의 좋음이나 나쁨과는 무관하게 강자를 악에, 약자를 선에 일대일로 대응시켜버리는 것이 노예의 도덕인 것이다.

여기서 우리는 니체처럼 질문해보아야 한다. 왜 약한 것을 선이라고,

강한 것을 악이라고 규정하고 있는지. 어린 양들이 자기들을 공격하고 위협하는 독수리를 싫어하는 것은 당연하다. 그렇다고 해서 그것이 독수리를 비난할 이유라고 할 수 있을까. 독수리가 단지 강하다는 이유로 악이라고 정의할 수는 없다. 반대로 독수리는 어린 양을 악하다고 생각하지 않을 것이다. 배고픔을 해결해주는 좋은 대상들이기 때문에, 오히려 맛있는 어린 양을 사랑할지도 모른다. 그런데 이런 논리로 이야기를 하면 또 다른 오해를 불러일으키기가 쉽다. 강자가 악이고 약자가 선이라는 판단이 잘못이라면 반대로 강자가 선이고 약자가 악이라는 말인가? 하는 오해. 힘이 센 독수리나 귀족계급, 강자들은 무조건 선이고, 어린 양, 노예계급, 약자들은 무조건 악이라고? 하지만 이 문제에 대해서 니체는 이렇게 반대로 가는 방식도 거부한다. 니체에게 강약과 선악은 서로 다른 차원의 개념이다. 강함과 약함, 이것은 선과 악의 문제가 아니라 힘의 문제이다. 힘이란 어떤 작용의 원인이 아니라, 활동 작용이 결과로 드러나는 것에 불과하다는 것이다. 번개와 섬광의 관계가 그 예로 볼 수 있다. 번개라는 어떤 원인, 어떤 주체가 먼저 있어서 섬광을 내리치는 것이 아니라, 번개 자체가 섬광으로 드러나는 것이다.

"활동, 작용, 생성의 배후에는 어떠한 존재도 없다. 활동자란 활동에 붙여진 단순한 상상의 허구일 뿐이다. 활동이 그 전부인 것이다."

—『도덕의 계보/이 사람을 보라』, 프리드리히 니체 저, 김태현 역.

힘이라는 것은 어떤 것이 미리 주어져 있어서 힘을 만들어내는 것이 아니라, 힘 자체가 원인이자 결과이고 활동이자 작용일 뿐이다. 강자가 강한 것이나, 약자가 약한 것은 그들의 본질이요, 행동이며, 피할 수 없고 제거할 수도 없는 유일한 실재이다. 힘의 크기가 다를 뿐이지, 그것이 선악의 기준이 될 수는 없는 것이다.

강약의 문제와 선악의 문제, 즉 힘의 문제와 도덕의 문제는 서로 무관한 별개의 것이다. 하지만 우리는 습관적으로 힘이 센 놈을 악으로 규정하게 된다. 삶 속에서 어떤 문제에 부딪힐 때마다 강한 것은 악하다는 생각 때문에 온전히 힘을 다 쓰지 못하고 적당히 타협하려고 한다. 좋은 게 좋은 거라는 위로를 하면서 다 같이 힘을 빼자고 한다. 내가 약자라면 상대방의 힘을 빼라고 하고, 강자라면 내 힘을 빼서 적당히 평균적인 힘만을 쓰면서 평화롭게 살아가려고 한다. 쓸 수 있는 힘을 도덕이라는 장애물에 걸려서 제대로 쓰지 못한다면 과연 도덕은 인간에게 번영을 촉진하는 것인가, 저지하는 것인가라는 니체의 질문이 떠오른다. 도덕, 즉 선악의 이분법은 쓸 수 있는 힘을 빼앗고 조용하고 평화로운 죽음 같은 삶을 살라고 강요하는 것이다.

어린 시절 내가 싸움을 싫어했던 이유는 싸워보기도 전에 이미 나를 선한 약자 쪽에 두려고 했기 때문일지도 모른다. 노예의 도덕에서 보듯이 선한 자는 약자여야 한다고 생각했기 때문에 약자이기를 기꺼이 선택했던 것이다. 물불 안 가리고 싸우는 애들에게 알 수 없는 거부감이 있었던 것도 그들을 힘이 세다는 이유로 악이라고 규정했기 때문이다. 니체를 읽다가 그 시절 악바리들을 다시 생각해보게 되었다. 그들은 사실 그 놀이를 하는 재미로 학교에 오는 아이들이었다. 일명 날라리들. 학교 규정이나 선생님 말씀 따위는 별반 신경 쓰지 않고 자기 마음대로 학교 생활을 했다. 그런 이유로 모두에게 그들은 문제아들, 나쁜 아이들이라는 편견이 있었다. 더군다나 친구들을 다치게 하면서까지 이기겠다는 생각만 하는 그들에게는 선한 마음이나 도덕이라고는 없는 아이들로 보였던 것이다.

하지만 그들에게는 무엇이 선이고 도덕인지, 무엇이 악이고 죄인지가 관심의 대상이 아니었다. 누구를 다치게 했다고 해서 그것이 자기가 나빠서 그런 것이라고 생각하지도 않았다. 그것은 놀이를 하는 과정에서 생길 수밖에 없는 당연한 일이고, 단지 있는 힘을 다해 집중해서 놀이를 즐길 뿐이었던 것이다. 그들은 오히려 제대로 그 시간을 즐기며 잘 살고 있었던 것이다. 그들과 반대로 나는 선한 사람이어야 한다는 생각 때문에 놀이에 집중하지 못했다. 슬쩍 뒤로 빠져서, 놀이를 하는 건지 아닌 건지도 알 수 없는 애매모호한 자세로 쉬는 시간을 보내 버렸다. 이처럼 우리는 얼마나 많은 일들을 도덕이라는 족쇄에 걸려 자신의 힘을 온전히 써보지도 못하고 지나치고 있을까? 이제 그 시절로 다시 돌아간다면, 예전처럼 피하거나 한쪽 구석에서 소심하게 지켜보기만 할 것이 아니라, 있는 힘껏 제대로 싸워보고 싶어진다. 그 놀이가 정말 재미있을지도 모르겠다는 생각이 든다. 마찬가지로 시골로 왔다고 해서 위축되거나 힘을 뺄 것이 아니다. 나의 힘을 온전히 쓰면서 시골살이를 제대로 즐겨보리라. 그건 강자와 약자, 주류와 비주류의 문제가 아니라, 내가 하고자 하는 활동의 문제, 곧 내 삶의 문제이니까.

2

21세기 신유목민

– 앉은 자리에서 유목하기

나는 유목민이다. 역마살이 많아서 그런지, 유목이라는 단어를 참 좋아한다. 한곳에 오래 머물면 곧 지루해져서 언제 어디로든 떠나고 싶어 한다. 내 삶은 늘 떠나는 삶이었다. 제주도에서 태어나서 20년을 살았다. 어느 시골에서나 그렇듯이 서로의 일거수일투족을 훤히 다 아는 것도 싫었고, 별걸 다 참견하는 시골 사람들이 싫었다. 엄마는 이런 억압을 한 단계 더 업그레이드 하셨다. 잠깐 동네 구멍가게를 가려고만 해도 화장하고 나가라, 차림이 그게 뭐냐, 동네 사람들이 웃는다 등등. 시골의 삶에서는 내 자유가 전혀 없고 다른 사람들의 눈과 입을 항상 달고 사는 느낌이었다. 그러던 중 대학을 가면서 탈출구가 생겼고 드디어 서울로 떠나왔다. 결혼하고 나서는 간섭하는 부모도 없고, 내 자유를 만끽하며 나 자신의 인생을 설계하고 살 수 있으리라 생각했다. 그런데 실제 삶이란 나의 그런 기대와는 전혀 다른 것이었다.

나를 둘러싼 것들이 몇 겹이나 더 늘어나면서 꼼짝 못 하게 갇히는 기분이었다. 보이지 않는 누군가가 나에게 남들처럼 똑같이 살아야 된다고 명령하는 것 같았다. 거기에 반항하고 싶었다. 사회가 시키는 대로, 남들 사는 대로가 아니라, 내 마음대로 살고 싶었다. 하지만 내가 할 수 있는 반항이라는 것이 기껏해야 '떠나기'였다. 4, 5살 된 연년생 두 딸을 데리고 아무런 계획도 준비도 없이 전국을 여행하고 다녔다. 딸들이 초등학생이 되자 주말이나 연휴만 되면 무조건 캠핑을 갔다. 얼음이 땡땡 어는 한겨울에도 개의치 않았고, 300ml 폭우가 쏟아져도 아랑곳하지 않았다. 주말마다 우리 가족은 이삿짐 수준으로 짐을 옮겨 다니는 게 일이었다. 지금 생각해보면 엄두도 나지 않을 일을 그때는 아무렇지 않게 하고 있었다. 7년 남짓 그런 생활을 했더니 지인들은 우리 가족을 '21세기 신유목민'이라는 별칭까지 붙여주었다. 정말 유목민 피가 흐르는 건지, 항상 떠날 마음을 품고 살았다. 떠나면 자유를 찾을 수 있을 거라고 착각하고 있었다.

나는 또한 싸움닭이었다. 밖에서는 착한 사람 코스프레하며 싸움을 피해 다녔지만, 집에서는 절대 지고는 못 배기는 성격이다. 어렸을 적 오빠

랑 싸웠던 이야기는 밤을 새워도 모자랄 정도로 수도 없이 많다. 나를 포함한 동생 셋을 힘으로 제압하려는 오빠가 너무 싫어서 싸울 때는 있는 힘을 다해 물어뜯고, 어떻게든 이겨보려고 기를 썼다. 오빠 친구들이 놀러 와서 라면 좀 끓여달라고 하길래 손이 없냐 발이 없냐 직접 끓여 먹으라고 큰소리를 쳤다. 그 후로 오빠 친구들은 나만 보면 무서워서 말도 붙이지 못했다. 세상에서 제일 무섭고 어려웠던 아버지가 어느 날 술을 드시고 와서는 엄마에게 폭력을 휘두르며 술주정을 부리셨다. 다른 형제들은 무서워서 다들 벌벌 떨거나 울고 있었다. 그런데 방에서 듣고 있던 나는 참다못해 나가서 아버지를 똑바로 쳐다보며 소리 질렀다. 지금 뭐 하는 거냐고, 어른이면 어른답게 행동하라고. 아버지는 나의 예기치 않은 행동에 충격을 받으셨는지 조용히 나가버리셨다. 엄마는 지금도 그 이야기를 종종 하신다. 그때 내가 정말 무서웠다며.

연애 시절 남편과의 싸움도 마찬가지로 계속되었다. 남편이 퇴근하는 나를 집에 바래다주려면 영동대교를 지나야 했다. 그런데 이상하게 영동대교를 지날 때마다 우리는 항상 싸움을 하고 있었다. 그 후로 영동대교는 우리에게 싸움의 다리로 통했다. 한번은 크게 싸우다가 올림픽대로에서 후진을 했던 일도 있다. 왜 그랬는지 그때를 생각하면 지금도 섬뜩해진다. 무슨 페미니스트의 대표인 양, 주로 남녀의 문제가 싸움의 주제였다. 결혼해서도 마찬가지였다. 남편이 이기는 꼴을 볼 수가 없어서 내가 이겼다고 판결 날 때까지 싸워댔다. 결혼 10년 차 싸움이 절정에 다다를 즈음 남편이 아프고 말았다. 그렇게 우리의 싸움은 끝이 났고, 삶의 다른 방법을 모색하기 시작했다. 나는 왜 그렇게 싸워댔을까? 왜 그렇게 이기고 싶었을까?

5년 전쯤 들뢰즈에 관한 강의를 들을 때였다. '앉은 자리에서 유목하기'라는 주제였는데 그 주제가 나의 호기심을 자극했다. '앉은 자리에서 유목하기'라니? 앉은 자리에서 어떻게 유목하지? 그게 가능해? 그런데 혹시 거기에서 해답을 찾을 수 있을까, 진짜 자유를 찾을 수 있을까 싶었다. 강의 중에 도시를 떠나 시골로 가서 다른 삶을 살아보겠다고 하는 사람들, 이 직장이 아니라 다른 직장에 가서 새롭게 해보겠다는 사람들, 모두 다 착각이라고 했다. 자기가 처한 그 자리에서 자기를 바꾸어야 한다는 것이다. 거기서 바꾸지 못하면 다른 데 가서도 똑같이 그 꼴로 살게 된다고. 남편이 아픈 이후로 나는 호시탐탐 시골로 들어가 살아보려고 생각하던 중이었다. 살기 위해서는 삶의 패턴을 바꾸어야 할 것 같았기 때문이다. 시골에 가서 살면 뭔가 다르게 살 수 있을 거라는 막연한 확신을 가지고 있었다. 그런데 그게 아니란다. 어디서 사는 게 중요한 게 아니라 어떻게 사는지가 문제라고. 왠지 나한테 하시는 말씀으로 들렸다. 시골 가서 살려는 계획을 접어야 되나? 시골로 가도 여전히 그동안의 내 꼴 그대로 살게 되는 거 아닐까?

실존 문학의 거장이라 불리는 카프카는 40년 남짓 되는 일생 동안 거의 여행을 하지 않았다고 한다. 병으로 요양 차 잠깐 휴양지를 다녀오거나 가까운 근거리 여행 정도가 전부였다. 어린 시절에는 권위적이고 가부장적인 아버지 밑에서 엄격한 교육을 받으며 자랐다. 성인이 되고 나서는 밥벌이를 위해 평생 관료직 생활을 했다. 집-직장-집을 매일 같이 반복하며 똑같은 일상을 살았다. 그런데 그런 생활 속에서 『변신』, 『성』, 『소송』 같은 위대한 작품들을 만들어냈다. 빈틈없이 꽉 짜여진 직장 생활을 하느라 잠자는 시간을 쪼개가면서 매일 글을 썼다고 한다. 누구보다 억압받는 삶을 살았고, 자기 마음대로 살 수 있었던 시간은 없었다. 카프카 평전을 보며 처음에는 왜 이렇게 바보처럼 살았는지 이해할 수 없었다. 왜 가족을 떠나지 못했을까? 왜 조금이라도 시간이 여유 있는 직장으로 바꾸지 않았을까? 왜 모든 상황을 수긍하고 받아들이며 살았던 걸까? 일을 좀 적당히 했으면, 다른 예술가들처럼 후원자라도 찾아서 좀 편하게 살았다면, 훌륭한 작품들을 더 많이 쓰지 않았을까? 그런데 들뢰즈가 카프카에 대해 쓴 글을 보며 다른 생각을 하게 되었다.

카프카는 자신을 억압하는 가족들, 일상들을 떠나지도 않았고, 부조리한 관료 체계와 직접 싸우지도 않았다. 오히려 그 모든 것들을 받아들이며 너무 성실하게 살았다. 카프카는 떠나지도 싸우지도 않으면서 자기만의 방식으로 그 자리에서 작품들을 써 나갔다. 마지막 장편소설인 『성』을 통해 카프카는 자신이 속해 있는 현실 세계가 그에게 어떤 자유도 허락한 적이 없었다는 것을 인식했다고 한다. 그는 아버지의 가부장적인 권위와 폭력 속에서, 거대한 관료주의 조직의 억압 속에서, 체코인인데 독일어를 써야 했던 언어적 압박 속에서, 유대인이기 때문에 받았던 사회적 경멸 속에서 살아야 했다. 그가 속해 있던 현실은 말 그대로 새장 속에 갇힌, 감옥 같은 삶이었다. 카프카에게는 자유를 찾는 것이 불가능했고, 해결책은 다른 출구를 찾는 것, 혹은 슬쩍 도망갈 수 있는 쪽문이라도 찾는 것이었다.

카프카에게 있어서, 아버지 문제는 어떻게 그로부터 자유로워질 것인가가 아니라, 아버지가 찾지 못한 길을 어떻게 찾아낼 것인가 하는 것이었다. 『변신』에서 그레고어 잠자는 곤충이 된다. 윙윙거리는 소리 말고는 어떤 소리도 내지 않는, 인간의 영역과는 다른 새로운 영역에 도달한다. 그것은 단지 아버지로부터 벗어나기 위한 것이 아니라, 아버지가 찾을 수 없었던, 전혀 다른 출구를 찾아낸 것이다. 가부장적인 권력은 인간의 영역에서만 가능한 일이다. 가부장적인 권력이 적용될 수 없는 곤충의 영역으로 이행함으로써 출구를 찾은 것이다. 카프카는 '아버지–어머니–아들'로 만들어지는 오이디푸스적인 가족 삼각형 구도를 곤충을 통해 단번에 깨버린다. 아버지의 권위는 곤충이 되어버린 잠자 앞에서 아무런 쓸모가 없는 것이다. 권위적이고 가부장적인 아버지는 필연적으로 존재

했지만, 그것은 외부적으로 만들어진 것일 뿐, 카프카의 내면까지는 들어올 수 없는 것이었다. 곤충을 끼워 넣음으로써 아버지, 아들이라는 오이디푸스적인 이름들을 인간 이하의 단위로 끌어내렸다. 카프카는 자신의 작품을 통해 비인격적인 층위, 분자적인 층위로 내려가서 아버지, 아들이라는 인격적인 층위의 것들을 부수어버렸고, 삼각형 구도를 허물어버린 것이다. 곤충의 수준에서 아버지가 무슨 의미이고, 아들이 무슨 의미이겠는가?

"외부적 억압, 그것은 필연적인 것이었지만, 내적으로 필연적인 것은 아니었다. 그것은 마치 파리처럼 날면서 닥쳐왔고 그런 만큼 쉽게 쫓아 버릴 수 있는 것이었다. 바로 여기에 본질적인 것이 있다. 즉 외부와 내부를 넘어선 분자적인 동요와 춤, '바깥'과의 모든 극한적 관계가 그것이다."

―『카프카, 마이너 문학을 위하여』, 질 들뢰즈, 펠릭스 가타리 공저, 권순모 역.

나의 떠남이나 싸움은 어떻게든 자유를 찾아보겠다는 몸부림이었다. 힘이 세다는 이유로 여자를 제압하려고 하는 남자들이 싫었고, 권위적이고 가부장적인 아버지-문화가 싫었다. 나를 억누르는 그들과 싸워 이겨야 내 자유를 찾을 수 있을 것 같았다. 하지만 나를 억압하는 것은 그들이 아니라, 오히려 사회적 규정이었다. 사회적 규정으로 나는 스스로를 더 옭아맸다. 때문에 항상 떠나보지만 떠나지지 않았고, 싸운다고 해서 자유로워지지 않았다. 오히려 마음만 더 헛헛해지고 제자리에서 맴맴 도는 느낌이었다. '남자―여자'라는 이분법적인 구도, '아버지-어머니-자식'이라는 삼각형 구도. 그 구도에서 파생되는 자상한 엄마, 좋은 아내, 착한 딸 등, 사회적 규정 속에서 자기를 제한하는 한 전적으로 자유로워지는 건 불가능하다. 사회적으로 규정하고 있는 이 폐쇄된 구도들을 따라가는 한 출구는 찾을 수 없다. 그렇다면 어떻게 출구를 찾을 것인가?

출구 혹은 쪽문이라도 찾으려면 우선 사회적 규정들을 비틀기 위한 자기 해체가 필요한 것이 아닐까. 사회적 규정에 걸려들지 않는 분자적 수준으로의 해체. 여자로서의 나, 아내로서의 나, 엄마로서의 나, 딸로서의 나. 이런 '만들어진 인격으로서의 나'들을 해체하는 것. 그렇다고 해서 변신의 그레고어 잠자처럼 곤충이 되라는 말이 아니다. 누구, 누구로서의 나가 아닌, 그냥 인간으로서의 나, 거기서부터 시작할 수 있지 않을까? 앉은 자리에서 유목하기란 떠나지 않으면서 떠나기이고, 자기 해체를 통한 떠나기이다. "삶을 얻기 위해 우리는 삶을 포기해야 한다."라는 카프카의 역설적인 이 표현은, 사회의 규정에 걸리지 않는 내부적인 자기 해체가 필요하다는 의미이다. 그래야만 진짜 삶을 얻을 수 있다는 말이다. 진정한 21세기 신유목민은 견고하게 뿌리박혀 있는 근대적 주체 의식, 혹은 오이디푸스 삼각형 안에 매몰되어 있는 자기 인식을 해체하는 데서 출발할 수 있지 않을까.

3

꽃보다 할배

- 강도적 차이

겨울이 긴 동네라 추운 날씨에 지쳐가던 어느 날이었다. 옆집 할머니가 차 한잔 마시러 오라고 부르셨다. 겨우내 눈 치우는 일이 아니고서는 다들 집 밖으로 나오질 않아서 어떻게 지내시는지 궁금하던 차였다. 반가운 마음에 냉큼 옆집으로 건너갔다. 선물을 주실 게 있다면서 할아버지께서 붓글씨 쓰신 걸 한 뭉치 가지고 나오셨다. 할아버지께서 퇴직하시고 이 동네로 오신 지 10년이 넘으셨다고 한다. 서울에서 살던 집이며 재산은 자식들 문제 해결해주느라 다 없어지고, 이 동네 들어와서 사시는 것이다. 이사 와서 붓글씨 서당을 다니기 시작하셨는데 이제는 더 이상 배울 과정도 없어서 집에서 혼자 글씨를 쓰신다고 하셨다. 집 안에는 당신 혼자만의 공간이 없어서 베란다를 개조해서 붓글씨 방을 정갈하게 만들어 놓으셨다. 책상도 직접 만드시고 해가 너무 들어와서 해 가리개도 달아 놓으셨다. 소박하면서도 깔끔한 공간에 나도 이런 공간 하나 있었으면 하는 부러움마저 생겼다. 할아버지는 매일같이 붓글씨를 쓰는 게 일이라며 나이 들어서 돈도 들지 않고 마음도 편안해지고 너무 좋다고 하셨다.

할아버지께서는 귀가 잘 안 들리신다. 바짝 가까이 다가가서 거의 소리를 질러야만 들리는 정도다. 누구랑 대화하는 게 부담스러우셔서 저렇게 글 쓰는 걸 좋아하신다는 게 할머니의 말씀이셨다. 그렇게 쓰시다 보니 동네에 소문이 나서 이맘때면 '입춘대길立春大吉, 건양다경建陽多慶' 등 좋은 글씨들을 써서 집집마다 선물을 하신다는 것이다. 올해는 우리 집에 맨 처음 준다면서 마음에 드는 문구를 고르라고 글씨를 주욱 펼쳐 놓으셨다. 멋진 글씨체와 좋은 문구들에 감탄사가 절로 나왔다. 글씨체도 가지각색으로 알아보기는 힘들었지만, 할아버지의 설명을 들으니 왠지 그 글씨를 집 앞에 붙여놓으면 좋은 일이 많이 생길 것 같은 기분이었다. 할아버지께서는 글씨체며 문구들의 의미를 한 시간 남짓 열정을 다해 설명해주셨다. 설명을 하시는 동안 할아버지 얼굴에는 어떤 빛이 나고 있었다. 할아버지의 나이는 78세, 하지만 전혀 그 나이가 느껴지지 않는 생명력, 어떤 강한 힘이 느껴졌다.

옆집 할아버지뿐만이 아니다. 농사를 본격적으로 해보려고 시작할 때쯤이었다. 이웃 아저씨에게 우리 밭도 트랙터로 좀 갈아달라고 부탁드렸더니 자기 밭을 갈아준 할아버지를 불러주셨다. 호호 할아버지가 트랙터를 몰고 오셨다. 트랙터를 운전하면서 밭을 갈아주시는데 어찌나 멋져 보이시던지, 완전 터프가이였다. 담배 한 대 물고 나더니 트랙터와 한 몸이 되어 밭을 가는 데 집중하셨다. 끝날 때쯤 하시는 말씀이, 이젠 더 이상 나이 들어서 힘드니 다른 데다 부탁하라지만 표정은 여전히 자신감이 넘치셨다. 할아버지의 나이는 83세.

그리고 바로 옆 밭에서 삽 한 자루 가지고 두둑을 하나 하나 만들고 계시는 할아버지가 계셨다. 그 할아버지는 92세. 두둑 하나를 삽질을 해가며 천천히 만드시더니, 허리를 쭉 펴시고 하늘 한 번 보시고 물 한 모금 마시고 잠시 쉬신다. 하늘을 쳐다보며 무슨 생각을 하시는 걸까? 있는 힘을 다해 일을 하고, 다음 단계로 건너뛰기 위해, 또 하나의 문턱을 넘기 위해 숨고르기를 하는 모습이었다. 그리고 다시 다른 두둑 만들기를 반복하신다. 그 큰 밭을 저 몸으로 어떻게 다 하시려나 했지만, 다음 날 밭에 나가보니 전부 다 만들어놓은 것이 아닌가? 우리 부부는 온갖 장비 다 동원해서 달랑 5개 두둑을 만들고도 지쳐서 집에 와서 바로 쓰러지지 않았던가? 남은 두둑들을 전부 다 만들 생각을 하니 엄청난 스트레스로 다가왔다. 우리 부부의 나이 50세. 할아버지들에 비하면 한창 청춘이다.

매일 같이 붓글씨를 써서 어떤 경지에 오를 수도 있고, 트랙터를 운전하는 것도 흔한 일이고, 두둑을 만드는 일도 누구나 할 수 있는 일이다. 내가 놀랍다고 느꼈던 것은 할아버지들의 나이를 알았을 때였다. 나에게 어떤 강도적 힘이 전달되었고, 그 순간 나의 머리를 때리는 것이 있었다. 일반적인 생각, 통념이 깨지는 순간이었다. 아무리 지금이 100세 시대라지만 나는 아무리 늦어도 80세까지만 살 거라고 종종 얘기했었다. 80세가 넘으면 아무것도 할 수 없는 나이, 죽은 거나 다름없는 나이라고 생각했기 때문이다. 벽에 똥칠하는 나이까지 살 이유가 없다고 생각했다. 그런데 이게 웬일인가? 하루 종일 침대, 핸드폰과 더불어 삼위일체가 되어 뒹굴거리는 21살, 22살 된 딸들보다 80세의 할아버지들, 심지어 90이 넘은 할아버지가 더 생생하게 살고 계신 게 아닌가? 그렇다면 나이 든 신체라는 것은 부차적인 문제일 뿐이다. 할아버지들은 그 일을 오랫동안 해오던 거라 익숙해서 편하게 하는 것이고, 우리는 밭일을 처음 해보는 거라 익숙치 않아서 그렇다고 생각해버릴 수도 있다. 하지만 일을 능숙하게 잘하고 못하고의 문제가 아니었다. 거기에는 겉으로만 보이는 신체 에너지가 아닌 다른 무언가가, 다른 힘이 존재함을 분명히 느꼈다. 그 힘으로부터 나는 감동을 받았다.

"에너지란 순수한 강도 안에 잠복해 있는 차이를 통해 정의된다." 들뢰즈가 힘, 즉 에너지를 정의하는 방식이다. 에너지란 잠재적 강도이고 차이라는 것이다. 우리가 흔히 알고 있는 생물학이나 물리학적인 에너지는 들뢰즈가 보기에는 균일한 조건에서의 특수한 에너지, 과학적 개념으로서의 표면적인 숫자상의 에너지이다. 예를 들어 '50세 중년의 신체 에너지가 80세 노년의 신체 에너지보다 훨씬 크다.'라고 할 때의 에너지는 평균적인 개념의 에너지인 것이다. '80세 정도의 할아버지들의 평균 신체 에너지'라는 식의 표현에서는 어떤 힘도 느껴지지 않는다. 여기에는 감동이 있을 리 만무하다. 들뢰즈는 순수 에너지를 균일한 상태에서 표면적으로만 드러나는 자연법칙적인 크기가 아니라, 잠재적 차원에서의 강도적 차이로 본다. 내가 감동했던 지점도 일반적으로 생각하는 힘이라는 개념과는 다른 곳에 있었다. 나이 90세 전후의 연로한 노인에게서 전혀 의외의 힘, 새로운 개념의 힘을 목격했던 것이다. 그것이 바로 순수한 강도적 힘, 즉 차이라는 다른 개념의 힘이다. 그 힘은 잠재적 차원에서 경험적 차원으로 드러나게 된다.

생물학이나 물리학적 개념의 에너지는 동일성을 기준으로 둔 겉보기상의 에너지에 지나지 않는다. 밥으로부터 에너지를 얻은 나와 밭일을 하면서 에너지를 쓴 나는 동일한 나를 기준으로 한다. 동일한 '나'가 거기에 있고 에너지만 밖에서 들어와서 나가는 차원의 이야기이다. 여기서 나와 에너지는 서로 별개의 문제이고 에너지로 인해서 '나'라는 존재의 변형이 일어나는 것도 아니다. 하지만 들뢰즈가 말하고 싶은 것은 이런 개념의 에너지가 아니라, 강도, 혹은 차이라고 하는 잠재적 에너지이다. 이 에너지는 새로운 생성의 영역을 만들고, 계속해서 자기 변형이 일어난다고 한다. 자기 변형이라고 해서 몸이 날씬해진다거나 하는 겉보기상의 변형이라고 오해하면 안 된다. 할아버지들은 평소에는 80대 전후의 평범한 할아버지로 생활하실 것이다. 하지만 붓글씨를 쓰는 동안, 트랙터를 모는 동안, 두둑을 만드는 동안에는 어느 누구보다 젊은 혈기 왕성한 모습으로 반짝거린다. 그 순간에는 누구보다 큰 강도로 차이를 만들어낸다. 전혀 다른 사람으로의 변신이 일어난 것이다. 어쩌면 변신하는 순간은 그 일에 완전히 몰입하여 자신을 잊어버린 상태, 평상시의 자신의 모습이 사라진 상태일 것이다.

"에너지나 강도량이라는 것은 강도적 공-간이고, 모든 변신이 일어나는 극장이다. 이런 의미에서 에너지, 강도량은 과학적 개념이 아니라 초월론적 원리이다. 이 강도적 차이는 경험적 원리의 범위 바깥에서 자기 자신 안에 보존된다. 그리고 자연법칙들이 세계의 표면을 지배할 때, 그와 동시에 강도적 차이는 또 다른 차원, 초월론적 차원이자 화산 같은 공-간의 차원에서 끊임없이 으르렁거리고 있다."

-『차이와 반복』, 질 들뢰즈 저, 김상환 역.

이제 겨우 몇 달 농사일을 했을 뿐인데, 도저히 우리가 감당할 수 있는 일이 아니라는 생각이 들었다. 주말마다 밭에 가야 하니, 다니던 등산도 못 가고, 여행도 못 하고, 집에서 차 한잔 마시며 여유를 부릴 수도 없다는 생각에 후회가 밀려왔다. 남편이랑 대책을 논의했다. 내년에는 과일나무를 심어놓든지, 콩을 다 심어버리든지 어떻게든 일을 덜 할 수 있는 방식으로 바꾸자고 했다. 그런 이야기를 나누다 보니 '우리가 왜 밭을 샀지?'라는 원초적인 질문으로 돌아갔다. 퇴직하고 나면 어떻게 살까를 생각하다가 조금이라도 젊을 때 농사를 시작하자고 했던 것이다. 서툴러도 자꾸 하다 보면 익숙해지고 좋아질 거라고, 퇴직 후에는 훨씬 여유 있게 농사를 지을 수 있을 거라는 기대를 했다. 그런데 아직 제대로 해보기도 전에 힘들다고 미리 포기하고 싶은 마음이 드는 것이다. 과일나무나 콩을 심는다고 해서 힘이 들지 않는 것도 아니고, 밭을 다시 정리할 수도 없는 일이다. 피하는 것이 해결책은 아니기 때문이다.

들뢰즈 식으로 말해서 앉은 자리에서 출구를 찾아야 하지 않을까. 출구를 만드는 다른 힘, 다른 강도를 찾아야 한다. 그렇다면 강도란 무엇인가? 어떻게 강도적 삶이 가능할 것인가? 결국 일을 대하는 태도에 달려 있는 게 아닐까? 우리는 밭에 가서 일을 할 때마다 빨리 끝내놔야 마음이 편해지는 숙제처럼 대하고 있었다. 일에 집중하지 못하고 남은 분량만 체크하고 있었던 것이다. 그래서 일을 하는 동안에 기쁨을 느낄 만한 여유도 없었다. 다 끝냈을 때 잠깐 '아, 이제 끝났구나, 쉴 수 있겠다.' 하는 마음, 그 찰나의 기쁨이 전부였던 것이다. 과학적인 에너지의 개념, 깊이가 없는 표면적인 숫자상의 개념으로만 일을 대한 것이다. 먹은 양만큼 에너지가 생기고, 그 에너지만큼 일을 하고, 일을 하느라 에너지는 다 소진되어 버리는 식으로. 들뢰즈가 말하는 순수한 에너지, 강도적 차이의 힘을 우리는 쓰지 못한 것이다.

할아버지들에게 붓글씨 쓰기나 트랙터 운전이나 두둑 만들기는 마지못해서 해야 하는 숙제가 아니다. 할아버지들의 공통적인 특징은 그 일을 제대로 즐기고 있었다는 것이다. 결과물에 집착하는 태도가 아니라 그 과정 자체를 즐기고 있었다. 아니, 어쩌면 자기 변신이 일어나는 과정을 즐기는 것이지 않았을까. 오히려 그 일을 하는 것이 자기를 살게 하는 것이라는 것처럼. 글씨 한 장 한 장, 두둑 한 줄 한 줄, 새로운 삶의 영역들을 계속해서 만들어내고 있었던 것이다. 강도적 차이가 내는 에너지는 엄청나다. 사용할 때마다 사라져버리는 표면적이고 숫자적인 에너지가 아니라 새로운 영역을 창조해내는 에너지, 계속 생성되는 에너지다. 이건 샘물처럼 솟아나서 아무리 많이 써도 고갈되지 않는 에너지다. 들뢰즈의 말처럼 잠재적 차원에서 계속 보존되는 힘이고, 화산 같은 공간에서 언제든 나올 준비를 하며 끊임없이 으르렁거리는 힘이다. 예쁜 꽃은 '아! 정말 예쁘다.'라는 감탄사를 쏟아내게는 하지만, 생성의 힘은 없다. 생성보다는 오히려 '이렇게 예쁜 꽃이 곧 지겠구나.' 하는 소멸의 느낌에 더 가까울 것이다. 우리가 밭일을 시작한 것은 '예쁜 꽃'이라는 결과물을 만들기 위해서가 아니었다. 단지 우리의 노년을, 그 시간, 그 과정을 잘 살아내기 위해서였다. 그렇다면 우리에게 필요한 것은 그 일을 하는 순간에 강도적 힘을 발휘하는 것, 자기를 잊고 거기에 집중하는 힘이다. 꽃보다 빛나던 할배들의 모습에서 보았던 바로 그 힘, 강도적 차이이다.

4

그건 텃세가 아닌데요?

- 되기

시골로 이사할 계획을 세우는데, 외따로 떨어져 있으면 무섭고 불편할 거 같아서 아주 오래돼 보이는 마을로 가기로 했다. 단층집에 남향이라 별생각 없이 결정한 집인데 알고 보니 이 시대에 보기 드문 집성촌인데다가 마을 한가운데 있는 집이었다. 신기하게도 집집마다 대문은커녕 울타리도 없어서 어디서 어디까지가 자기네 땅인지도 좀 헷갈릴 정도다. 그나마 몇 안 되는 울타리 있는 집은 외지인이 사는 집이라고 한다. 친정인 제주도는 대문은 없을지언정 최소한 돌담이라도 있는데, 이 동네는 서로 많이 오픈하고 사는 마을인가 보다 했다. 주차할 만한 공간들도 많아 보이고 여유로움이 느껴져서 아무 걱정 없이 계약을 했다. 그런데 이사를 가기 전에 집수리며, 페인트 칠 등을 하느라 가끔 들르면 동네 할머니들이 하나같이 그 집 주차장이 없으니 만들어야 한다고 난리이시다. 헉! 이것이 시골 텃세라는 건가. 아무 곳에나 주차해도 될 거 같은데 괜히 우리를 괴롭히려고 다들 저러시나?

시골 가서 살 거라고 하면 다들 시골 텃세가 정말 심하다고, 그거 못 견뎌서 다시 돌아오는 집들도 많다는 얘기를 들었던 참이다. 그래도 우리는 심각하게 듣지 않고 별문제 없을 거라고 생각했는데 이사를 오기도 전에 이런 일을 당하나 싶었다. 하나라도 걱정거리가 있으면 잠을 못 자는 남편은 그런 얘기를 자꾸 듣더니 주차장을 만들자고 했다. 나는 친정 동네에선 담장은 있어도 주차는 아무데나 한다는 논리를 갖다 대며 어떻게든 공사를 안 하고 버티려고 했다. 할머니들이 단순한 텃세를 부리는 거라고 생각하고 어떻게든 되겠지 싶었다. 하지만 돌아가는 상황이 심상치 않아 보였다. 일단 우리보다 1년 먼저 이 마을로 귀농하신 아저씨까지 주차장 공사는 하는 게 좋을 거라고 하는 것이다. 누구 하나 우리 편이 없었다. 남한테 싫은 소리 듣는 걸 누구보다 싫어하는 남편이 걱정되기도 해서 결국 마당 한쪽을 깎아내서 주차장을 만드는 큰 공사를 하게 되었다. 공사를 시작하자 할머니들이 상당히 친절한 태도를 보이기 시작했고, 나물이며 먹거리, 텃밭에 심을 모종까지 종종 나눠 주셨다. 그렇게 주차장 문제는 일단락되었고, 우리는 드디어 편하게 이사를 했다.

이사하고 며칠 후 먼저 이사 오신 아저씨가 지나가다가 들리셔서 이런 저런 이야기를 해주셨다. 서울에서 평생 경찰로 지내다가 퇴직하시고, 이 동네가 마음에 들어서 노후를 보내려고 이쪽으로 오셨다고 한다. 아저씨는 동네에 외지인이 아닌 진짜 주민으로 사시려고 무던히도 애를 쓰셨다. 이사 오자마자 마을회관에 동네 노인들 모두 모셔놓고 뷔페를 차리셨다고 한다. '떡 하나만 돌려도 되지 않을까요?' 했더니, 여기서 자리 잡으려면 동네 사람들 마음을 사야 된다고, 이왕 하는 거 크게 하는 게 좋다고 하셨다. 그뿐만이 아니라, 동네에선 아저씨가 제일 젊은 편이라 이 집 저 집 몸이 불편한 할머니들 도와드리러 다니고, 동네 앞산에 산책로를 만드신다고 풀 베고 다니시고 엄청난 열정이셨다. 동네 문제는 모두 해결하고 다니셔서 우리 부부는 아저씨를 '홍 반장'이라고 부르면서 감탄사를 연발했다. 다음 이장은 아저씨가 따논 당상이겠다 싶었다. 아저씨는 이제 외지인이 아니라 누구보다 여기 오래 산 찐 원주민 같았다. 우리는 절대 아저씨를 따라갈 수 없었기 때문에 우리 방식대로 이사했을 때도 가까운 몇 집에 떡만 조금씩 돌렸을 뿐이다.

그러던 어느 날, 홍 반장 아저씨가 우울한 표정으로 오셔서 한참 동안 하소연을 하셨다. 이 동네가 정말 텃세 심한 몹쓸 동네고, 심술궂은 할망구들이 몇 명 있어서 동네를 쥐락펴락한다면서. 그렇게 자기가 열심히 돕고 앞장서서 동네일 해주고 다녔는데, 마을회관 냉장고를 마음대로 열고, 문지도 않고 아무거나 꺼내 먹는다고 할머니들이 싫은 소리를 하셨다는 거다. 게다가 자기 보고 지저분하다고 할머니들이 뒤에서 흉까지 보셨다나? 자기들 아쉬울 때는 도와달라고 하면서 부려먹더니 뒤에서 자기를 욕하고 있다고, 이제는 절대 동네일도 돕지 않겠다고 결심하셨단다. 그런 얘기를 들으니 우리도 처음에는 아저씨 마음이 공감이 되고 너무 안타까웠다. 아저씨처럼 열심히 마을 일을 도와도 외지인은 외지인인가 보다, 이 동네 텃세가 정말 심하긴 하구나. 집성촌이라더니 자기들끼리만 통하는 무언가가 있고 외지인들은 무조건 배제한다고 생각했다. 그렇다면 이제 1년 정도 산 우리는 어떤가? 우리는 아저씨와 달리 크게 동네 텃세를 느끼지 못하고 있었다. 우리가 먼저 가까워지려고 애써 노력하는 것도 없고, 몇몇 집들하고 적당한 정도의 교류만 하니까 별반 불편한 것도 없었다. 어쩌면 혹시 홍 반장한테 문제가 있는 건 아닐까? 들뢰즈를 공부하다 보면 자주 나오지만 이해하기 어려운 개념 중 하나가 '되기' 개념이다. 여성-되기, 소수자-되기, 분자-되기 등. 그런데 들뢰즈의 되기는 우리가 흔히 쓰는 것처럼 그 대상을 따라 하고 모방하는 것이 아니라고 한다. 여성이 되어서 그 입장에서 생각해본다거나 여성처럼 행동하는 것이 아니라는 것이다. 그렇다면 어떻게 여성-되기, 소수자-되기를 하라는 건가. 어떻게 원주민을 따라 하고 모방하지 않는 '원주민-되기'가 가능할 것인가?

되기(=생성)는 결코 관계 상호간의 대응이 아니다. 그렇다고 해서 유사성도, 모방도, 더욱이 동일화도 아니다. … 되기는 자기 자신 외에는 아무것도 생산하지 않는다. 실제적인 것은 생성 그 자체, 생성의 블록이지 생성하는 자가 이행해 가는, 고정된 것으로 상정된 몇 개의 항이 아니다. … 만일 진화가 참된 생성들을 포함한다면, 그것은 어떠한 가능한 계통도 없이, 전혀 다른 생물계와 다른 등급에 있는 존재자들을 이용하는 공생이라는 광활한 영역에서이다.

–『천 개의 고원』, 질 들뢰즈, 펠릭스 가타리 공저, 김재인 역.

서양란은 말벌의 암컷 모양과 아주 비슷하게 생겼다고 한다. 그 덕분에 수컷 말벌을 끌어들여서 자신의 꽃가루를 옮긴다. 서양란 혼자서 번식은 불가능하기 때문에 진화에 진짜 역할을 하는 것은 사실 말벌이다. 말벌을 통해 서양란의 생성은 계속되는 것이다. 이것은 얼핏 보면 서양란과 말벌의 상호 대응 관계인 것 같지만, 이 과정은 서양란 자신의 생성이다. 서양란은 말벌의 '근방'에서, 말벌과 '식별 불가능'한 영역에서 생성 블록을 만들고 생산해낸다. 서양란의 말벌-되기는 말벌을 모방하고 끝나는 문제가 아니라, 거기서 새로운 생성, 새로운 서양란을 만들어내는 것이다.

진화를 얘기할 때 우리는 일반적으로 같은 종, 같은 계열 안에서의 진화만을 생각하지만, 오히려 전혀 다른 계열, 다른 종들과의 공생이 진화에 중요한 역할을 한다고 한다. 자연계에서 이런 예는 수도 없이 많다.

요즘 유행하고 있는 코로나 바이러스처럼 숙주를 옮겨 다니는 바이러스도 있다. 아마 많은 시간이 흐르면 인간도 박쥐처럼 코로나 바이러스와 공생할 수 있는 몸으로 서서히 진화해갈지도 모른다. 어떤 적당한 조건에서는 바이러스가 생식 세포에 접속되어 전혀 새로운 종의 세포 유전자로 바뀌기도 한다. 자기 내부, 자기의 계열 안에서 진화하는 수목형 진화가 아니라, 자기의 외부, 즉 다른 계열과의 관계에서 일어나는 '리좀형' 진화인 것이다. 생물학자 린 마굴리스는 세포 공생설을 주장한다. 핵, 미토콘드리아, 막 등 서로 이질적인 것들의 공생을 통해 세포가 만들어졌다는 것이다. 그렇다면 여기서 외지인인 나와 원주민들과의 공생은 어떻게 가능할까? 외지인인 나는 어떻게 원주민들의 근방에서 그들과 식별 불가능한 영역을 만들고, 생성 블록을 만들 수 있을까? 그리고 어떻게 새로운 나를 생산해낼 것인가?

이원론을 빠져나가는 유일한 방법은 사이에-존재하기, 사이를 지나가기, 간주곡이기이다. … 여성이 소녀가 되는 것이 아니라 보편적인 소녀를 만들어내는 것이 바로 여성-되기이다. 어른이 아이가 되는 것이 아니라 보편적인 청춘을 만들어내는 것이 바로 아이-되기이다.

–『천 개의 고원』, 질 들뢰즈, 펠릭스 가타리 공저, 김재인 역.

들뢰즈에 의하면 가장 남성적이라고 통하는 작가인 로렌스나 밀러도 글을 쓰면서 여성이 된다고 한다. 그것은 남성인 그들이 여성이 된다는 의미가 아니다. 그들 자신 안에서 여성들 근방, 혹은 여성과 식별 불가능한 지대에 들어갈 수 있는 입자들을 끊임없이 포획하고 방출하는 것이다. 그들은 여성-분자-되기를 하는 것이다. 원주민과 이주민이라는 이분법을 빠져나가려면 우선 그 사이에 존재해야 한다. 이주민이라는 나의 정체성을 해체하고 상대를 원주민이 아닌 보편적인 인간으로 대하는 것. 이분법으로 나누기 이전의 차원, 분자적인 차원에서 식별 불가능한 공동의 영역을 찾아야 한다. 동네 어르신들과 나 사이의 공동의 영역, 어쩌면 그것은 살아온 이야기, 보편적인 삶의 이야기 속에서 찾을 수 있지 않을까.

동네 어르신들께서는 주로 나이가 70, 80대다. 그래서 살아온 세월도 길고 할 이야기도 많다. 동네 한가운데 집이다 보니 할머니들이 오다 가다 들려서 이런저런 이야기를 하신다. 내가 집중해서 이야기를 듣고 있으면 어르신들은 눈을 더 반짝거리면서 신이 나서 이야기를 하신다. 그런 시간만큼은 원주민 할머니와 외지인 아줌마로서가 아니라 인간 대 인간의 관계 속으로 들어간다. 서로 공감할 수 있는 시간, 이해할 수 있는 시간이다. 이야기들 속에서 아직 분화되지 않은 무수히 많은 것들이 분화되어 나온다. 이야기하는 동안에는 서로 엄마, 딸이 되기도 하고, 시어머니, 며느리가 되기도 하고, 혹은 친구, 혹은 스승, 다양하고 무한한 입장들에 서게 된다. 그 상황에서 닫혔던 울타리는 허물어지고 생성 블록이 생기는 것 아닐까? 그들이 살아오면서 직접 겪은 경험들, 다양한 이야기들을 통해 나는 나 자신을 더 확장할 수 있는 기회가 생긴다. 일명 꼰대라고 부르면서 가까이하기 꺼려졌던 노인들에게서 진짜 중요한 것들, 삶의 지혜들을 배우며 원주민 되기를 하는 중이다. 홍 반장은 그동안 경찰로 살아오면서 문제가 있거나 도울 일이 있으면 발 벗고 나서는 게 습관이 되었을 것이다. 그런 방식은 도움이 되고 좋은 일이라고 생각하기 때문에 누구도 그런 홍 반장의 습관을 탓하지 않았을 것이다. 그렇게 인정받게 되고 자기 방식으로 살다 보니 원래 자기가 살아온 동네인 것처럼 편해지고, 다른 사소한 행동도 습관대로 하셨던 것이다. 그런 행동들 중 어떤 것은 마을의 질서에 맞지 않는 게 있었을 것이고, 할머니들은 당연하다는 듯이 잔소리를 하신 것이다. 홍 반장은 열심히 자기 방식대로 살아놓고 그게 다 동네를 위해서 헌신한 것처럼 억울해하신다. 내 방식대로 해놓고 모두 다 받아들여주기를 바란 것이다. 그러다가 받아주지 않으니까 텃세가 심한 것으로 정의를 내려버렸다. 새로운 곳의 질서를 모르는 사람의 입장에서는 모든 게 그 동네 텃세로 느껴진다. 자신이 견고하면 견고할수록 텃세는 더 심하다고 생각하게 된다. 그렇다면 그들이 텃세를 하는 게 아니라 거꾸로 자신이 텃세를 느끼는 것은 아닐까? 얼마 전에 홍 반장이 찾아와서 이사 가려고 집을 내놓았다고 해서 많이 안타까워 했다. 다른 곳에 가서는 자신을 고집하면서 흉내만 내는 모방이 아니라 자기 생성을 하는 진짜 되기를 하시기를 진심으로 바라본다.

5

잘못 탄 기차가 목적지에 데려다준다

- 필연적 우연

시골로 이사 오니 도시와는 다른 낯선 즐거움이 많다. 하루는 옆집 이모가 "○○엄마~ 뭐해? 일 없으면 우리랑 운동 가자~" 하셨다. 너무 가까워지면 피곤해지지 않을까 하는 생각이 무심결에 스쳐갔지만, 이 시골 동네에서 운동하러 어디를 간다는 걸까 궁금하기도 해서 따라 나섰다. 운동 코스는 도시에서는 경험하기 어려운 논두렁길 걷기였다. 할머니 세 분에 나까지 포함해서 넷이서 한 줄로 서서 논두렁길을 걷기 시작했다. 풀 이름이며 꽃 이름이며 모르는 것이 없는 할머니들은 모두 식물 박사들이셨다. 나는 연신 감탄하며 듣고 있었다. 조금 가다 보니 창고를 지키는 개가 짖어 대는데 할머니들이 살살 얼러가면서 반갑게 인사하자 개들도 순해진다. 처음 보는 듯한 아저씨에게도 무슨 일을 하고 계시냐고 인사를 건네신다. 그렇게 걸어가던 중에 길가에서 햇볕 놀이를 하며 졸고 계시는 할머니를 만났다. 그러자 걷고 있던 할머니께서 '뭐하세요? 같이 운동해요.' 하신다. 졸고 계시던 할머니께서도 별다른 말 없이 따라 나서신다. 왠지 그림 동화 삽화에나 나옴직한 장면이었다. 중간에 들어오신 할머니는 코스의 반 남짓을 같이 걷다가 갑자기 그 근처에 볼 일이 생각났다며 대열에서 빠져 나가셨다. 같이 걷던 할머니들도 잘 가라며 가볍게 손 흔들며 인사하는 게 전부다. 한 바퀴를 다 돌고 나니 한 시간 남짓 걸렸다. 한 폭의 따뜻한 수채화 그림 속에 들어갔다 나온 것처럼 기분이 좋았다.

사실 할머니들과 함께 걸었던 그 길은 며칠 전에 살이 자꾸 찌고 소화도 안 되는 것 같아서 걷기 운동이라도 좀 해보자고 남편과 함께 걸었던 바로 그 길이었다. 도시에서의 습관처럼 우리는 한 시간 정도의 거리를 목표 지점으로 정하고 거기까지 갔다가 돌아오기로 했다. 목표를 정하고 걸으니 다른 것은 눈에 들어오지 않았다. 개들이 짖어 대는 게 무서워서 더 급하게 걸었다. 주변에 누가 있는지도 보이지 않았고, 쓰러져가는 비닐 하우스가 공포스럽게 느껴지기만 했다. 가고 오는 동안에 우연히 예상하지 못했던 일이라도 생기지 않을까 걱정만 앞섰다. 그 길은 다시는 가고 싶지 않은 두려움과 공포의 길이었다. 같은 코스를 걸었으면서도 이렇게 다른 감정을 느꼈던 것에 나는 깜짝 놀랐다. 우리도 한껏 여유를 부리며 주변을 즐기면서 인사도 나누고 그렇게 걸을 수도 있었을 텐데 말이다. 반면에 할머니들과의 논두렁 산책은 왜 그렇게 기분이 좋았던 걸까?

우리 부부의 걷기와 달리 할머니들과의 산책은 시작부터 어떤 약속이나 계획도 없고 목적도 의도도 없었다. 과정에서도 모든 것은 우연히 일어나는 일들이었고, 그 일들을 긍정적으로 받아들이는 할머니들의 힘이 느껴졌다. 오래 살아온 세월의 힘이 묻어나서일까, 모든 게 그리 큰일이 아니라는 듯이 가볍게 넘기셨다. 낯선 것들을 두려워하지도 않고, 긍정적으로 받아들인다. 우리끼리만이라고 경계를 지으려는 것도 없었다. 누가 들어오고 나가고에 별로 개의치 않고 가볍게 문을 열어놓는다. 이런 게 그리 대단한 건가 싶겠지만, 나에게는 도시에서 사는 동안 많이 잊어버린 풍경이었던 것이다. 도시에서의 삶이란 하나의 목표를 가지고, 계획을 세우고, 시간을 정확히 맞추고, 익숙한 사람들끼리 미리 약속을 하고, 그것들이 지켜지지 않는 것에 화를 내면서, 혹은 지켜지지 않을까 두려워하면서 살아왔던 것이다. 인간관계든, 일의 문제든 손해 보지 않고 작은 이익이라도 챙기기 위해서 목표를 세우고, 확률 계산을 통해 오류를 최소화해야 한다. 따라서 좀 애매하거나 확실치 않은 것, 필요 없어 보이거나 손해 볼 것 같은 것들은 삶에서 선택되지 못하고 제거되어버린다. 이렇게 어떤 목적을 위해서만 사는 빡빡한 삶, 가치 없는 것은 배제시키는 삶을 살아오다가 갑자기 별다른 목적 없이 여유롭고 개방된, 모든 것을 포용하는 환경 속으로 들어오니 낯설면서도 즐거웠던 것이다.

사주를 공부하고 나서부터 '그건 다 사주 탓이야, 다 팔자야, 어쩜 그렇게 사주대로 살아?' 이런 말을 종종 사용하게 된다. 그러면 다들 운명론자냐고, 한심하다는 듯한 반응을 보인다. 어떻게 자기 인생을 정해진 운명에 맡겨버릴 수 있는지 묻는다. 이런 반론에는 할 말이 없어지게 마련이다. 아무 생각 없이 주어지는 대로만 살아가는 수동적 인간으로 오해받는 것 같아서 기분이 살짝 나쁘기도 하다. 사주 공부를 제대로 깊이 있게 한 것도 아니고, 기초만 겨우 아는 주제에 할 말이 있을 리 만무하다. 그런데 이런 내 생각을 수정하는 데 들뢰즈, 니체가 힘을 보태주었다. 필연, 즉 운명은 하나로 정해져 있거나, 무조건 맞다고 긍정되는 것이 아니라, 필연이 긍정되는 조건이 있다는 것이다. 그 긍정의 조건은 우연이 긍정되는 것에 한해서이다. 니체는 "우연을 긍정하는 힘으로 필연을 긍정하라. 생성을 긍정하므로 존재를 긍정하는 것처럼 우연을 긍정하기 때문에 필연을 긍정한다."라고 한마디로 운명을 긍정해버린다. 이쯤 듣다 보니 무슨 말장난하는 것처럼 이 말이 저 말 같고 저 말이 이 말 같다. 이해하기 어려운 이유는 아마도 우연과 필연을 정반대쪽에 세워놓고 생각하기 때문이 아닐까? 정반대쪽에 있다고 생각했는데 자꾸 '우연을 긍정해야 필연이 긍정된다. 우연이라야 필연이다.'라고 하니 어려울 수밖에. 우연이 필연과 반대되는 것이 아니라면 그 둘은 도대체 어떤 관계인가?

니체가 필연(운명)이라고 부르는 것은 결코 파괴가 아니며 우연 그 자체의 조합이다. 필연은 우연이 그 자체로 긍정되는 한에서 우연에 의해서 긍정된다. 그래서 놀이꾼이 주사위 던지기를 한 번 더 하게 하기 위해서는 일단 우연을 긍정하는 것으로 족하다. 우연을 긍정할 줄 아는 것은 놀이를 할 줄 아는 것이다. 그러나 우리는 놀이를 할 줄 모른다. '오, 자신의 도약에서 실수한 호랑이처럼 부끄러워하고, 수치스러워하는, 서투른 우월한 인간들이여, 그래서 나는 당신들이 슬그머니 빠져나가는 것을 종종 보았다.' 놀이에 서투른 자들은 여러 번의 주사위 던지기, 무수한 주사위 던지기에 기대한다. 그래서 그는 바람직한 조합을 주장하기 위해서 인과성과 확률을 이용한다. 그리고 그는 이런 조합 자체를 인과성 뒤에 숨겨진 획득해야 할 목적으로 간주한다.

—『니체와 철학』, 질 들뢰즈 저, 이경신 역.

들뢰즈, 니체에 의하면 우연이란 오류가 생길 수 있는 문제적 사건이 아니라 무한한 잠재성을 품고 있는 사건이라고 한다. 우연은 무수히 많은 또 다른 우연들을 만들어낼 잠재성을 가지고 있는 것이다. 때문에 그 어떤 우연도 절대적으로 긍정되며 거기에 따라 나오는 결과로서의 필연도 당연히 긍정이 된다. 언젠가 인도 영화 〈런치박스〉를 보는데 감동적인 대사가 있었다. "잘못 탄 기차가 목적지에 데려다준다." 목적에 맞지 않는 기차를 탔는데도 불구하고 목적지에 데려다준다니, 이만큼 우연을 긍정할 수 있을까? 잘못 탄 기차라는 사건은 오류가 있는 사건이 아니라 무한한 잠재성을 품은 사건이다. 그것이 오히려 또 다른 사건들을 일으키는 힘이 될 수 있으며, 결국은 그것들이 모여 제대로 탔을 때보다 훨씬 더 풍성한 결과를 낳게 되는 것이다.

우리는 삶 속에서 사소한 것이든 중요한 것이든 매번 선택의 순간을 맞는다. 그 선택의 순간에 우리는 일단 확률 계산을 한다. 여러 가지 가능성들을 놓고 무엇이 더 목적에 맞는지, 더 좋은 결과를 낳을지 계산기를 두드려봐야 하는 것이다. 요즘처럼 정보가 넘치는 시대에는 계산해야 할 조건들이 너무나 많고 복잡하다. 일상의 대부분을 계산하고 따져보다가 시간을 다 보낸다는 생각이 들 정도다. 하지만 선택의 순간에 우리가 발휘해야 하는 것은 계산 능력이 아니라 우연을 긍정하는 힘이다. 우연을 긍정한다면 어떤 선택의 순간도 고민하지 않고 자신 있게 맞을 수 있지 않을까. 모든 우연을 긍정하고 존재를 긍정한다면 이 순간에 선택한 그것이 결국에는 필연적인 어떤 그림이 그려질 것이다. 우주에는 어떤 목적도 없다. 목적을 위해서 돌아가는 것은 없으며, 하나의 원인에 하나의 결과만 생기는 것도 아니다. 하나의 원인, 하나의 사건은 무수히 많은 결과들을 만들어낼 수 있으며, 그것이 바로 우연의 힘이다. 목적 없이, 인과 없이 그냥 오는 우연들, 그것이 바로 필연인 것이다. 어떤 우연도 모두 받아들일 수 있는 힘, 나에게 오는 모든 것을 긍정하는 힘, 이것이 바로 들뢰즈가 말하는 운명애, '아모르 파티'이다.

들뢰즈가 사용하는 운명은 우리가 흔히 쓰는 운명과는 좀 다른 듯하다. 들뢰즈의 운명은, 운명이 단 하나의 길로만 정해져 있다는 것이 아니다. 봄 다음에 오는 여름은 단 한 번도 똑같지 않은, 무수히 다양한 여름의 모습으로 펼쳐진다. 매번 다른 것을 어떻게 하나의 길로 정해놓을 수 있겠는가. 매번 다를 수밖에 없는 것, 필연적으로 다름을 생성하는 것, 그것이 바로 들뢰즈가 말하는 필연이고 운명인 것이다. 그것은 당연히 확률이나 통계로 계산할 수 없고, 목표를 세울 수도 없다. 필연적으로 다르게 펼쳐지는 것, 필연적인 우연들을 우리는 긍정할 수밖에 없어진다. 하나의 우연이 다른 우연을 낳고 다시 다른 우연을 낳는다. 하나의 우연을 긍정할 때, 다음의 우연을 긍정하고, 또 다음의 우연을 긍정하고,… 여기에 긍정 이외에 무엇이 있겠는가?

우주는 목적이 없다는 것, 즉 인식할 원인이 없듯이 소원할 목적도 없다는 것이 바로 제대로 놀이를 하기 위한 확신이다. 사람들은 한 번에 우연을 충분히 긍정하지 못하기 때문에 주사위 던지기에서 실패한다. 니체는 인과성과 목적성, 확률성과 목적성의 쌍, 이 항들의 거미줄을, 우연과 필연의 디오니소스적 상관관계, 우연과 운명의 디오니소스적 쌍으로 대체한다. 여러 번 되풀이하는 확률이 아니라, 단 한 번의 모든 우연이며, 욕망되고, 의욕되고, 소망된 최종 조합이 아니라, 운명적인 조합, 즉 가장 사랑하는 운명적인 조합, 다시 말하자면 아모르 파티이다.

—『니체와 철학』, 질 들뢰즈 저, 이경신 역.

딸들이 연년생이라 대학 입시를 연달아 치루었다. 딸들은 자소서를 써야 된다면서 20년 인생(^^)을 돌아보며 사건들을 점점이 나열해놓고는 이야기를 어떻게 만들지 걱정하고 있었다. 그 사건들은 모두 그 당시에는 우연히 벌어진 일이었다. 그런데 신기하게 전혀 별개의 사건들이라고 생각했던 것들이 마치 이미 다 계획이 있었던 것인 양 정확히 맞아 떨어지는 스토리가 되는 것이다. 필연적, 운명적으로 그 학교에 그 전공으로 들어가기 위해서 20년을 살아온 것처럼 말이다. 이런 상황에서 우리는 운명이 정해져 있다고 오해하게 된다. 그런데 2년을 연달아 그런 자소서 쓰는 과정을 지켜보다가 다른 생각이 들기 시작했다. 딸들의 인생만 그런 게 아니라, 우리 모두의 삶이 그런 거 아닐까? 우연히 일어나는 무수히 많은 사건들은 모두 필연이라는 그림 속에서 미소 짓고 있는 게 아닐까? 사건 하나하나는 모두 우연에 의해서 일어난다. 개별적으로 일어난 우연이라는 점들을 모아서 그려보면 결과적으로 어떤 하나의 필연이 그려진다. 그 이유는 바로 우리가 흔하게 오해하듯이 운명이 하나로 정해져 있기 때문이 아니라, 우연적인 사건들의 잠재성 때문이다. 하나의 사건 안에 들어 있는 무수히 많은 잠재성은 어떤 방식으로도 펼쳐질 수 있다. 마지막에 일어난 사건을 기점으로 이전에 일어났던 사건들을 연결 지으면 그 잠재성으로부터 서로 연결되는 지점들이 하나씩은 반드시 생기는 것이다. 일어났던 모든 우연들을 결국 긍정하게 되고, 긍정되는 우연들은 필연이 되는 것이다.

얼마 전 조카가 고등학생이 되었다. 입시에서 자소서 쓸 생각을 하니, 미리 전공과목을 정하고, 거기에 맞는 동아리며 학교 활동을 준비해야 된다고 걱정이 이만저만이 아니었다. 전공을 뭘 해야 할지도 아직 정하지 못한 상황에서 그것에 맞게 학교생활을 해야 한다고 하니 걱정인 게 당연하다. 혹시나 도움이 될까 싶어 언니들 이야기를 해주었다. 무언가를 선택할 때는 목적을 정해 놓거나 남들이 말하는 기준이 아니라, 네가 지금 하고 싶은 것이나 자신 있는 것을 선택해라. 무엇을 선택하더라도 나중에 전공을 정할 때는 반드시 거기에 맞는 이야기가 나올 거라고. 아니면 그런 선택들이 쌓여서 너의 전공을 정해줄지도 모른다고. 할머니들과의 산책은 남편과 걸었던 공포스러웠던 길을, 전혀 다른 길로, 따뜻하고 행복한 길로 만들어주었다. 두 길 사이에서 나는 우연을 긍정하는 힘이 어떤 것인지, 그것이 삶 속에서 어떻게 작동할 수 있는지를 보았다.

인과적으로, 목적을 가지고 살아가는 삶이 얼마나 단조롭고 두렵고 삭막한 것인지, 반대로 우연을 긍정하는 삶이 얼마나 풍성하고 재미있고 신비로운 것인지 말이다.

6

센 놈들

- 리좀

풀의 계절이 도래했다. 파주에서의 유난히 긴 겨울을 보내고 따뜻한 봄이 오니 좋기도 하지만, 풀 생각을 하면 그리 반갑기만 한 것은 아니다. 풀이 아직 나오지 않고 있는 마당을 보며 안심하고 있었는데, 드디어 풀이 보이기 시작했다. 풀이 너무 많이 자라면 뽑기가 힘들어질까 봐 보이기만 하면 다 뽑아버려야지 생각하며 마당 주변을 둘러보러 나갔다. 그런데 웬걸 이게 풀이야, 꽃이야, 도저히 분간이 되지 않았다. 아직은 모두 새싹 크기 정도라서 내 눈으로는 구분할 방법이 없었다. 꽃이 피어야 구분을 하지, 어떻게 구분한단 말인가. 조금 더 자라면 뽑기로 하고 결국 풀 뽑기를 포기하고 들어왔다. 그리고 며칠 동안 많은 비가 내렸다.

온 세상이 파랗게 변해가고 있었다. 오랜만에 해가 쨍하게 나길래 빨래를 넌다고 마당에 나왔다. 지나가시던 이웃집 할아버지 왈, "아이고, 풀들이 신작로까지 나가겠어." 하신다. 고생길이 열렸군 싶었다. 작년에도 다 자라버린 풀을 뒤늦게 뽑느라 몸살까지 났었기 때문이다. 다시 풀과의 전쟁이 시작되었다.

우리 집 마당에는 전 주인이 심어놓은 과일나무 몇 그루, 소나무 비슷한 종류의 아이들이 몇 그루, 이름을 모르는 몇 가지 꽃들이 있고, 작은 텃밭에는 우리가 심은 상추, 고추, 토마토 등의 작물들이 있다. 그리고 그 사이를 풀들이 빈틈없이 메꾸고 있다. 시간이 얼마나 흘렀는지도 모른 채, 뽑아도 뽑아도 끝이 없는 풀을 뽑다가 문득 그런 생각이 들었다. 과일나무나 꽃들, 텃밭의 작물들은 계속 신경 써서 다듬고 솎아주고 가지 치고 가꾸어도 병이 자주 들고 제대로 자라지도 못한다. 게다가 좀 키워 놓으면 벌레들에게 선수를 빼앗기기 일쑤다. 그런데 왜 풀들은 심은 것도 아니고, 심지어 수시로 뽑아버리는데도 이렇게 병이 들기는커녕 무한정 생기고 무한정 자라는 것일까? 그 생명력은 어디서 오는 걸까?

풀의 재미있는 특성 중 하나는 주변 작물이나 꽃들과 유사한 모양이라는 것이다. 일단 생김새가 너무 비슷해서 인간의 눈으로는 구분하기가 힘들다. 특히 나처럼 초보 농부에게는 정말 어려운 문제다. 냉이다 싶은

데 냉이가 아니고, 쑥이다 싶은데 쑥이 아니고, 부추다 싶은데 부추도 아니다. 결국은 먹을 것을 포기하고 다 뽑아버리고 말았다. 신기한 것은 작물들 위치를 작년과 다른 곳으로 옮겼는데도 옮긴 그곳에서 작물과 비슷한 풀들이 나온다는 것이다. 작물들이 풀을 데리고 다니나 싶을 정도다. 더 심각한 문제는 마당에 있는 잔디랑 똑같이 생긴 풀이다. 봄이 되자 잔디가 파릇파릇 올라오는 것을 보고 신이 나 있었다. 그런데 진짜 잔디들이 나오기 시작하면서 그놈들은 모두 잔디가 아니라 풀이라는 사실을 깨달았다. 이제는 풀들이 마당을 다 점령을 해서 잔디 사이에 풀이 아니라, 풀 사이에 가끔 잔디가 보일 지경이다. 풀이란 놈들도 지능이 있는 걸까? 어떻게 인간이 어떤 작물을 심을지 미리 알고 그 비슷한 놈을 그 영역으로 보내는 건지 신기할 따름이다. 나쁘게 얘기하자면 정말 주체성 없는, 얍삽한 아이들이다. 주변 환경에 따라서 즉각적으로 자신을 바꾸기를 주저하지 않으니 말이다.

풀의 특성 중 또 하나는 강도가 특별하다는 것이다. 대부분의 풀들은 그래도 한 손으로 쏙쏙 뽑히는 경우가 많다. 하지만 어떤 놈들은 잎을 땅바닥에 납작 붙이고서 뿌리는 그 구역 땅을 다 차지하겠다는 듯이 큰 덩어리로 되어 있다. 그 풀이랑은 함부로 맨손 대결을 해서는 안 된다. 그 사실을 모르고 처음에는 니가 이기나 내가 이기나 보자 하는 마음으로 한 손으로 죽을 힘을 다해 잡아 당겼다. 그런데 그 놈은 끄떡도 하지 않고 잎만 조금 뜯겨 나왔다. 결국 호미를 동원해서 주변 흙을 다 파내고 커다랗게 덩어리진 뿌리를 뽑아냈다. 또 어떤 놈은 뿌리의 길이로 승부를 보려는 놈이 있다. 이 풀을 뽑을 때는 그야말로 줄다리기 하는 심정이다. 영차 소리가 절로 나온다. 뿌리의 길이는 상상 초월이다. 결국 뿌리의 끝이 쑥 뽑혀 나올 때는 줄다리기 시합에서 이길 때의 기쁨 못지않은 희열을 느낀다.

마지막으로 농부라면 다들 혀를 내두르는 특별한 놈이 있다. 환삼덩굴 같은 덩굴풀이다. 다른 놈들이 강도적으로 세다면, 이 놈들은 속도의 측면에서 남다르다. 다른 풀들이 무궁화호라면 환삼덩굴은 KTX급이다. 눈 깜짝할 사이에 벌써 엄청난 속도로 자라나서 그 일대를 다 장악해버린다. 특별히 자기 영역이 따로 있는 것도 아니다. 나무 위를 넘나드는 건 기본이고, 나무 사이 그늘진 곳이나 돌밭이나 비탈진 곳, 습한 곳이나 마른 곳, 어디든 가리지 않고 자라난다. 어디든 잘 정착하려고 있는 건지 자잘한 가시까지 붙어 있어서 뽑는 것도 여간 힘든 일이 아니다. 가녀린 줄기를 얕보고 맨손으로 뽑으려다가 손이며 팔이며 모두 상처투성이가 되어 있었다. 할머니들의 말씀에 따르면 씨도 워낙 잘 내려서 지독한 놈이라고 확실히 씨를 말려야 된다고 한다. 풀의 목적은 단지 삶, 생명 그 자체다. 살기 위해 살 뿐이다. 자기 모습을 변형하든 강도를 달리하든 속도를 올리든 있는 방법을 다 동원해서 살아낼 뿐이다. 풀에게 장애물이란 없다.

풀에게는 정해진 자기의 길이 없기 때문에 설령 장애물이 바로 앞에 진을 치고 있다고 해도 거리낌 없이 옆으로 비껴간다. 어디든 갈 수 있고 어디든 자기 길로 만들어버린다. 들뢰즈는 이런 풀의 특성을 사용해서 덩이줄기라는 뜻의 '리좀' 개념을 설명한다. 그렇다고 해서 '리좀' 개념을 덩이줄기에 한정 짓는 것은 아니다. 들뢰즈는 모든 생명을 리좀적 존재로 본다. 덩이줄기뿐만 아니라, 모든 식물, 동물, 심지어 세포까지도 리좀이라고 한다. 리좀은 어떤 지점과도 연결, 접속하고 다질적인 다양체의 특징을 가진다. 리좀은 나무처럼 어떤 정해진 구조가 있는 것도 아니고, 지정된 위치도 없다. 어디서든 끊어지거나 단절될 수 있으며 거기서 다시 새로운 자신의 선을 만들어낸다. 리좀은 좋음과 나쁨이라는 이분법적인 구분도 없고, 주체도 없고, 끊임없이 뻗어나가고, 서로를 받아들인다.

식물들의 지혜. 식물들은 뿌리를 갖고 있을지라도 언제나 어떤 바깥을 가지며, 거기서 식물들은 항상 다른 어떤 것, 예컨대 바람, 동물, 사람과 더불어 리좀 관계를 이룬다. (또 어떤 점에서는 동물 자신도 인간도 리좀을 이루고…) 항상 단절을 통해 리좀을 따라가라. 도주선을 늘이고 연장시키고 연계하라. 그것을 변주시켜라. n차원에서 방향이 꺾인, 아마도 가장 추상적이면서 가장 꼬여 있는 선을 생산할 때까지. 탈영토화된 흐름들을 결합시켜라.

—『천 개의 고원』, 질 들뢰즈, 펠릭스 가타리 공저, 김재인 역.

작년에는 많이 안 열려도 열리는 것만 먹으면 된다는 생각으로 과일나무에 약도 한 번 안 치고 전혀 신경을 쓰지 않았다. 생명의 힘을 믿어 보겠다며 안일하게 그냥 방치해두었던 것이다. 그런데 맛도 보기 전에 이미 벌레에게 빼겨버렸고, 어떤 것은 익기도 전에 떨어져버리고, 나무에 병까지 들고 말았다. 과일나무나 작물, 꽃들은 풀과 다를 게 없는 생명인데도 도대체 왜 이렇게 손이 많이 가는 것일까? 왜 살려는 힘보다 죽으려는 힘이 더 강한 것일까? 왜 매일같이 돌봐주고 챙겨줘야 하는 것일까? 아무리 죽이려고 해도 살아나는 풀과는 무슨 차이가 있는 것일까?

과일나무나 작물, 꽃들은 풀과 달리 정해진 목적이 있다. 모든 생명은 리좀이기 때문에 다질적이고 다양한 방향들, 다양한 가능성들을 품고 있지만, 과일나무나 작물, 꽃처럼 목적이 있는 아이들은 그 목적을 향해서 자라야만 한다. 다른 방향으로 가려고 할 때마다 잘려나가고 솎아내지고 함께 살아갈 주변 환경들을 제거당한다.

주변 환경과 리좀적 관계를 맺으며 살아야 하는 생명력은 이런 상황에서는 점점 약해질 수밖에 없다. 신경 써서 잘라내고 솎아주고 가꾸기 때문에 리좀적인 생명력이 오히려 약해지는 것이다. 그렇다면 답은 질문 속에 있다. '왜 잘 다듬어주고 정성껏 돌봐주는 데 제대로 못 사는 걸까?'가 아니라, 정성을 다해 돌봐주기 때문에 제대로 못 사는 것이다.

생명은 아무리 외부에 장애물이 있더라도 어떻게 그것을 겪어내고 이겨낼지 스스로 방법을 찾아낸다. 무엇보다 생명은 리좀적이어서 무수히 다양한 방향이 가능하기 때문에 한쪽이 막힌다면 기꺼이 또 다른 방향을 찾아간다. 주변의 힘들을 빌리기도 하고, 다른 생명 안으로 들어가서 온전히 다른 생명과 함께 살아가기도 한다.

생명은 그대로 두면 리좀적 생명력을 발휘해서 잘 살아가지만, 목적을 위해 인위적으로 방해받으면 생명력을 잃게 되는 것이다. 풀들은 볼품이 없고 먹을 수도 없고 어디 쓰임새가 없다. 하지만 그 스스로의 생명력은 누구에게도 뒤지지 않는, 센 놈들이다. 누구에게 예쁘게 보인다거나 먹을거리가 되어 주는 것, 혹은 어딘가에 쓰인다는 것은 모두 타인을 위한 것이지 자신을 위한 것이 아니다. 이제는 다른 질문을 던져야 한다. 누구를 위한 존재가 되기 위해, 잘 쓰이기 위해, 가꾸고 다듬고 억지로 만드느라 생명력을 소진할 것인가? 생명 그 자체로 존재하며 자신의 생명력을 더 확장할 것인가? 무언가를 위한 존재는 생명력이 소실될 수밖에 없다. 존재는 존재 그 자체일 때 최대의 생명력을 가지는 것이다.

그렇다, 잡초는 백합도 전함도 산상수훈도 낳지 않는다. 풀은 유일한 출구이다. 잡초는 일구지 않은 황폐한 공간에 있으며 그곳을 채울 뿐이다. 그것은 사이에서, 다른 것들 가운데서 자란다. 백합은 아름답고 양배추는 먹을거리이고 양귀비는 미치게 만든다. 그러나 잡초는 무성하게 자란다. … 이것이 교훈이다.

—『천 개의 고원』, 질 들뢰즈, 펠릭스 가타리 공저, 김재인 역.

엄마들이 아이를 키울 때 가장 많이 하게 되는 고민 중 하나는 체계적으로 계획을 세워서 아이를 거기에 맞춰 키울 것인가, 아니면 그냥 방목하듯이 자율에 맡길 것인가 하는 문제다. 이 문제에 대해 논쟁을 할 때마다 반드시 드는 예가 꽃이나 나무 이야기이다. 꽃 하나, 나무 하나를 키울 때도 정성을 다해야 잘 크는 것처럼 아이도 목표를 세어서 계획에 맞게 정성을 다해서 키워야 한다는 논리가 설득력을 가진다. 하지만 지금 생각해보면 이 논리는 하나만 알고 둘은 모르는 얘기다. 왜 풀 이야기는 빼고 꽃이나 나무 이야기만 했던 걸까? 잘 키운다는 것, 잘 크고 잘 산다는 것이 어떤 것인지, 생명이라는 것이 어떤 것인지 제대로 생각해 봐야 하는 문제인 것이다. 어딘가에 잘 쓰이기 위해 나무나 꽃을 키우듯이 어떤 목적, 어떤 방향성을 가지고 키우려면 당연히 정성을 다해야 한다.

생명은 리좀이기 때문에 주변 환경에 따라 언제 어떻게 다른 방향으로 튈지 모르기 때문이다. 하나의 정해진 방향으로 키우기 위해서는 다른 방향으로 가게 하는 원인을 제거하고, 정성을 다해 한쪽으로만 가도록 길들여야 한다. 그렇다면 선택할 것은 부모의 목적대로 사회에 잘 쓰이기 위한 아이를 원하는지, 아니면 아이 존재 자체를 긍정할 것인지 하는 것이다.

들뢰즈에 의하면 욕망이 움직이고 생산하는 것은 언제나 나무가 아니라 리좀을 통해서라고 한다. 나무처럼 방향성과 목적성을 가지게 되면 리좀적 생명력이 차단되어 모든 것이 끝이 나고, 욕망으로부터는 아무것도 생기지 않는다는 것이다. 나도 마당 가꾸기와 텃밭 농사에 대해 다시 한 번 생각해봐야겠다. 강력한 생명력을 가진 풀이라는 센 놈들과 어떻게 관계를 맺을 것인지. 작물들이나 과일나무들이 스스로의 힘으로 풀을 이기기를 기대할 수 있는 것은 아니다. 그냥 방치해두고서 기대만큼의 수확량이 나오리라 생각하면 오산이다. 자연의 일부인 나 또한 욕망이 있는 리좀적 생명이다. 그 욕망이 매번 어디에 가 있을지는 모른다. 심어놓은 꽃보다 이름모를 풀꽃이 더 예뻐 보여서 그냥 둘지도 모를 일이고, 깔끔하게 정리된 정원을 원하게 될지도 모른다. 마당과 텃밭을 가꾸려는 나의 욕망과 끝까지 살아남겠다는 풀의 생명력 사이에서 나약한 꽃들과 나무들, 작물들이 어떤 방식으로 자라고 얼마나 수확하게 될지 지켜볼 일이다.

나는 우연을 긍정하는 힘이
어떤 것인지, 그것이 삶 속에서
어떻게 작동할 수 있는지를 보았다.

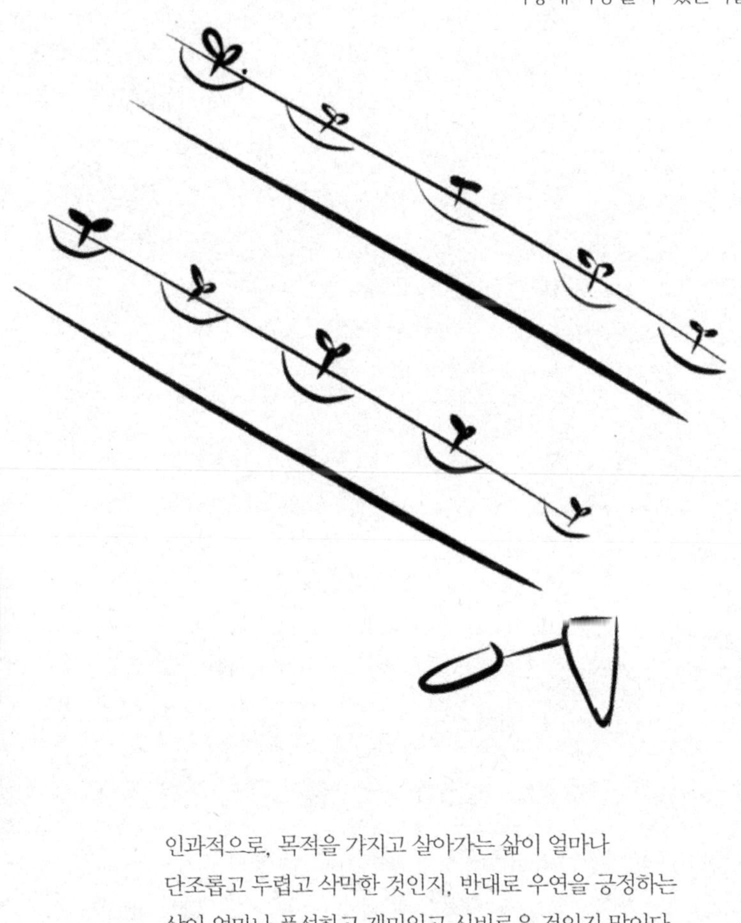

인과적으로, 목적을 가지고 살아가는 삶이 얼마나
단조롭고 두렵고 삭막한 것인지, 반대로 우연을 긍정하는
삶이 얼마나 풍성하고 재미있고 신비로운 것인지 말이다.

여름

여름 밭의 카오스

1

아무도 아닌

- 내재성

시골로 이사 오고 몇 달이 지나자 동네를 순환하는 12인승 봉고차 모양의 귀여운 마을버스가 생겼다. 이름하여 '부릉이.' 차 없이는 생활하기 불가능해서 불편해하던 차에 부릉이가 생겨서 자주 이용하게 되었다. 부릉이는 동네 사랑방 역할을 톡톡히 한다. 이 집 저 집 사정들이 부릉이 안에서 다 오픈되고, 이 동네 저 동네 상황이 실시간으로 보고된다. 다양한 동네 정보들을 주고 받으니 이주민인 내 입장에서는 부릉이가 감사했다. 그러던 어느 날, 승객이 꽤 많아서 7, 8명 정도 되었다. 버스를 탔는데 맨 앞과 맨 뒤에 타고 있던 할아버지 두 분의 대화가 들리기 시작했다. 어찌나 큰 소리로 말씀을 나누시는지 그 대화에 함께 하고 있다는 느낌이 들

정도였다. 아무개는 나랑 동창인데 학교를 제때 못 갔다느니, 누구는 군대를 안 갔다느니, 누구네 딸은 몇 년 전에 시집을 갔는데 일 년에 한 번도 제대로 오지 않는다느니, 아주 속속들이 흉을 보시는 거다.

와~ 낯선 풍경이다. 동네 사람들이 다 있는 버스 안에서, 구체적인 이름까지 다 대면서. 버스를 타고 있는 사람들의 머리 속에는 누구는 이런 사람, 누구는 저런 사람 등등의 이미지들이 그려지고 있을 것이다. 앞담보다 더한 뒷담이다. 나는 속으로 외치고 있었다. '할아버지들, 여기서 이러시면 안 돼요, 누구 뒷담하는 건 옳지 않아요~!' 그런데 동시에 나와 이 할아버지들 사이의 간극의 크기는 어디서 온 것인지 질문이 생겼다. 너무나 다른 세계 속에 나 혼자 풍덩 빠진 기분이었다. 교육받지 못한 세대들의 무식한 말과 행동이라고 치부해버리기에는 할아버지들의 대화에서 가벼운 유쾌함이 물씬 풍겨났다. 그 대화에 나도 끼고 싶다는 생각이 들 정도였다. 왠지 내가 이 상황을 너무 심각하고 무겁게 생각하는 게 아닐까? 하는 의심이 들기 시작했다. 그 유쾌한 대화에 끼어들어서 아무개 흉도 봐가며 나도 한껏 가볍게 즐기고 싶다는 모순된 감정에 휩싸였다.

우리 근대적 인간들은 고귀하다. 인간다운 대접을 받지 못하던 시대에 대한 보상이라도 받으려는 심리인 것인지, 내가 받을 권리에 대한 주장이 강해질 대로 강해진 시대다. 피해를 받아서도 안 되고, 피해를 주어서도 안 된다. 조금만 상처 주거나 싫은 소리라도 하면 바로 깨질세라, 다칠세라, 조심해서 다루어야 한다. 사유재산권, 지적재산권, 무슨 권, 무슨 권, 권리는 또 왜 그리 많아지는 건지. 어디 상처받은 데 없냐고 바로 힐링 방법을 알려주고, 동네마다 학교마다 치유 센터도 만든다. '나'를 지키기 위해서 누구에게도 간섭받기 싫고, 누구에게도 피해 주고 싶지 않은 마음 때문인지, 1인 가구도 급격히 늘어나고 있다. '나'라고 하는 주체를 분명하게 구분 지으려 하고, 서로 유리된 상태로 살아간다. 거기에 길들여지다 보니 누가 조금이라도 상처주려고 하거나 피해를 입히려고 하면 참지 못한다. 조금만 불편하게 해도 민원을 넣고, 악플을 견디지 못해 자살하는 연예인들 기사도 종종 보인다. 부릉이에서 할아버지들의 큰 소리 뒷담에 '헉' 소리 나게 놀랐던 것도 개인을 소중하게 지켜야 한다는 이런 사회적 분위기에 길들여져 있었기 때문일 것이다. 그런데 이토록 지키고 보호해야 하는 '나'는 누구인가? 도대체 '나'가 뭐길래 이렇게 고집스럽게 지키고 싶은 걸까? 라는 궁금증이 생긴다. '나'라는 주체가 무엇인지, 어디서부터 어디까지가 '나'인지 알아야 제대로 지킬 것이 아닌가.

고전 시대에서 근대로 넘어가면서 데카르트의 코기토적 인간, 즉 생각하는 주체, 인식하는 선험적 주체가 등장한다. 동시에 인간 과학은 근대에 와서 생물학, 정치경제학, 문헌학이라는 실증과학들을 통해 구성되기에 이른다. 생명, 노동, 언어의 존재로서 규정되는 근대적 인간은 다양한 활동을 통해 구체적으로 드러나는 '장소'이며, 동시에 그 경험을 인식할 수 있는 인식 주체가 된 것이다. 들뢰즈는 이런 근대적 주체, 인식 주체에 반대하며 '선험적인 장, 내재성의 철학'을 이야기한다.

선험적이란 경험 이전, 즉 경험과 무관한 절대적이라는 의미이기도 하다. 선험적인 내재성, 즉 절대적인 내재성은 어떤 것 속에 있지도 않고, 어떤 것에 대하여 있지도 않으며, 어떤 대상에 의존하지도, 어떤 주체에 속하지도 않는다고 한다. 말하자면 선험적으로 어떤 실체나 주체가 주어져 있는 것이 아니라, 내재성만이 있으며, 거기에서 어떤 실체, 혹은 어떤 주체가 효과로서 드러나는 방식이라는 것이다. 이해하기 어려워하는 우리를 배려해서인지 들뢰즈는 내재성의 개념을 설명하기 위해 디킨즈의 작품을 예로 든다. 모두가 경멸하는 불량배가 병원으로 오게 되고, 불량배의 꺼져가는 생명을 지키기 위해 간호사들은 열과 성을 다한다. 그를 배려하고 사랑하게 되기까지 한다. 이 불량배는 구원받는 것 같은 포근한 느낌을 받으며 생명을 조금씩 되찾아간다. 그런데 아이러니하게도 생명을 되찾아감에 따라 간호사들은 점점 더 냉랭해지고 그런 태도 변화에 불량배도 예전의 무례하고 고약한 사람으로 돌아간다는 이야기이다.

그의 생명과 그의 죽음의 사이, 그곳에는 이처럼 단지 죽음과 더불어 놀이를 하는 하나의 어떤 생명의 순간, 바로 그 순간만이 존재할 뿐이다.

지금 개별자의 생명은 비인격적이면서도 특이한 하나의 어떤 생명에게 자신의 자리를 넘겨주고 있다. 어떤 것이 발생한다고 할 때 그 발생의 주관성과 객관성으로부터 해방된 순수 사건을 이끌어내는 바로 그 비인격적이면서도 특이한 하나의 어떤 생명에게 자신의 자리를 넘겨주고 있는 것이다.

—『들뢰즈가 만든 철학사』, 질 들뢰즈 저, 박정태 역.

들뢰즈는 내재성을 '생명…'이라고 정의한다. 정의 안에 '…'이 들어가다니 생소한 개념이다. 생사를 오가는 상황에서 불량배는 불량배가 아니라 단지 죽음의 위험에 처해진 생명 그 자체일 뿐이다. 간호사들은 불량배라는 이름을 걷어내 버리고 오직 살려야 하는 생명으로만 바라본다. 이때의 생명, 모든 것을 걷어낸 이 생명은 중립의 생명이며 선과 악을 넘어선 생명이다. 이것은 비인격적이며 어떤 순간에 특이하게 존재한다. 그렇다면 내재성이라는 것, 생명이라는 것은 어떤 이름도 붙어 있지 않은, 모든 것이 걷어 내어진 '아무도 아닌 자'를 말한다. 들뢰즈에 의하면 이 생명은 실제로 도처에 존재하며 살아서 활동하는 이런저런 주체와 대상들의 모든 순간 속에 존재한다고 한다. 내재적 생명은 주체와 대상들 속에서 스스로를 사건이나 특이성들로 현실화한다. 선험적으로 존재하는 내재적 생명은 무한한 잠재성들을 품고 있으며 무수히 다양한 주체와 대상들로 드러날 수 있는 것이다. 내재적 생명은 불량배를 다른 사람으로 다시 태어나게 할 수도 있었을 것이다. 하지만 우리는 근대적 인간 주체, 선험적으로 인식된 주체의 개념에 너무나 강하게 붙들려 있다. 따라서 다른 잠재성이나 다양성은 모두 배제된 채, 불량배는 불량배로 볼 수밖에 없었던 것이다. 불량배였기 때문에 불량배이고, 불량배일 수밖에 없고, 불량배가 아닌 다른 것은 생각해볼 수 없었던 것이다. 생명이 되살아남과 동시에 그의 유일한 이름 '불량배'만이 함께 되살아나고 말았다. '생명…'에서의 '…'에서 들뢰즈는 아마도 생명의 잠재성, 다양성의 차원을 말하고 싶었던 게 아닐까. 그렇다면 인과적이고, 예속적이며, 선험적 인식 주체인 근대적 주체에서 벗어나 어떻게 들뢰즈적 주체를 상상할 수 있을 것인가? 내재적 생명이 무한한 다양체들로 드러나는 '아무도 아닌' 주체들로.

당신들은 경도와 위도이며, 형식을 부여받지 않은 입자들간의 빠름과 느림의 집합이며, 주체화되지 않은 변용태들의 집합이다. 당신들은 어느 날, 어느 계절, 어느 해, 어느 삶 등의 개체화를 가지고 있으며 또한 어느 기후, 어느 바람, 어느 안개, 떼, 무리 등의 개체화를 가지고 있다. 아니면 적어도 당신들은 그러한 개체화를 가질 수 있으며, 그러한 개체화에 도달할 수 있다. '이것임'이 단순히 주체들을 위치시키는 장식이나 배경에 있다고 믿든지 사물들과 사람들을 땅과 맺어주는 부속물들에 있다고 믿어서는 안 된다. '이것임'이라는 것은 개체화된 배치물 전체인 것이다.

–『천 개의 고원』, 질 들뢰즈, 펠릭스 가타리 공저, 김재인 역.

주체라는 것은 배경이나 장소, 환경에 부착되는 단순한 부속물이나 장식물이 아니다. 주체는 경도와 위도처럼 배치물 자체이고, 집합이다. 대한민국 어느 시골에 사는 어떤 '나'가 따로 있는 게 아니라, 나를 구성하고 있는 것들과 둘러싼 모든 것들의 배치물 전체를 놓고 '나'라고 하는 것이다. 나는 단지 하나의 '나'로 존재하는 것이 아니라, 매 순간 달라지는, 무한히 많은 원소들을 포함하는 집합으로 존재한다. 이렇게 관점을 달리하면 '나'는 무수히 많아진다. 무수히 많은 방식으로 배치의 변용이 잠재되어 있기 때문이다. 그래서 '누구'라고 이름 지을 수 없는 것이다. 아무것도 아니라서가 아니라 모든 것이 될 수 있기 때문에. 들뢰즈에 의하면 '나'라고 하는 것은 어떤 '무엇'이 아니라, 도래할 '사건'이면서 이미 일어난 '사건'이기도 하다. 근대적 주체 개념을 갖고 있는 근대적 인간인 우리는 모두 특별한 의미가 있는 존재이고자 한다. 그리고 그런 특별한 존재를 지키고 싶어한다. 하지만 들뢰즈의 주체 개념을 따르자면 이것은 모두 불가능한 바람이다. 사건으로만 있는 주체, 매번 달라져버리는 주체들에게 무슨 의미를 둘 수 있겠는가.

앞에서 말한 버스 안의 할아버지들 이야기는 낯선 풍경이 아니다. 사실 어린 시절 시골에서 살 때는 버스만 타면 흔히 보는 풍경이었다. 누구 집에 누가 아프다느니, 죽었다느니, 이혼했다느니, 누가 또 딸을 낳았다느니, 무수히 많은 일상의 이야기들이 오고 간다. 누가 누구 이야기를 하거나 험담을 하는 것이 그리 대수롭게 여겨지지 않았던 것이다. 그 이야기는 곧 나의 이야기이기도 하고 너의 이야기이기도 하고 우리 모두의 이야기이기 때문이다. 그 이야기들은 특별히 누구를 콕 집어서 이야기하는 게 중요한 게 아니었다. 그냥 누구나 다 그렇게 살고 있음을, 힘든 일도 있고, 기쁜 일도 있고, 황당무계한 이야기, 기적 같은 이야기도 모두에게 일어나고 있음을 이야기하는 거였다. 거기에는 지켜주고 보호해야 할 어떤 특별한 주체나 고정된 주체가 있는 것이 아니다. 어떤 사건을 겪고 있는 주체들, 이름이 별로 중요하지 않은 사건만 있는 주체들인 것이다. 일남이, 이남이, 말자, 끝순이, 갑돌이, 갑순이, … 이것은 무슨 강아지 이름이 아니다. 우리의 할머니, 할아버지들의 이름이 다 이런 식이었다. 아무 의미도 없고 뜻도 없는 이름들이다. 그나마 뜻이라면 첫째, 둘째, 막내 구분하는 정도, 어느 해에 태어났는지를 알려주는 정도의 뜻이 전부다. 아마 요즘 시대에 이렇게 이름 짓는다면 어떨까? 모두에게 비난받고 몰매 맞을지도 모른다.

얼마 전 둘째가 자기 이름 때문에 불만을 토로하면서 개명해달라고 난리였다. 한자 이름의 뜻 때문이었다. 도대체 이름에 아무 뜻도 없는 '어조사 혜'가 뭐냐고, 빛나다, 아름답다, 보배롭다. 기쁘다, 참되다 등등 의미 있는 글자도 많은데, 그런 아무런 의미 없는 이름을 지을 수 있냐고. 초등학생 때 한문 시간에도 선생님이 이런 한자는 이름에 안 쓰는 거라고 해서 애들한테 놀림 받았었다는 과거사까지 들먹였다. 그런 불만에 나도 사실 미안한 마음도 들고, 별로 할 말이 없어서 '그러게, 개명해줄까?' 하면서 얼버무리고 말았다. 둘째 이름은 시부모님께서 작명소에서 지어오셨다. 작명소에서 아이 사주를 보더니 사주가 너무 세서 이름을 뜻 없는 것으로 지어야 된다는 것이다. 좀 특별한 이름을 짓고 싶었던 나는 좀 당황하긴 했지만, 내가 원하는 이름으로 짓겠다고 고집부릴 수도 없었다. 그 후로 둘째 이름 얘기만 나오면 난감해지고 할 말이 없어졌다. 그런데 이제는 둘째에게 다른 이야기를 들려주어야겠다. 너의 이름은 아무 의미 없는 이름이 아니라, 모든 것이 될 수 있는 무한한 잠재성을 품고 있는 이름이라고. 네가 원하는 무엇이든 될 수 있는 최고의 이름이라고.

2

등 뒤에서 수박이 열렸다

- 잠재성

작년 여름에 옆집 할머니가 직접 키운 참외를 맛보라며 몇 개 주셨다. 세상 처음 맛본 참외 맛에 감동해서 올해는 나도 참외를 키워 보리라 마음 먹었다. 참외 모종을 사면서 옆에 있는 수박 모종도 몇 개 더 샀다. 키우는 방법도 참외랑 비슷할 것 같고 여름 내내 수박을 달고 사는 가족들 생각이 났기 때문이다. 모종 파는 아저씨가 참외랑 수박은 초보들이 키우긴 어렵다며 그냥 연습 삼아 한번 해보라고 하셨다. 어렵다거나 불가능하다고 하면 왠지 더 달려들고 싶어하는 성질이 발동했다. 열매가 한 개만이라도 나오면 좋겠다는 마음으로 모종을 심었다. 순이 하나둘씩 나오기 시작했다. 수박이나 참외는 순지르기가 아주 중요하다던데, 언제쯤

해야 되나. 밭에 갈 때마다 관심을 두고 지켜보고 있었다. 날이 더워지자 삽시간에 여러 개의 줄기가 뻗어 나와 있었다. 성장 속도를 보니 빨리 어떻게든 손을 좀 봐야 된다는 생각이 들었다. 작년에는 오이를 심어 놓고, 자기들이 알아서 자라겠지 하며 그냥 두었다가 겨우 한 개 따먹었다. 그러고는 더 이상 오이가 나오지 않아 허탈했던 경험이 있던 터였다. 올해는 제대로 해보려고 인터넷 검색을 열심히 해서 수박 키우는 방법을 찾았다.

"엄마 줄기에서 순이 네다섯 장 나오면 자른다. 아들 줄기 중에 생육이 왕성한 두 개 정도만 남긴다. 아들 줄기의 15~20마디 사이의 암꽃에서 수박이 달리게 한다. 수박 모종 하나에 아들 줄기 두 개, 수박 두 통을 키우게 된다. 두 개가 달리면 이후로 피는 암꽃이든 수꽃이든 모두 따준다." 설명을 읽어보고 그림을 보고 내가 심은 수박을 다시 쳐다보았다. 역시 그림과 실재는 다르다. 너무 어렵다. 생각보다 많이 자라버려서 어느 것이 엄마 줄기이고, 아들 줄기인지조차 구분을 할 수가 없었다. 엄마 줄기에서 5번 순 이후로 자르라는데, 도대체 어디서부터 1번이라고 붙여야 하는 건지, 생육이 왕성한 놈이 어느 놈인지도 구분이 되지 않았다. '에라, 수박이 두 개 나올 게 하나가 나오든, 세 개 나올 게 네 개가 나오든 대세에 지장이 있으랴. 일단 대충 자르고 보자.' 한 개라도 제대로 만들어보자는 생각으로 적당히 5번이라고 생각되는 지점을 잡았다. 잘라

내려는 순간, 갑자기 마음이 아팠다. 낙태라도 시키는 것처럼 내가 잘못 잘라서 혹시나 세상에 나올 수도 있는 수박을 못 나오게 하는 건 아닐까 싶었다. 신이라도 된 것처럼 생명의 문제를 내가 결정하는 것 같아 부담스러웠다. 한참을 이걸 자를까 저걸 자를까 고민하다가 잔뜩 긴장하고는 소심하게 엄마 줄기 하나를 잘라냈다. 하나를 잘라내고 보니, 처음 하나가 어렵지 다음부터는 엄마 줄기, 아들 줄기, 곁순들까지 과감하게 잘라냈다. 이것들을 잘라내야 남아 있는 열매들이 제대로 자랄 거라는 마음으로. 결국 아들 줄기에서 2번, 4번이 내 손에 의해 선택받았다. 태어날 가능성이 있는 수박들을 다 잘라버린 것은 아닐까? 남겨둔 것에서 아무것도 나오지 않으면 어떡하지?

그러던 중, 날이 점점 더 더워지자 풀이 너무 걱정돼서 밭에 나갔다. 풀을 정리하고 있는데 어디선가 '반짝'하는 푸른 빛이 내 눈을 사로잡는 게 아닌가. 드디어 수박이 열린 것이다. 무슨 옥동자라도 낳은 것 마냥 어찌나 감동적이던지. 무언가를 생산해냈다는 생각. 열릴 수도 있었던 다른 아이들을 모두 잘라내고 이 수박 하나를 만들었다는 생각. "한 송이 국화꽃을 피우기 위해 봄부터 소쩍새는 그렇게 울었나 보다."라는 시 구절처럼 이 수박 하나를 만드느라 얼마나 많은 우연들과 사건들과 힘들이 있었을까 하는 생각. 그 어떤 수박과도 다른 특별한 이 수박이 만들어졌다는 생각. 만감이 교차하면서 그 감동은 배가 되었다. 등 뒤에서의 갑작스러운 수박의 출현, 실재하는 그 수박은 열릴 가능성이 있었던 다른 수박들을 생각나게 했다. 잘려나가는 바람에 가능성만 있었고 지금 존재하지 않는 것들, 수박이 될 가능성이 어느 정도였는지는 전혀 알 길이 없다. 잘라내지 않았으면 아마 수박을 하나도 못 건졌을지도 모른다. 가능성이 0이었을지도 모를 일인 것이다. 작년 오이 농사처럼.

살아가는 동안 우리는 얼마나 많은 가능성들에 대해서 생각할까? 가능성이라는 말은 어찌됐든 지금 현재 일어나지 않은 일이며 앞으로도 장담하기 어려울 때 주로 쓰는 말이다. 심지어 가능성이 전혀 없는 상황에서도 가능성에 대한 이야기는 할 수 있다. '영어 쓰는 나라에 태어났다면, 부잣집에 태어났다면, 학벌이 좋다면, 집을 그때 샀다면, 잘 살 수 있을텐데.'라는 핑크빛 가능성에 대한 이야기부터 '사고가 나면, 비행기가 추락하면, 집이 무너지면, 다칠 수도, 죽을 수도 있다'는 등의 회색빛 가능성까지 무수히 많은 가능성을 생각한다. 하지만 핑크빛이든 회색빛이든 '~~하면 …할 수 있다'는 가능성을 생각하는 것은 지금 현재 불행한 것이거나 불안한 것이다. 그런데 가능성이라는 말을 들으면 한편으로는 어떤 긍정의 느낌이 들기도 한다. '무한한 가능성, 뭐든지 할 수 있어.' 등의 표현을 들으면 어디선가 힘이 솟고, 하기만 하면 될 것 같은 희망이 생기기도 한다. 그런데 이 지점에서 들뢰즈는 우리가 가능한 것과 잠재적인 것을 종종 혼동하고 있음을 꼬집는다. 들뢰즈에게 있어서 가능성과 잠재성은 아주 다른 개념이다. 잠재성은 실재하는 것이고, 가능성은 실재하지 않는 것이라고 한다.

잘라내지 않았다면 존재할 가능성이 있었던 '수박'들은 실재하지 않는다. 단지 '수박'이라는 개념에 맞춰서 그 개념과 동일하거나 유사한 이미지만 떠올릴 수 있을 뿐이다. 내가 죽이는 게 아닌가 걱정했던 그 가능성의 수박들은 개념상의 수박일 뿐이다. 우리는 이렇게 개념과 동일하거나 유사한 이미지로만 존재하는 가능성에 목숨 거는 경우가 많다. 나이를 불문하고 스펙을 최대한 많이 쌓으려고 하는 것도 그런 태도 중 하나다. 최대한의 가능성을 모두 열어두려고 하는 마음 때문이다. 영어를 잘하면, 아니 요즘은 영어 하나가 아니라 외국어도 여러 개 할 수 있으면 더 좋다. 게다가 자격증도 많으면, 취업이 가능하고, 승진을 할 수 있고, 연봉이 올라갈 수 있다고 생각한다. 그런 가능성을 생각하며 이것도 해보고 저것도 해보느라 산만하게 살아간다. 이런 가능성을 생각하는 것에는 어떤 동일하거나 유사한 이미지가 있다. 스펙을 많이 쌓아서 취업도 잘하고 연봉도 높고 행복한 가정도 꾸리는 그런 이미지. 우리 모두의 머리 속에는 그런 유사한 이미지들을 그리고 있는 것이다. 하지만 그건 리얼한 실재가 아니다. 내가 스펙을 쌓아서 취업을 해도, 연봉이 높아도 실재로 어떻게 살지는 아무도 모른다. 중요한 것은 이미지로만 존재하는 가능성이 아니라, 실재로 존재하는 실존이다.

중요한 것은 실존 자체이다. 실존은 등 뒤에서 일어나는 갑작스러운 출현이고 순수한 활동, 도약이다. 실존은 개념과 똑같은 것이지만, 그 개념의 바깥에서 성립한다.

—『차이와 반복』, 질 들뢰즈 저, 김상환 역.

아들 줄기의 2번 수박의 실존은 수박의 개념과 같은 것이지만, '수박'이라는 개념의 바깥에서 실존한다. 일반적인 '수박'의 개념, 즉 크고, 동그랗고, 물이 많고, 겉은 초록, 속은 빨강인 과일 정도로는 2번 수박의 실존을 설명하기에는 턱없이 부족하다. 2번 수박을 설명하려면 그 개념을 넘어서는 무언가를 더 보태야 하기 때문이다. 2번 수박은 그냥 수박이 아니다. 제거된 수박들, 줄기들, 잎들, 비, 바람, 햇빛, 흙, 거름, 주변의 풀, 순지르기 하던 나의 손 등등 모두가 그 2번 수박에 실재적으로 잠재해 있고, 그 잠재성이 어느 순간 불현듯 밖으로 드러난 것이다.

모두를 품고 있으면서 동시에 다른 수박과는 분명히 구별되는 유일하고 특이한 존재다. 가능성이 동일성과 유사성을 추구한다면 잠재성은 실재적인 다름, 즉 차이를 만들어내는 힘이다. 들뢰즈에 의하면 잠재적인 것은 언제나 차이, 발산, 또는 분화를 통해 현실화된다. 잠재적인 것이 현실화된다는 것은 개념이 가진 가능성을 현실화하는 것이 아니라, 개념을 넘어서는 다양성의 선들로 분화된다는 것이다.

프랑스 후기 인상파 화가인 세잔은 평생 어떤 것의 모방도 아닌, 진짜 그것, 진짜 그 사과를 그리기 위해 싸웠다고 한다. 그 싸움의 결과 사과 하나와 한두 개의 꽃병 정도를 완성해냈다고 스스로를 평가한다. 이것을 두고 들뢰즈는 세잔의 '사과성'이라고 말한다.

40년의 악착같은 투쟁 끝에, 그는 마침내 어떤 사과 하나를 알 수 있었고 한두 개의 꽃병을 완전히 알 수 있었다. 이것이 그가 성공적으로 한 모든 것이었다. 세잔의 사과는 중요하다. 플라톤의 생각보다 더 중요하다. … 우리는 진짜 사과성은 모방할 수 없다. 각자는 새롭고 다른 이 특성을 스스로 창조하여야 한다. 세잔의 사과를 모방한다면 그것은 이미 아무것도 아니다.

—『감각의 논리』, 질 들뢰즈 저, 하태환 역.

영어만 되면, 학벌만 좋으면, 부잣집에 태어났다면, 잘 살 수 있을텐데. 이것은 지금 실존이 그렇지 않은데, ~~하면 할 수 있다는 가능성만 생각하는 삶이다. 스피노자도 이런 가능성에 대한 희망은 공포나 불안에서 온다고 본다. 희망과 공포가 따로 있는 것이 아니라, 항상 짝꿍처럼 동시적으로 일어나는 감정이라는 것이다. 우리는 보통 이런 가능성들을 끊임없이 좇아가며 불행해하거나 불안해한다. 혹은 반대로 불안하기 때문에 이런 희망의 메시지에 집착한다. 가능하다고 생각하는 어떤 가상의 이미지를 만들고 그것과 동일시하거나 유사해지려고 하는 삶은 불행한 삶이다. 실재성이 없이 개념 안에서만 맴맴 도는 허상으로서의 삶이다. 그 허상과 같은 삶에서 벗어나기 위해서는 항상 개념의 바깥, 동일성이나 유사성의 바깥에 있어야 한다. 우리 각각은 모두가 다른 특이성, 차이를 가진 존재들이며, 그것을 실제의 삶으로 드러낼 수 있는 역량을 가지고 있다.

잠재성이란 가능성과 다르다. 지금 이 실존이 의미 있는 이유는 무수히 많은 잠재성이 하나의 사건으로 현실화된 존재이기 때문이고, 어느 누구와도 같을 수 없는 유일성, 특이성 때문이다. 내가 갑자기 내 눈앞에 나타난 수박을 보고 감동했던 것은 동일성이나 유사성을 제거해버린 그 수박만의 '수박성' 때문일지도 모른다. 그 수박만이 갖고 있는 무수히 많은 잠재성이 밖으로 드러난 순간의 힘, 그 존재의 힘이 고스란히 나에게도 전달되었다. 그것이 바로 존재의 실재적 힘이었다. 그렇다면 중요한 것은, 잘 사는 다른 사람들을 바라보며 닮으려고 애쓸 게 아니라, 어떻게 어느 누구와도 다른 유일한 '나'로 살 수 있을지를 고민하는 것이다. 개념상으로만 존재하는 가능성들을 하나씩 순지르기하며 실재적 나의 힘을 하나로 모으는 일이다. 힘이 하나로 모아질 때 그 잠재성은 폭발적으로 드러날 것이다. 남들 따라서 하나라도 더 하려고 할 것이 아니라, 나에게 맞지 않는 것들을 하나씩 제거하는 것들이 더 필요한 이유이다.

3

N개의 엄마

- 다양체

딸 둘이 모두 예술을 전공해서 공연을 보러 갈 일이 종종 있다. 그 좋은 날에 우리 부부는 거의 항상 싸우게 된다. 문제는 공연 준비하느라 고생한 딸에게 줄 선물 때문이다. 나는 당연히 꽃다발을 주자고 하는데 남편은 아무짝에도 쓸모 없는 꽃을 뭐하러 사냐면서 그때부터 괜한 트집을 잡는다. 남편은 계속해서 맛있는 케이크를 사자는 것이다. "며칠 피어있지도 않고, 마르고 나면 똥 냄새나 나는 걸 뭐하러 사? 케이크를 사면 맛있게 먹을 수 있고 얼마나 좋아? 애들도 꽃보다 케이크를 더 좋아해!" "어떻게 공연 끝나고 꽃다발 하나 없이 서운하게 그래? 애들도 꽃다발 더 좋아하거든! 케이크도 먹으면 똥밖에 더 돼? 아니면 살이나 되겠지. 괜히 자기가 먹고 싶으니까 그런 거잖아? 무식하게 먹는 생각밖에 없냐?" 이렇게 우리 싸움은 똥 싸움으로 치닫는다. 나를 뺀 나머지 세 식구는 모두 먹기 위해 사는 사람들 같다. 먹는 재미보다 더 큰 행복이 어디 있느냐고 주장하는 사람들이다. 어디 여행을 가도 맛집만 찾아서 잘 먹으면 여행의 목적은 달성이다. 걷기 좋은 길을 애써 찾아서 좀 걷다 오자고 하면 덥네, 춥네, 힘드네, 불평이 가지가지다. 결국 여행을 가서도 배만 불리다가 오는 경우가 다반사다. 내가 원한 여행은 이게 아닌데…. 내가 이상한 건가? 가족 모두가 행복하려면 나 하나만 양보하면 간단하게 해결되는 일인데 내가 양보하고 맞춰야 되나?

나는 김치만 있으면 밥을 맛있게 잘 먹는다. 그리고 여러 가지 요리를 해서 먹는 것은 시간 낭비라고 생각한다. 요리 시간을 최소화하고 다른 생산적인 일을 하고 싶다. 결혼하기 싫었던 가장 큰 이유가 밥하기 싫어서였을 정도다. 다행히 밥을 잘할 것 같은 남자를 찾았다고 생각했는데, 오히려 밥을 잘 먹는, 아니 밥에 집착하는 남자였다. 아빠를 닮아 너무 잘 먹는 두 딸과 남편을 먹이면서 근근이 20년 넘게 살아왔다. 딸들이 어른이 되기를 손꼽아 기다렸다. 딸들을 모두 대학에 보내고 우리 부부는 시골로 들어왔고, 드디어 자유가 시작되었다. 그런데 세상은 나를 밥 안 해도 되는 엄마로 살아가도록 놔두지 않았다. 코로나가 시작된 것이다. 집에 성인 4명이 살기 시작한 지 6개월째다. 더 가혹한 밥 짓기 족쇄에 걸리고 만 것이다. 성인 1인이 그렇게 많은 양의 밥을 먹는지 미처 몰랐었다. 중고등학교 급식이 얼마나 감사한 일인지도 새삼 느꼈다. 처음 몇 달은 급식 아줌마 놀이 한다면서 웃으며 넘겼다. 곧 자유가 다시 찾아올 거야. 또 몇 달은 이왕 하는 거 재미있게 하자며 자신을 달래보기도 했다. 곧 좋은 날이 오겠지. 그러다 드디어 내 안에서 다른 내가 터져 나오고 말았다. "더 이상 밥 안 할래!! 왜 밥 좋아하는 사람들이 밥을 안 하고 좋아하지도 않는 내가 다 해야 되냐구? 이제 다들 어른인데 각자 알아서 먹도록 해!" '엄마' 휴직계를 내든지 사표를 내겠다고 엄포를 놨다. 이제 더 이상 '엄마' 안 할 거라고.

남편이 대장암에 걸린 이후로 모든 음식은 직접 만들려고 해왔다. 재료도 생협에서 사다 쓰고, 건강식으로 해야 된다는 생각이 나를 지배했다. 가족들의 건강을 책임지고 관리하는 것이 엄마인 내가 당연히 해야 되는 일이라 생각했다. 막상 그렇게 요리를 하다 보니 실제로 많이 늘기도 했고, 잘한다고 인정받고 나면 뿌듯함도 있었다. 그런 인정을 받아가며 가족들의 건강을 위해 중심에 서서 진두지휘하며 살아왔다. 10년간 그 생활을 해왔기 때문에 이제는 그런 생각이 습관이 되었다. 밑반찬이라도 좀 사다 먹어도 될 텐데 고스란히 내가 처음부터 끝까지 다하려고 했다. 하지만 그런 마음을 강하게 먹을수록 오히려 나는 지쳐가고 있었다. 가족의 건강을 지켜야 한다는 강박에서 슬슬 놓여나고 싶어졌다. 그런 마음에도 불구하고 좋은 아내, 좋은 엄마이고 싶지만, 동시에 나의 가치에 따라 내 뜻대로 살고 싶다는 마음이 동시에 일어났다. 그런 갈등 속에서 괜히 딴지를 걸어본다. 왜 엄마인 나만 그런 헌신을 해야 하는가? 이것은 사회적인 요구가 아닌가? 왜 가족의 건강을 엄마가 관리하고 책임지라고 말하는가? 그것은 사회가 요구하는 것일 뿐, 내가 원하는 게 아니지 않은가? 그렇다면 사회적 요구에 저항하고, '엄마' 사표를 낸다고 해서 해결될 일인가? 여러 개의 마음들로 뒤엉켜버려서 어디서부터 어떻게 풀어야 할지 난감하기만 하다.

들뢰즈는 욕망의 문제를 기계라는 개념으로 풀고자 한다. 기계는 중립적이고 인격이 없다. 기계란 옳고 그름도 없고, 중요성의 차이나 우선 순위가 있는 것도 아니다. 그것이 사회적이거나 개인적이라는 단위가 따로 있는 것도 아니다. 기계는 단지 서로 접속, 분리되며, 서로의 힘의 관계에 따라 작동할 뿐이다. 들뢰즈가 욕망을 기계라고 보는 것은 바로 이런 점 때문이다. 욕망은 선악이나 중요도에 따라 움직이는 것도 아니고, 사회적 욕망이나 개인적 욕망이라는 게 따로 있는 것도 아니다. 욕망은 같은 방향으로만 움직이는 것도 아니고, 반대되거나 어울리지 않는 것이어도 바로 옆에 붙어서 작동할 수 있는 기계라는 것이다.

기계는 욕망이다. 왜냐하면 욕망이 기계 안에서 끊임없이 기계를 만들고, 이전의 톱니 옆에 새로운 톱니를 슬그머니 덧붙이기 때문이다. 이런 일은 톱니들이 서로 대립하거나 조화롭지 못한 경우에도 벌어진다. 기계를 만드는 것은 엄밀히 말해 접속이고, 분해로 인도하는 모든 접속들이다.

—『카프카, 마이너 문학을 위하여』, 질 들뢰즈, 펠릭스 가타리 공저, 권순모 역.

욕망 기계에 사회적 욕망 기계가 따로 있고, 개인의 욕망 기계가 따로 있는 것이 아니라고 한다. 그 둘이 아무리 대립적으로 보일지라도 그것은 바로 옆에 슬그머니 붙어서 작동시킨다는 것이다. 나의 가치에 따라 자유롭게 살고 싶다는 욕망뿐만 아니라, 사회가 요구한다고 생각했던 현모양처가 되고자 했던 욕망도 단지 욕망 기계 중 하나일 뿐이다. 서로 대립되고 모순되는 욕망 기계이지만 삐거덕거리며 같이 작동하고 있었던 것이다. 그런데 나는 현모양처를 욕망하는 기계, 즉 '현모양처-기계'를 사회가 강제적으로 붙여놓았다고 생각했다. 그것을 싸워서 이겨야 할 적으로 규정했다. 적이라고 생각하는 '현모양처-기계'를 떼어내면, 엄마 사표를 던져 버리면 풀릴 문제라고 생각했던 것이다.

사회와 개인은 분리시킬 수 없는 문제다. 어떤 유형의 사회가 따로 있고, 거기에 독립적으로 개인이 있는 것이 아니라는 의미이다. 아무리 고립된 개인도 집합적으로 존재하며, 사회적 기능으로 드러난다는 게 들뢰즈의 생각이다. 생각해보면 너무나 당연한 일이다. 사회라는 것이 어디에 따로 있어서 우리에게 이래라 저래라 명령하는 게 아니지 않은가? 개개인들의 욕망이 곧 사회적 욕망이며 나의 욕망도 곧 사회적 욕망의 일부이다. 현모양처가 되라는 것은 사회가 나에게 명령한 것이 아니라, 그 사회의 일부인 나의 욕망이었던 것이다. 그렇다면 들뢰즈는 도대체 이 문제를 어떻게 해결하라는 말인가? 현모양처-기계를 사회적 욕망이라고 치부하고 거부할 문제가 아니라, 내 욕망이기도 하다면 어떻게 이 문제를 해결할 수 있을까?

기관 없는 몸체는 기관들에 대립한다기보다는 유기체를 이루는 기관들의 조직화에 대립한다. 기관 없는 몸체는 죽은 몸체가 아니라 살아 있는 몸체이며, 유기체와 조직화를 제거했다는 점에서 더욱더 생동하고 북적댄다. … 기관 없는 충만한 몸체는 다양체들로 북적대는 몸체이다. 그리고 무의식의 문제는 확실히 생식과는 아무 관련도 없으며 오히려 서식, 무리와 관련된다. 그것은 땅이라는 충만한 몸체 위에서 일어나는 세계적 무리의 문제이지 유기체적인 가족의 생식 문제는 아니다.

–『천 개의 고원』, 질 들뢰즈, 펠릭스 가타리 공저, 김재인 역.

일반적으로 생명이란 생명체 내의 기관들이 각각의 기능을 하며 조직적이고 체계적으로 돌아가는 유기체적인 조직이라고 생각한다. 하지만 들뢰즈는 그런 일반론적인 생각에 반대하기 위해서 '기관 없는 몸체'라는 개념을 가져온다. 생명은 기관 없는 몸체이며, 기관 없는 몸체는 하나의 유기체적 조직을 위해서 만들어지는 것이 아니라는 것이다. 오히려 조직화가 제거될 때 수많은 '다양체'들로 북적대고 충만해질 수 있다고 한다. 욕망도 현모양처-기계 하나로만 움직인다면 그것은 충만한 몸체와는 거리가 멀어진다. 현모양처-기계가 문제가 되는 것은 다른 욕망 기계들을 모두 억누르고, 현모양처-기계 하나만 작동시킬 때이다. 그렇다면 나에게 필요한 것은 현모양처-기계를 거부하고 부정할 것이 아니라, 다양한 기계들을 작동시키는 것, 다양체들을 살려내는 것이다. 가족의 건강과 행복을 위해 자기를 희생하는 현모양처로서의 엄마만이 아니라, 다양한 이름, 다양한 모습의 엄마를 상상하는 것, 그 상상을 현실에서 살아내는 것이 나의 숙제다.

'언표가 끼어들면서 기존의 배치를 분해한다. 언표는 그 자체로 기계의 부품이고, 전체를 작동시키거나 고치거나 요동치게 한다.' 들뢰즈에 의하면 언표는 기존의 배치를 끊어내는 힘이 있는 기계라고 한다. 내가 할 수 있는 것은 배치를 바꿀 수 있는 언표들을 생각하며 다른 방식으로 상상하고 바꾸어보는 것이다. 다양한 엄마에 대한 다양한 이름들, 다양한 언표들을 생산하는 것이다. 어느 때는 친구 같은 엄마, 어느 때는 아이처럼 철없는 엄마, 어느 때는 언니 같은, 동생 같은, 주인 같은, 손님 같은,

봄 같은, 토끼 같은, 안개꽃 같은 … N개의 엄마.

"내 친구들은 참 이상해. 본가에 가면 엄마가 상다리 부러져라 밥을 차려준다는데, 왜 집에 안 가는지 몰라. 근데 내 친구들은 내가 이상하대. 집에 꿀단지 숨겨놨냐고, 뭘 그리 자주 가느냐고." 얼마 전 큰딸이 하는 말에서 내 귀에 들어 온 건 다른 엄마들은 아이들이 오면 상다리가 부러지게 차려준다는 말이었다. 뒤에 덧붙인, 밥 안 해줘도 집에 오고 싶다는 말은 들리지도 않았다. '다른 엄마들은'이라는 단어에 꽂힌 것이다. 그것은 모두가 그렇다, 그러니 나도 그래야 한다는 의미로 다가왔다. 그것은 딸의 입을 빌려 나를 작동시키는 사회적 언표이고 사회적 명령이었다. 엄마의 본분은 자식이 오랜만에 본가에 오면 한 상 가득 잘 차려 먹여야 한다는 명령. 그 명령은 매번 내 안에서 메아리가 되어 나온다. 그것을 제대로 따르지 못하는 나는 괜한 죄책감에 사로잡힌다.

딸들에게 있어서 나는 생물학적으로나 사회적으로나 피할 수 없고, 벗어날 수 없는 '엄마'다. 하지만 엄마이기 이전에 무수히 많은 다양한 욕망이 꿈틀거리는 다양체로서의 생명이다. 사회에서 하는 명령이라며 그것만을 작동시키려고 한다거나 반대로 그것을 거부할 것이 아니라 다양체로서 충만하게 살아갈 길을 찾아야 한다. 모든 욕망은 나를 이루는 것이며 제대로 작동되어야 하는 것이다. 큰딸이 했던 말을 다시 생각해보게 된다. 집에 꿀단지가 있는 것도 아닌데 딸은 자꾸 집에 오고 싶다고 하는 말. 다른 엄마들처럼 상다리 부러지게 차려주는 것도 아닌데 이상하게 집에 오고 싶다는 말 말이다. 애들은 사회가 요구하는 것처럼 밥 잘 차려주고 자기를 희생하는 엄마만을 원하는 게 아닐지도 모른다. 내가 N개의 엄마로 인정받고 싶듯이 자신들도 N개의 딸들로 보아줄 수 있는 엄마, 그런 엄마와의 다양하고 풍성한 관계를 원하는 거 아닐까. 그러기 위해서는 각자가 자기의 자리를 매번 바꾸어야 한다. 이제는 내가 가족의 중심에만 서지 않으려고 한다. 중심과 가장자리를 오가며 다양한 역할, 다양한 이름으로 불리고 싶다.

4

나는 소작농이다

- 애벌레 주체

퇴직하면 노후를 어떻게 살아야 하나 고민하던 중에 남편은 일을 저지르고 말았다. 내가 반대하는 데도 뭐에 홀린 것처럼 밭을 사버린 것이다. 도시에서 나고 자란 남편은 농사라곤 1도 모르면서 아무런 대책 없이 일을 벌인 것이다. 산 지 얼마 지나지 않아서 밭에 나가보았다. 이렇게 큰 땅을 어떻게 무슨 재주로 농사를 짓나 걱정스런 얼굴로 쳐다보고 있었다. 그러고 있는데 아랫 밭에서 할아버지가 오셨다. 땅 주인이냐고, 농사를 지을 거냐고 하셨다. 퇴직하면 제대로 해보려고 하는데, 아직은 회사를 다니느라 주말에만 올 수 있다고 했다. 그렇게 해서 농사를 지을 수 있을지 걱정이라고 하소연을 했다. 할아버지는 손바닥만 한 땅을 가지고 걱정이냐고 자기가 가르쳐주는 대로만 하면 충분히 할 수 있으니 걱정 말라셨다. 어디서 이런 귀인이 나타나셨나, 전생에 복을 많이 지었나 생각하며 연신 감사 인사를 해댔다. 그렇게 농사는 시작되었다. 밭 갈기부터 시작해서 두둑에 비닐 씌우기, 모종 심기 등 할아버지는 당신 일처럼 적극적으로 도와주셨다. 심지어 모종이며 농사 도구들까지 사다 주시고, 어디 무엇을 심을지 농사 계획까지 다 세워주셨다. 우리는 뭐가 뭔지 모르는 상태로 전적으로 할아버지를 믿고 시키는 대로 따라 했다. 할아버지 덕에 뭔가가 만들어지고 있는 밭을 보며 세상 일이 돌아가는 게 참 신기하다는 생각도 들고, 어떻게든 길은 있구나 싶었다. 너무 감사해서 담배며 술이며 점심이며 종종 사다 드리고 대접했다.

시간이 지나면서 할아버지는 점점 우리의 생활에 개입하기 시작했다. 수시로 전화를 하셔서 '며칠 날은 시간 비워 놔, 감자 심어야 해.', '며칠은 고추 모종 심어야 해, 시기를 잘 맞춰서 하는 게 중요하니까 그날 하자구.', '비가 온 후에는 약 쳐야 돼, 풀이 너무 많이 자랐어, 와서 얼른 뽑아줘야지.', '창고에 수납장 하나 놔야겠어, 소독약은 따로 보관해야 되니까.', '○○비료랑 ○○모종 좀 사와.' 전화벨 소리가 울리면 두려워지기 시작했다. 농사를 제대로 따라 할 수 있는 몸도 마음도 아직은 아니었다. 직장 생활과 도시형 생활에 길들여진 몸이라 주말인데도 불구하고 새벽같이 일어나서 밭에 나가는 것도 너무 힘들었다. 밭일을 하고 오면 다음 날은 몸져누워 있어야 했다. 할아버지의 속도를 따라가기에는 우리가 너무 느리고 서툴렀다. 그러다 문득 우리가 밭의 주인인지, 소작농인지 의문이 들었다. 밭 어느 곳에 어떤 작물을 심는 건지도 모르고, 언제 무슨 일을 해야 되는지도 모른다. 할아버지가 계획도 다 세우시고 우리는 시키는 대로만 했다. 누가 봐도 이건 소작농이다. 뭔가 잘못되어가는 느낌이었다. 그래서 하루는 밭에 가서 할아버지께 말씀드렸다. 할아버지한테 너무 의지해서는 안 될 것 같고, 실패도 하면서 배우는 건데 농사를 망치더라도 우리 힘으로 해보겠다고 했다. 할아버지는 많이 서운해하시는 것 같았지만 우리가 살아야겠다는 생각에 어쩔 수 없었다. 이제는 우리의 속도대로 천천히 여유 있게 농사를 지을 수 있을까?

말 그대로 농번기인 여름이 왔다. 여름의 힘은 할아버지가 우리에게 강요하던 힘 못지않게 강력하게 작동했다. 뜨거운 햇볕은 아침부터 이글거려서 일어나야 하는 시간은 점점 더 빨라져야 했다. 늦어도 새벽 5시에는 일어나야 그날의 밭일을 조금이라도 덜 힘들게 할 수 있다. 도시에서는 있을 수 없는 일이었다. 금요일 저녁이면 불금이라고 야식 먹으며 영화 보기 일쑤였는데, 그런 생활은 이제 꿈도 꿀 수 없었다. 토요일 아침에 비라도 오고 있으면 우리 부부는 오늘은 좀 쉬어도 되겠다 싶어서 서로를 쳐다보며 슬그머니 미소를 지었다. 하지만 그것은 한참 잘못 알고 있는 것이었다. 비 온 뒤 며칠 후에 밭에 나가보니 손가락만 하던 풀이 내 허리춤까지 자라버린 것이다. 작을 때는 쏙쏙 잘 뽑히던 것이 크게 자라고 굵어지니 보통 힘든 게 아니었다. 그런 풀들을 뽑고 나니 다음 날 아침에 손아귀가 다 부었고 너무 아팠다. 여름이 온다는 건 새벽에 일어나라는 명령이고, 비가 오면 빨리 가서 풀을 뽑으라는 명령이고, 바람 불면 고추, 토마토가 안 넘어졌는지 확인하고 다시 묶어주라는 명령이었다. 할아버지에게서 벗어났어도 여전히 소작농의 삶이었다. 할아버지의 간섭이 없으면 나름대로 주인의식을 가지고 계획을 세우고 재미있게 농사를 지을 수 있을 것 같았다. 하지만 그건 착각이었다. 소작농인가 주인인가 헤매는 동안 밭은 엉망이 되어갔다. 농사만 그런가? 삶도 마찬가지다. 주인의식을 가져라, 주체적으로 살아라, 수없이 듣는 말이기도 하고, 수없이 하는 말이기도 하다. 하지만 농사일에서 보다시피 그게 과연 가능한가? 주체적이라는 말 자체에 문제는 없는 걸까?

둘째가 3살 무렵 오른손에 화상을 입었다. 오른손잡이었는데 화상을 입고 한동안 그 손을 쓰지 못하게 되자 왼손잡이가 되어버렸다. 학교 갈 나이가 되면서 강제적으로 오른손잡이로 바꿔보려고 했지만 허사였다. 둘째에게는 아마 오른손, 왼손 모두 사용할 수 있는 잠재적인 능력이 있었을 것이다. 하지만 오른손잡이 문화 속에서 자라면서 오른손잡이가 되었다가 오른손을 쓸 수 없는 환경이 되자 왼손잡이가 된 것이다. 언젠가 TV에서 손이 없어서 발로 그림을 그리는 화가를 본 적이 있다. 손이 없다고 해서 모두가 발을 손처럼 사용할 수 있는 것은 아니겠지만, 그 화가는 발의 잠재적인 능력을 현실화시킨 것이다. 이런 일들이 얼마나 많을까? 우리는 무한한 잠재성들을 가지고 있으면서도 지극히 일부만을 쓰고 다른 능력은 퇴화시켜버린다. 하지만 아직 쓰지 않은 잠재되어 있던 능력은 어떤 강요된 환경에서 다시 사용 가능해진다. 이런 생각을 들뢰즈는 애벌레-주체라는 개념으로 설명한다.

애벌레는 성충이 되기 전 잠재적인 능력들을 품고 있는 상태다. 그것이 어떤 환경에, 어떤 조건에 놓여지는가에 따라서 아주 다른 성충들이 된다. 애벌레 상태에서는 상황에 따라 손을 발처럼, 발을 손처럼, 입을 손처럼 다양한 방식으로 사용할 수 있는 능력이 잠재되어 있다. 아직 어느 기관은 어디에만 써야 한다고 정해진 것이 아니라는 것이다. 주체란 고정된 기관, 고정된 기능, 고정된 역할을 하는 성충 같은 존재가 아니라 무한한 잠재성을 가지고 있는 애벌레 주체라는 것이다.

왜 애벌레-주체인가? 이는 그들이 역동성의 지지대이거나 인내자이기 때문이다. 오로지 배아가 견뎌낼 수 있는 한에서만 어떤 체계적인 생명 운동이 있을 수 있고 또 그 운동이 미끄러지거나 비틀릴 수 있다. 어떤 운동은 그저 견뎌낼 수밖에 없고, 따라서 그 앞에서는 누구나 수동적인 인내자일 수밖에 없다. 진화는 자유로운 분위기에서 이루어지는 것이 아니다. 오로지 퇴화를 겪은 것만이 진화하고, 말하자면 안으로 말린 것만이 밖으로 펼쳐지는 것이다.

—『차이와 반복』, 질 들뢰즈 저, 김상환 역.

진화한다는 것은 일반적으로 지금 현재보다 더 나아간다는 것을 의미한다. 여기에 퇴화는 있을 수 없다. 나는 진화라는 얘기를 할 때마다 뭍으로 올라온 최초의 물고기를 자꾸 떠올리게 된다. 뭍에서 살기 위해 얼마나 많은 노력, 얼마나 많은 도전을 했을까? 하는 생각이 들기 때문이다. 진화란 앞으로 나아가기 위해 부단히 노력해야 되는 일이라고 생각했던 것이다. 물고기들 중에서도 능력이 뛰어나고 에너지 넘치는 아이들이 뭍으로 올라오는 것을 성공한 것이라고 생각했다. 그런데 '퇴화를 겪은 것만이 진화한다'는 들뢰즈의 생각은 이 전제를 뒤집어버린다. 오른손만 사용하다가 퇴화되어버린 왼손은 화상이라는 조건을 만나면서 다시 사용하게 되었다. 퇴화되었던 화가의 발도 다시 강제된 조건 속에서 손의 능력을 갖춘 진화를 한 것이다. 어쩌면 뭍으로 처음 올라온 물고기들도 물의 환경에서는 잘 살지 못했던 물고기들이지 않았을까? 물의 환경에서 살짝 퇴화된 아이들, 능력이 좀 모자란 아이들이 물이 부족한 환경을 그저 견뎌내며 수동적으로 인내하면서 만들어진 진화가 아닐까? 아가미 능력이 좀 부족하거나 지느러미가 제 기능을 못 하거나 하는 그런 아이들의 진화. 그런 아이들의 잠재적 능력들이 발휘되면서 뭍에서 살아갈 수 있는 몸으로 서서히 변해갔을 것이다.

우리는 자신의 삶을 생각할 때 분명 자기 삶이지만 자기가 아닌 것들에 의해서 살아간다는 느낌을 종종 받는다. 나의 주변을 구성하고 있는 수많은 대상, 외부 환경에 휩쓸려간다. 나와 관계 맺는 대상의 속도가 나의 속도와 유사할 때는 자발적으로 즐겁게 맞출 수 있지만, 그 속도에 맞추지 못하고 버거울 때는 누군가의 명령이나 압박으로 느끼게 된다. 그런데 원인을 내 속도의 느림이 아니라, 대상의 속도의 빠름을 탓하게 된다. 해결책으로 '명령은 싫어, 주체적으로 하겠어, 자유가 중요해.'라며 포기해버리는 것이다. 이런 식의 생각은 어떤 것도 할 수 없게 만들고 어느 누구와도 함께할 수 없게 된다. 그 대상과의 거리는 멀어지게 되고, 자유가 아니라, 그건 할 수 없다는 무능력만 남는다. 내가 쉽게 생각하는 대상, 쉽게 할 수 있는 일만을 선택한다면 기존의 능력 안에서만 살아갈 수 있으며, 어떤 확장이나 성장도 일어날 수 없다. 들뢰즈에 의하면 우리는 모두 애벌레-주체다. 애벌레-주체는 시-공간적 역동성들을 체험하며 생존 가능성의 극한까지 밀어붙인다고 한다. 애벌레-주체의 개념으로 주체를 본다면 우리는 생존하기 위해 우리 능력의 최대치를 사용한다는 것이다.

나도 애벌레-주체다. 내 안에도 경작 본능이 있을 것이며 농사지을 수 있는 능력이 잠재되어 있을 것이다. 그동안 사용하지 않아 퇴화된 것일 뿐이다. 밭이라는 환경이 나에게 던져졌으니 잠자고 있던 나의 경작 능력이 살아나고 진화할 기회가 왔을지도 모른다. 우리는 흔히 신체의 능력을 키우려면 주체적으로 강한 의지와 끈기를 가지고 열심히 노력해야 한다고 생각한다. 하지만 이런 생각에 대해 스피노자는 다른 말을 한다. "인간 정신이 어떤 외부 물체를 현존하는 것으로 바라보는 한, 곧 그것에 대해 상상하는 한, 인간 신체는 외부 물체의 본성을 함축하는 방식으로 변용된다." 주어진 조건에 집중하고 상상하는 것만으로도 신체의 능력이 변용된다는 의미이다. 내가 농사에 집중하고 그것을 바라본다면 나의 신체도 농사의 본성을 함축하는 방식으로 변용된다는 것, 이것은 농사를 힘들어하는 나에게 긍정의 힘을 심어준다. 처음부터 농사를 잘할 수 있는 신체가 따로 있는 게 아니기 때문이다. 그것에 집중해서 부딪치다 보면 점점 더 그 일의 리듬에 맞는 신체로 변용될 것이다. 내가 농사에 좀 더 익숙해지면 그런 압박은 크게 느끼지 않게 될 것이다. 처음에는 낯선 환경이라 조금은 힘들어도, 내 신체를 농사일에 조금씩 붙여가야 한다.

외부에서 어떤 강제적인 힘이 들어온다고 해서 나의 주체적인 힘으로 그것을 이겨내겠다며, 저항하거나, 피할 문제가 아니다. 이제는 다른 질문이 필요하다. 그것이 무엇인지, 그리고 그 조건에서 나는 어디까지 할 수 있는지를 물어야 한다. 그동안 쓰지 않고 잠자고 있던 능력이 어디서 튀어나올지도 모를 일이다. 주변의 도움을 빌리든, 외부 조건에 맞추기 위해 나의 변화를 꾀하든, 방법의 문제는 중요하지 않다. 내가 할 수 있는 역량을 다해서 어떻게든 해보는 것이 중요하다. 제대로 못 한다고, 농사를 망쳤다고 해서 스스로 자책할 필요도 없고 자연을 원망할 이유도 없다. 주어진 조건에서 내가 할 수 있는 만큼을 조금씩 해보는 것, 그것밖에 없다. 요 며칠 사이에 밭에서 조금씩 수확을 하기 시작했다. 풋고추도 따고, 감자도 캐고, 열무, 토마토, 수박, 참외 등등. 많이는 아니더라도 어떻게든 수확은 있다. 지인들은 나에게 타고난 농사꾼이라고 농담 섞인 칭찬을 한다. 농담 같은 칭찬들이 나에게는 힘든 와중에 느낄 수 있는 작은 기쁨이고, 그 기쁨은 큰 에너지가 되어 돌아온다. 50년을 살아오면서 한 번도 해보지 않았던 많은 일들을 이 짧은 기간 동안에 하고 있다는 사실도 나를 기쁘게 한다. 계속해서 새로운 나를 만나는 일은 그 무엇보다도 행복한 일이다.

5

나눔의 바구니는 바깥으로

- 안티 오이디푸스

시골에 이사 오니 여러 가지 좋은 점들이 많지만, 불편한 게 한 가지 있다. 나눔이 너무 많다는 것. 동네에서는 별걸 다 나눈다. 과일이나 떡 같은 음식은 물론이고, 꽃, 나무, 종자까지도 나누어 주신다. 심지어 옆집 할머니는 우리 텃밭에 오셔서 당신이 심다 남은 감자도 심어 주시고 옥수수 모종도 가져와서 심어 주셨다. 지난 여름에는 그렇게 받아 심은 옥수수에서 맛있는 옥수수를 따 먹었는데 그 맛 또한 일품이었다. 시골에 살면 집집마다 다들 남는 게 많다. 배추, 열무, 상추, 부추, 파, 무, 오이 등 셀 수도 없다. 뒷집 할머니가 직접 키운 참외랑 토마토는 생전 처음 먹어보는 감동적인 맛이었다.

그런데 나는 제대로 키우는 것도 없으니 별로 나눠 드릴 게 없다. 그래서 뭐 하나라도 받으면 빵이든 과자든 뭐라도 사다 드리게 된다. 그런데 받아먹는 게 너무 많으니 어떻게 다 갚아야 할지가 큰 걱정이다. 받는 족족 드릴 수가 없어서 항상 할머니들에게 빚진 마음을 가지고 살아간다. 자본주의 방식에 길들여져 있어서 그런지 뭘 조금만 받아도 그것이 돈으로 계산이 되고 어떻게든 그 가치만큼 갚으려고 하게 된다. 옆집 할머니를 보면 빚진 감자랑 무생채가 계속 생각나고, 앞집 할머니를 보면 쑥떡, 뒷집 할머니는 호박 모종이랑 꽃이 생각나는 것이다. 그럴 때마다 빨리 뭘 드려야 한다는 생각에 부담이 만만치 않다. 숙제를 자꾸 미뤄서 점점 더 쌓이는 기분이다. 나의 이런 부담에도 아랑곳하지 않고 할머니들은 계속 나눠주신다. 내 안의 자본주의적 의식 구조를 바꿔야 하나? 이 나눔 문화에 어떻게 적응하지?

남편은 한동안 중년 남성의 우울함을 심하게 앓는 것 같았다. 아이들을 모두 대학에 보내고 나니 자기 삶의 동기 부여를 하는 것도 없고 재미도 없다는 것이다. 그러던 어느 날 퇴근하고 와서는 갑자기 생기가 돌면서 딸들에게 말을 꺼냈다. "너희들 둘 다 유학이든 대학원이든 가라, 그래야 아빠가 정신 차리고 돈을 벌어오지." 뜨악, 이건 또 무슨 얘긴가. 말인즉슨, 자기 팀의 선배가 아들 둘이 다 유학을 가게 돼서 엄청 긴장을 하고, 회사 생활을 열심히 한다는 것이다. 선배 입으로 물불 안 가리고 돈을 벌 거라고 했다고, 자기도 목표가 있어야 긴장하고 열심히 할 것 같다면서. 아무리 목표 지향적인 남편이라지만 그 얘기를 들으니 마음이 안 좋았다. 왜 자기 삶을 가족을 위해 희생하려고 할까? 왜 자기 본인의 즐거움은 없는 걸까? 왜 돈 버는 일 이외에는 다른 욕망이 없을까?

비단 이것은 회사 선배나 남편만의 이야기가 아닐 것이다. 가족을 위해 돈을 벌어야 한다며 일에 빠져 있는 일 중독 아빠들, 아이들 과외비 벌어야 한다며 온갖 알바를 전전하는 엄마들을 주변에서 심심치 않게 보게 된다. 목적은 화목하고 행복한 가족이며, 가족 구성원들의 성공이다. 광고나 다큐멘터리, 드라마도 모두 가족 이야기다. 가족을 위해 살라는 메시지를 매일같이 듣고 살아야 한다. 가족을 위한다는 것이 구체적으로 무엇인지는 알 수 없다. 하지만 분명한 것은 가족을 위해 써야 할 것이 많고, 쓰기 위해서 돈을 많이 벌어야 한다는 것이다. 가족 구성원들이 가족을 위해 해야 할 것은 돈을 벌고 쓰는 일, 자본을 축적하고 소비하는 일이다. 그런 면에서 가족은 가장 작은 자본주의 사회이기도 하다.

들뢰즈는 이 사실을 제대로 간파한다. 가족이란 자본주의를 무한하게 증식하게 해주는 가장 좋은 수단이며 자본주의는 그것을 놓치지 않고 이용하고 있다는 것이다. 들뢰즈는 이 문제를 개인의 문제로 보지 않았다. 이것은 바로 자본주의가 너무나 영악하게 이용하고 있는 가족주의라고 말한다. 아빠-엄마-아들, 다시 아빠-엄마-아들, 다시 … 이 구도는 무한 반복이 가능하며 자본주의 발달에 큰 기여를 하고 있다는 것이다. 들뢰즈는 이 아이디어를 프로이트의 정신분석학으로부터 가져온다. 근대 자본주의의 발달과 프로이트의 정신분석학의 발달이 궤를 같이 한다고 보았다.

오이디푸스는 사회적 주권 형식에 대응하는 우리의 내면의 식민지 형성이다. 우리는 모두 작은 식민지이며 우리를 식민지로 만드는 것은 바로 오이디푸스다. 가족이 생산과 재생산의 단위이기를 그칠 때, 접합이 가족에서 단순한 소비 단위의 의미만 발견할 때, 우리가 소비하는 것은 아버지-어머니다. 사회장은 오이디푸스로 복귀한다. 확실히 아빠-엄마-나는 도처에서 재발견된다. 사람들이 모든 것에 그것을 적용했기 때문에 자본주의는 그 이미지들을 이용하고 흐름들을 바꾼다.

-『안티 오이디푸스』, 질 들뢰즈, 펠릭스 가타리 공저, 김재인 역.

들뢰즈는 자본주의가 반생산 기구를 발명한 것이 신의 한 수였다고 본다. 여기서 반생산 기구란 국가나 가족과 같이 생산하지 않고 소비를 위해서만 존재하는 기구를 말한다. 반생산, 즉 소비하는 것이 생산을 계속해서 일으키는 것, 그것만이 자본주의의 최고 목적을 실현할 수 있는 방법인 것이다. 생산할 수 없는 기구를 만들어야 소비를 지속시킬 수 있으며, 자본주의는 무한히 실현된다. 이 목적을 위해서든, 우연이든 정확히 시기적으로 부합해서 나온 것이 정신분석학이다. 프로이트 정신분석에서는 모든 것을 가족 삼각형으로 해석하고, 모든 것을 가족으로 환원시킨다. 네가 욕망하는 것은 모두 아빠고, 엄마다. 다른 욕망은 없다. 이제 자신의 욕망은 부정당하고 사회가 만들어주는 역할에만 충실해야 한다. 가족에게 인정받는 아빠가 되기 위해 돈을 벌어야 하고, 엄마도 요즘은 돈 잘 버는 엄마가 최고다. 아이들도 이런 아빠, 엄마의 보람이 되기 위해, 미래의 돈 잘 버는 엄마, 아빠가 되기 위해 열심히 공부해야 한다. 아빠의 역할도, 엄마의 역할, 아이의 역할도 모두 돈에 묶여 있다. 자본에 대한 의존은 점점 커지고 결핍은 계속된다. 가족은 자본이 무한 증식할 수 있는 장소가 된다.

그렇다면 어떻게 자본주의 안에서, 아빠–엄마–아들의 역할만을 부르짖는 오이디푸스 편집증에서 벗어날 수 있을 것인가? 들뢰즈는 여기서 분열증이라는 정신분석 용어를 사용한다. 사실 욕망은 정신분석에서 말하듯 편집증적으로만 몰아가는 것이 아니라, 분열증적으로 흐른다. 어느 한곳으로 몰아가려고 해도 욕망은 다른 어딘가로 새어나가는 힘이 있다는 것이다. 분열증은 편집증과 달리 가족에 대해 전혀 다른 규정을 요구하며 가족을 갈기갈기 찢어버린다. 분열증은 '아빠–엄마–아들'이라는 오이디푸스에서 빠져 나오는 것, 안티 오이디푸스를 만들어내는 것이다. '사생아 낳기'가 주특기인 들뢰즈는 프로이트 정신분석학에서 오이디푸스를 가져오지만, 거기서 멈추는 게 아니라 그것을 가지고 새로운 아이를 만들어낸다. 편집증적으로 가족에 묶이는 것이 아니라, 가족이라는 허상, 그 이미지들을 깨부수고 분열증적으로 흐르는 다른 흐름들, 분리되어 나가는 흐름들을 발견해야 한다고 말한다.

공동체라는 관점은 분리적이며, 순환 속의 분리들을 고려한다. 생식에 비해 순환이 1차적이고, 전달에 비해 정보나 소통이 1차적이다. 유전의 혁명이 일어난 것도 고유한 흐름의 전달에 의해서가 아니라, 다만 코드나 공리계의 소통, 즉 흐름들에 정보를 전달하는 조합 장치의 소통이 있을 때였다. 사회장에서도 마찬가지다. 사회장의 코드화나 공리계는 무엇보다 사회장 내 무의식들의 소통을 정의한다. 무의식들의 소통들은 결코 가족을 원리로 삼지 않으며, 욕망의 투자의 대상인 한에서 사회장의 공동체를 원리로 삼는다.

–『안티 오이디푸스』, 질 들뢰즈, 펠릭스 가타리 공저, 김재인 역.

들뢰즈가 생각하는 공동체의 개념은 순환하긴 하지만 분리를 포함한 순환이다. 닫힌 채로 그 안에서만 순환하는 것이 아니라, 다른 곳으로 분리되어 나가는 열린 순환 구조를 가진다. 유전의 혁명도 A에서 A′로, A′에서 A″로 단순하게 전달될 때 일어나는 것이 아니다. 서로 다른 코드나 다른 계열이 소통하는 순간에, 전혀 다른 조합들이 이루어질 때 일어나는 것이다. 공동체든 생명체든 닫힌 구조 안에서는 불가능하며 분리되어 나가는 열린 구조일 때만 존재가 가능하고 지속되는 것이다. 무의식의 흐름도 마찬가지로 가족 안에서만 순환하는 닫힌 구조가 아니라, 열린 순환 구조를 가진다. 열린 순환 구조인 무의식은 언제나 바깥으로 흐르며 바깥과의 소통이 일차적이다. 우리의 무의식적 욕망은 사실 엄마, 아빠만을 욕망하는 것이 아니고 오히려 가족의 바깥을 욕망한다는 것이다. 바깥에 대한 욕망은 자기 생성, 혹은 자기 확장의 욕망이기도 하다.

동네에서 나눔이 이루어지는 방식은 재미있다. 어느 날은 앞집 건너에 사는 할머니가 미나리를 너무 많이 캐오셨다. 여기저기 나눠주려고 한 시간이 넘게 미나리를 다듬고 계셨단다. 그것을 나눠 받은 동네 언니는 너무 많아서 다시 이 집 저 집 나눠 주었다. 그러다가 언니네 먹을 것이 너무 작아져서 내가 나눠 받은 것을 도로 나누어 가기도 했다. 한번은 옆집에서 나눠준 감자가 너무 많아서 온 동네 나눠드렸더니 돌고 돌아 그 감자가 또 우리 집으로 돌아온 일도 있었다. 어느 집에서 왔는지 모르는 선물이 집 앞에 놓여 있는 것은 종종 있는 일이다. 누가 보냈는지 여기저기 물어볼 수도 없고 참 난감해진다. 옆집 할머니는 냉면 육수를 포장하는 공장에 알바를 나가시는데 육수 재고를 받아왔다면서 나눠주신 적이 있었다. 그날 저녁 메뉴는 어느 집을 불문하고 모두 냉면이었다. 이런 재미있는 일화들은 우리 동네를 어떤 활기로 가득 채우고, 공동체의 힘을 느끼게 한다. 다양한 나눔의 이동 경로를 보면서, 여기에는 분명히 누구도 막을 수 없는, 어떤 새어 나가는 흐름의 힘이 있다는 생각이 들었다. 나눔의 바구니가 여기저기로 끝없이 흘러 다니는 상상을 하게 된다. 그런데 그 흐름에는 어떤 특별한 관계나 조직도 규칙도 없다. 그건 교환 관계도 아니고 무작위적으로 발생하는 증여만 있을 뿐이다. 나누고, 갈라지고, 돌아서 다시 나가고, 흐름의 끝은 없으며 계속해서 바깥으로 새어 나간다. 동네 할머니들의 나눔은 가족이 아닌 바깥을 향해 열린 흐름이고, 그것이 바로 공동체를 유지하는 힘인 것이다.

시골에 와서 작은 텃밭 농사를 지으면서 처음에는 공짜로 얻는 기분에 몸 둘 바를 모를 지경이었다. 도시인이었던 나에게는 태양, 바람, 비, 흙이 아무런 대가 없이 공짜로 우리에게 먹을 것을 제공한다는 것은 사실 낯선 일이었다. 자연은 공짜로 그냥 주는 것이지, 받은 만큼 주는 교환 관계가 아니다. 할머니들은 그 자연으로부터 받은 선물을 다시 이웃들과 나누신다. 할머니들은 무슨 마법사처럼 뚝딱 농사를 지어내시고 뚝딱 음식을 만들어내신다. 그러고는 나눠 주신다. 자연이건 할머니들이건 자기 활동의 생산물을 자기의 영역 바깥으로 흘려보낸다. 그와 달리 닫힌 구조 안에서의 교환은 생명이 가진 욕망과는 반대되는 것이다. 하나를 받았으니 하나를 갚아야 한다는 생각은 자연의 흐름과는 거리가 먼, 자본주의적인 사고방식의 전형이다. 그런 생각은 바깥 세계와의 단절을 가져오고 가족 안에 고립되게 만든다. 시골의 나눔 문화에 적응하려면, 가족 안에만 머무르지 말고 다른 길을 찾아야 한다. 도시의 아파트에 살 때는 모두가 닫혀 있는 관계라 선불리 남의 집 문을 두드리기가 쉽지 않았다. 남는 게 있어도 나누기보다는 버리기가 더 쉬웠었다. 하지만 여기 시골에서는 집들마다 문이 열려 있어서 밖으로 나가기만 하면 나눌 곳 천지다. 남는 것만 있다면 바로 나눌 수 있는 곳이다. 닫힌 교환 관계에서 빠져나올 수 있는 기회가 수시로 주어지는 곳이다. 이제 와서 돌이켜보니 마당에 울타리를 만들지 않은 것은 참 잘한 일이라는 생각이 든다.

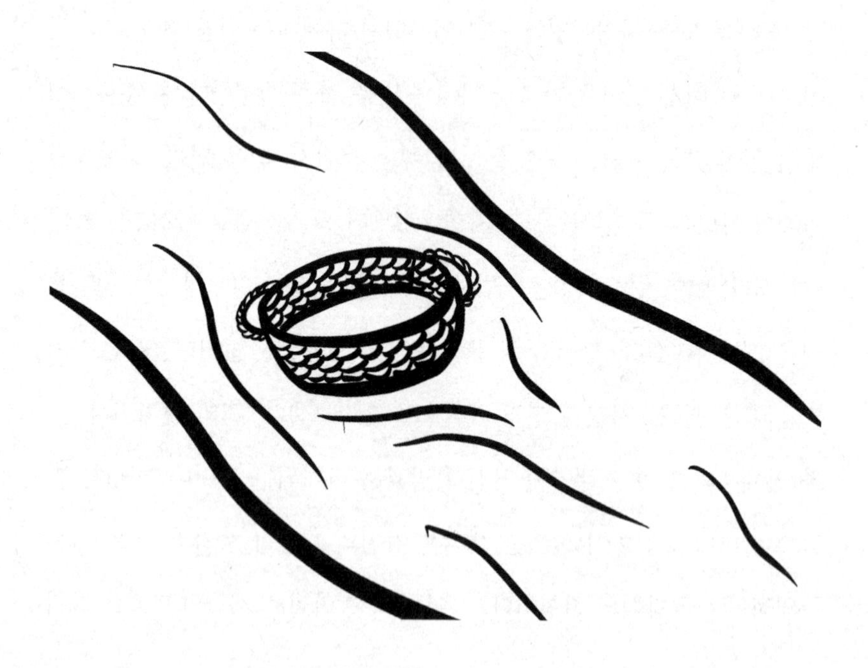

6

초보의 능력

- 존재의 얼의성

코로나 때문에 집에 있는 시간이 많아진 딸들은 첫 알바 구하기에 돌입했다. 카페, 빵집, 음식점, 옷 가게 등 몇 군데 원서 넣고 면접 보더니 다 떨어졌다. 둘 다 이유는 경력이 전혀 없다는 것. 대학생들이 코로나 때문에 시간이 많아져서 다들 알바를 구하는데 알바를 모집하는 업체는 줄어드니 경력자, 그것도 경력이 많은 사람들 위주로 뽑는다는 것이다. 뭐 대단히 전문성을 가져야만 할 수 있는 일도 아닌데 말이다. 이러다가 자기네처럼 경력 없는 사람은 취업도 못 하고 돈도 못 벌고 굶어 죽는 거 아니냐고, 딸들은 절망하며 볼멘소리를 했다. 초보라고 안 뽑아주면 자기넨 어디 가서 경력을 얻고 경력자가 될 수 있는 거냐며. 딸들 앞에서는 별것도 아닌 알바에 떨어졌다고 그렇게까지 절망하냐고 놀려댔지만, 지금의 시대가 살아가기 쉽지만은 않아 보여 씁쓸한 기분이 들었다. 요즘은 취업할 자리는 부족하고, 경력자나 전문가는 넘쳐나는 시대다. 경력을 쌓고 또 쌓아도 부족해서 이런저런 자격증이며 다양한 스펙을 쌓느라 인생의 대부분을 보낸다. 도대체가 초보들이 발붙일 곳은 더 이상 없어 보인다. 전문성이나 경력이 없는 초보는 아무것도 할 수 없는 존재들로 낙인을 찍어버리는 시대이다. 누구나 초보 시절은 있다. 그런데 초보는 써주지도 않는 이런 시대에 어떻게 자신의 능력을 사용하며 살아갈 수 있는 것일까?

기나긴 장마가 이어졌다. 그냥 비가 아니라 그야말로 연일 폭우가 이어지고 대피하라는 재난 문자가 계속되었다. 바로 근처 동네까지도 침수 위험이 있다는 뉴스를 들으며 우리 밭이 걱정되기 시작했다. 그래도 우리 밭은 지대가 좀 높은 곳에 있어서 괜찮을 거라 위안하고 있었다. 며칠 후 비가 잠시 멈추자 바로 밭으로 달려갔다. 이게 웬일인가? 침수는 둘째 문제였고, 모든 농작물이 하나같이 다 누워버린 것이다. 고추 지지대를 주변의 전문가 할아버지들처럼 네 개에 하나씩만 세웠더니 고추의 무게를 버티지 못하고 다 쓰러져 버렸다. 병들지 말라고 나름 신경 써서 약도 치고 물도 주고 했던 것이 모두 허사가 되어버린 것이다. 토마토도 마찬가지로 무게를 버티지 못하고 쓰러져 있었다. 호박은 비를 혼자 다 맞았는지, 잎이 너무나 무성하게 자라서, 주변 작물은 물론이고 창고까지 다 삼킬 판이다. 망연자실 한참을 쳐다보고 있으려니 이웃 밭의 아저씨가 지나가시며 너무 상심하지 말고 하나씩 천천히 하라고 응원의 말을 건네셨다. 이렇게 비가 많이 오면 농사 전문가들도 쉽지 않다고 하셨다. 처음 하는 농사니 이 정도면 그래도 괜찮다며, "초보나 전문가나 가을에 낫 들고 들어가는 건 똑같아요." 하신다. 그 말을 듣는 순간 뭔가 번쩍하는 깨달음이 있었다. 저렇게까지 긍정할 수 있다니. 들뢰즈 철학을 공부하면서도 삶과 연결 짓지 못하고 있던 나는 갑자기 '존재의 일의성'이 떠올랐다.

우리 밭은 처음에 이웃 밭의 할아버지가 초보 농사꾼인 우리를 도와주신다며 작물들을 어떤 것으로, 얼마만큼 지을지 설계해주셨다. 할아버지는 농사 전문가의 기준으로 모든 것을 결정하셨다. 두세 집 정도 김장하려면 고추는 250개는 심어야 하고, 땅을 하나라도 허투루 쓰면 안 되니, 되도록 바투 심으라고 하셨다. 우리는 아무것도 모르는 상태라 할아버지가 하라는 대로 따를 뿐이었다. 그런데 봄이 지나고 여름을 거치며 점점 이 설계가 우리에게는 너무나 버겁다는 생각이 들었다. 전문적인 농사 기술이 있는 데다가, 매일같이 밭에 나오시는 할아버지를 기준으로 설계해놓았는데, 정작 우리는 기술도 없거니와 주말에나 갈 수 있는 상황이니 말이다. 작물의 양도, 종류도 너무 많았다. 땅을 아낀다고 작물을 너무 바짝 심어놓으니 일하기도 더 힘들기만 했다. 그런데 기나긴 장마까지 겹치며 우리는 거의 절망적이 되었다. 그냥 포기해버리고 싶다는 생각까지 들었다. 할아버지의 역량만큼 되지도 않으면서 할아버지의 수준으로 일을 벌여놨기 때문에 우리가 수습할 수 있는 수준을 넘어서 버렸다. 우리가 할 수 있는 만큼만 심었어야 하는데 후회가 밀려왔다. 내년부터는 우리의 역량을 잘 살피고 농사 설계를 해야겠다고 다짐하며 하나씩 수습하기 시작했다. 그런데 우리의 역량이라는 것은 어디까지일까? 어떻게 파악할 수 있을까? 우리의 한계를 어디로 설정해야 하는 것일까? 어디까지 하면 우리의 최선, 우리의 최대치를 하는 것일까?

'존재는 일의적이다.'라는 명제는 둔스 스코투스로부터 스피노자, 니체를 거쳐 들뢰즈에 이르는 존재론이다. 여기서 일의적이라는 것은 생소하게 들릴지 모르겠지만, 쉽게 말하면 존재가 다의적이라는 것에 반대되는 말이다. 다의적이라는 것은 존재의 의미가 다양하게, 다층적으로 존재한다는 것이다. 예를 들어 신은 인간과 유사하지만, 절대 동일한 층위에 존재할 수는 없는, 인간이 가까이 갈 수 없는 존재라고 말한다. 이처럼 위계가 다른, 신과 인간을 유비적으로 빗대서 말하는 방식도 다의적 존재론에 해당한다. 다의적 존재론은 각 존재들의 완성도에 차이가 있다고, 위계가 있다고 말한다. 아주 불완전한 존재부터 신에 가까운 완전한 존재까지 다층적으로 존재한다는 것이다. 하지만 일의적 존재론

(univocity)은 단어가 의미하는 것처럼 존재에 단 하나의 목소리만을 부여한다. 하나의 목소리 안에 더 완전한 것과 불완전한 것의 위계는 없다는 것이다. 여기서는 완전성의 차이가 아니라, 강도의 차이만 있다고 한다. 강도적으로만 차이가 있을 뿐이지, 그 본질, 그 의미에 있어서는 하나라는 말이다. 일의적 존재 안에서 우리의 개체성은 강도적으로만 다르게 머물러 있을 뿐 모두가 하나의 존재다. 모든 존재들, 사물들이라는 양태, 혹은 양상들은 하나의 목소리에서부터 강도적 차이들로, 상이하고 다채롭게 분화된 것이다. 이것이 바로 '존재의 일의성'이다.

일의적 존재의 본질은 개체화하는 차이들에 관계하는 데 있다. 그러나 그 차이들은 서로 같은 본질을 변하게 만들지도 않는다. 이는 흰색이 상이한 강도들에 관계하지만, 본질적으로는 똑같은 흰색으로 남는 것과 마찬가지다. 존재의 목소리, 단 하나의 '목소리'가 있을 뿐이다. 이 목소리는 존재의 모든 양태, 지극히 상이한 것, 지극히 다채로운 것, 지극히 분화된 것들에 모두 관계한다. 존재는 자신을 언명하는 모든 것들을 통해 단 하나의 같은 의미에서 언명된다. 하지만 존재를 언명하는 각각의 것들은 차이에 의해 지배받고 있다. 즉 존재는 차이 자체를 통해 언명된다.

—『차이와 반복』, 질 들뢰즈 저, 김상환 역.

그렇다면 일의적 존재는 어떻게 강도적 차이를 가지고 다르게 분화되는 것인가? 『차이와 반복』에서 들뢰즈는 한 존재자가 궁극적으로 '도약'하고 있는지를 아는 것이 중요하다고 말한다. 정도가 어떻든 자신이 할 수 있는 것의 끝까지 이르고, 거기서 자신의 한계를 넘어서는지를 알아야 한다는 것이다. 여기서 한계란, 우리가 흔하게 아는 것처럼 사물을 하나의 법칙이나 규정으로 묶어두고 여기까지라고 정해버리는 것이 아니다. 오히려 들뢰즈는 한계를 사물이 자신의 모든 역량을 펼쳐가기 시작하는 출발점이라고 한다. 한계가 끝이 아니라 출발점이라니 놀라운 반전이다. 내가 할 수 있는 역량의 한계가 어디까지인가라는 질문은 잘못된 질문이었던 셈이다. 출발점인 한계를 끝이라고 생각했으니, 한계를 설정하기가 어려웠던 것이다. 하지만 들뢰즈가 말하듯이, 우리가 힘을 쓰는 것은 어떤 한계까지가 아니라, 그 한계에서부터 출발해야 한다. 우리의 역량을 발휘해야 하는 지점은 그 한계에서부터인 것이다. 지금의 나의 한계라고 생각하는 그 지점을 넘어설 때, 비로소 존재의 도약이 일어난다. 일의적으로 하나인 존재가 매번 그 순간의 한계를 넘어서는 도약, 존재의 도약을 통해 강도적 차이가 드러나는 것이다.

"가장 작은 것은 자신이 할 수 있는 것과 더불어 즉시 가장 큰 것과 동등해진다." 들뢰즈의 말이다. 아무리 작은 것이라도 자신이 할 수 있는 최선을 다할 수 있다면, 그 즉시 가장 큰 것, 즉 무한한 것과 동등해진다는 것이다. 한계를 넘어선다는 것은 곧 한계가 없다, 무한하다는 것과 같은 의미이다. 한계를 넘는 순간 우리는 무한한 존재이며, 모든 것이 될 수 있다는 것이다. 자신의 한계를 넘어서는 순간, 다른 것으로 변용되는 순간, 이미 우리는 무한한 신적인 존재가 된다. 유한하고 불완전한 인간은 무한하고 완전한 신에게 가까이 갈 수 없다고 생각하는 다의적 존재론과는 다른 것이다. 이것을 스피노자는 이렇게 표현했다. "작은 완전과 큰 완전만이 있을 뿐이다." 완전성의 크고 작음만 있을 뿐이지, 부족하고 결핍된 불완전한 존재는 없다는 것이다. 스피노자에 의하면 일의적 존재는 완전하고 무한하다는 의미에서 하나다. 우리는 모두 신의 무한함을 함축하고 있으며, 무한한 역량을 펼쳐내는 존재들이라고 한다.

전문 농사꾼인 할아버지들의 밭과 우리 밭 사이에는 눈에 띄는 차이가 있다. 할아버지들의 밭은 그야말로 아무 일도 없는 듯이 고요한데, 우리 밭은 주말마다 시끌시끌하다. 할아버지들은 혼자서도 더 큰 땅을 짓더라도 충분히 가능한 농사 역량을 갖고 계신다. 그와 달리 우리에게는 주변의 지인들이 자주 찾아와서 돕는다. 농사에 무지한 상태로 헤매고 있는 모습을 보면서 걱정이 되는 모양이다. 이런저런 다양한 의견들이 오가고, 그 의견들에 따라서 우리의 밭은 한 번은 이렇게 또 한 번은 저렇게, 처음 생각과는 전혀 다른 밭이 되어간다. 할아버지들은 자신들의 역량을 펼쳐내며 하루하루 멋진 밭을 만들어가고 계신다. 우리는 다른 사람들의 도움을 받아가며, 우리 나름의 역량을 가지고 농사를 포기하지 않고 계속 이어가고 있다. 한계란 바로 우리 앞에 있는 것이고 한계를 넘는다는 것은 멈추지 않고 지속해가는 것이었다. 우리는 그 한계를 넘어서기 위해 한 발 한 발 나아가고 있으며, 가을에는 수확량이야 어떻든 우리도 낫을 들고 밭에 들어가게 될 것이다.

몇 년 전 등산 실력이 어느 정도 늘었을 때쯤이다. 중고등학교 등산 때마다 포기했던 한라산 백록담에 도전하기로 했다. 한라산은 다들 알다시피 쉽지만은 않은 산이다. 일단 등산 소요 시간부터 만만치 않다. 오르막을 오르며 이미 지칠 대로 지친 나는, 백록담을 보면서도 감동은커녕 기나긴 내리막길을 갈 생각을 하니 눈앞이 캄캄했다. 무릎이 아파오기 시작했지만, 아직도 끝은 보이지 않았다. 과연 무사히 내려갈 수 있을까, 계속 의심하며 걸었다. 정말 그대로 포기하고 싶어졌다. 그렇다고 포기할 수는 없는 일이었다. 그 순간 다른 생각을 하기 시작했다. 끝까지 가겠다고 생각하지 말고, 한 발만 생각하고, 한 발만 가자. 그러다가 결국 그 한 발들이 모여 완주를 해낸 것이다. 할 수 없을 것 같았던 일을 해냈다는 그때의 뿌듯함은 아직도 잊히지 않는다. 마찬가지로 도시의 아줌마에서 시골의 농부 아줌마로의 변이가 일어나는 것은 어쩌면 그리 어려운 일이 아닐지도 모른다. 할 수 없다고 생각했던 일을 하나씩 해 가는 것으로 충분한 것이다. 농사를 잘하고 못하고의 문제는 중요한 것이 아니다. 큰 완전이든 작은 완전이든 그것은 모두 동일한 완전성이며 무한한 존재들이기 때문이다. 초보건 전문가건 그것은 아무런 문제가 되지 않는다. 자기의 한계를 넘어서기만 한다면 모두가 완전한 존재다. 진짜 힘은 전문가에게 있는 것이 아니라 자기를 넘어설 수 있는가 아닌가에 달려 있는 것이다. 나를 포함한 세상의 모든 초보들에게 말하고 싶다. 우리도 모두 완전한 존재라고. 한 발 내딛는 것으로 우리의 완전성을, 우리의 역량을 펼칠 수 있다고.

들뢰즈에 의하면

'나'라고 하는 것은 어떤 '무엇'이 아니라,
도래할 '사건'이면서 이미 일어난 '사건'이기도 하다.

그래도 길은 있다

가을

1

울타리를 세워? 말어?

- 기관 없는 신체

이사 온 집에서 남편의 신경을 계속해서 곤두세우게 하는 게 있다. 다름이 아니라 옆집과의 경계에 애매하게 걸쳐져 있는 수도 계량기 때문이다. 아마 오래 전부터 동네 사람들이 지나다니는 길로 쓰던 땅이라 전 주인도 별 걱정없이 거기에다 계량기를 설치한 듯 싶었다. 그런데 외지에서 이사 온 옆집이 그 길까지 모두 매매를 하면서 마음대로 들어가기 애매한 구조가 되어버렸다. 계량기 검침원도 옆집 땅을 밟아야 검침할 수 있는 상황이었다. 태생부터 도시내기인 남편은 이런 시골의 애매한 경계를 견디기 힘들어했다. 도시에서의 가치관이 몸에 배어 있어서 경계를 확실히 구분하려고 하고, 남의 땅에는 함부로 들어갈 수 없다고 생각한다. 옆집에서 뭐라고 한 적도 없는데 괜히 앞서서 걱정을 했다. 경계의 경사진 부분의 흙이 쓸려 내려갈 때마다 흙을 다시 쓸어 올리기 바빴고, 우리 집에서 쓰는 물이 그 길로 흘러가는 것을 보는 것도 마음 불편해했다. 경계에 서 있는 살구나무에서 살구가 떨어지면 지저분해져서 주우러 다니기 바빴다. 남에게 피해를 보는 것도 싫어하지만, 피해를 주는 것도 너무 싫어했다. 울타리를 세우고 배관 공사를 하자고 몇 번이나 나를 설득하던 중이었다. 하지만 이 동네 분위기상 울타리를 세우는 것은 이상한 일이었다. 경계를 짓고 울타리를 세우면 동네와 소통하지 않겠다는 뜻으로 보일 것 같아서 나는 반대하고 있었다. 남편의 예민한 성격을 고치는 게 더 쉬운 일 같아 보였다.

그런데 얼마 전 옆집에서 진입로 공사를 하면서 큰 차량이 몇 번 드나들었다. 그러던 중에 경계에 있던 수도 계량기가 찌그러져서 뚜껑을 열 수 없게 되어버렸다. 남편은 문제가 생기면 누구와 상의하거나 도움을 청하기보다 스스로 문제 해결을 하려고 한다. 가뜩이나 우리 집의 경계를 세우는 것에 집착하고 있던 남편은 아무래도 울타리를 만들어야겠다고 엄포를 놓았다. 그 공사가 간단한 일도 아니고, 일이 이렇게까지 되자 나도 어찌해야 될지 걱정이 되었다. 별일 없을 거라고 남편을 달래고 있었는데 별일이 생겨버린 것이다. 나는 갈등 상황에 놓이는 것을 워낙 힘들어해서 가능하면 불평이 있어도 말을 하지 않고 지내려고 했다. 옆집 언니랑도 좋은 얘기만 하면서 잘 지내왔던 터라 불편한 얘기를 꺼내기가 싫었다. 그런데 상황이 그럴 수 없게 되었다. 더 이상 미룰 수 없었다. 옆집 언니에게 전화를 했다. 기분 나쁘지 않게 하려고 조심조심 말을 골라가면서 꺼냈다. 언니도 모르던 상황이라 깜짝 놀라면서 어떡하냐고 미안해했다. 아저씨랑 상의해서 해결을 하겠다고 했다. 저녁에 아저씨가 오셔서 계량기 상태를 보시더니 새것으로 다시 잘 설치해놓을 테니 아무 걱정 말라는 것이다. 생각했던 것보다 일이 너무 수월하게 해결되었다. 별것도 아닌 일을 남편이랑 나는 서로 얼굴을 붉히면서 싸웠나 싶어 허탈하기까지 했다.

옆집의 입장에서 생각하면 남의 집 계량기가 자기 땅에 있는 것도 불만일 텐데, 물론 자기의 실수이긴 하지만 새로 고쳐주기까지 해야 되는 상황이 기분 나쁠 수도 있었다. 하지만 별 말없이 바로 고쳐준다고 하니 오히려 미안해지기까지 했다. 과거부터 그곳에 있었던 계량기라지만 지금은 어쨌거나 옆집 땅에 있었고, 그것이 결국 문제를 일으킨 것이다. 그런 문제를 나는 그냥 대충 피해 가려고 했고, 남편은 문제가 생기기 전에 경계에 애매하게 있는 것을 명확한 자기 영역에 두어서 해결하려고 했던 것이다. 이 사건을 겪으며, 문득 이런 생각이 들었다. 집집마다 경계마다 얼마나 많은 갈등 상황과 문제거리들이 있을 것인가? 어쩌면 모든 사건은 경계의 애매함 속에서 만들어지는 건지도 모른다. 우리집 경계에서도 계량기 문제뿐만 아니라, 알 수 없는 많은 일들이 벌어질 것이다. 그렇다면 과연 우리는 언제까지 울타리 없이 잘 버틸 수 있을까? 언제 또 일어날지 모르는 경계에서의 사건들을 잘 해결하며 살 수 있을까? 차라리 도시에서처럼 경계를 분명하게 해서 어떤 사건의 가능성을 사전에 차단해 버리는 것이 나은 것일까?

애매한 경계라는 개념은 땅이라는 공간에만 해당되는 것이 아니다. 우리 신체도 마찬가지다. 언뜻 생각하기에 내 신체라고 하는 것은 어디부터 어디까지라고 명확하게 구분되어 있는 것 같다. 하지만 입이나, 콧구멍, 눈, 항문 등 신체의 구멍들은 외부와 내부 사이에서 무엇인가 들락날락하는 애매한 경계들이다. 음식은 분명히 신체의 외부였지만 우리 몸으로 들어와서 신체의 내부가 된다. 어디까지가 내 신체이고 어디부터가 신체의 바깥인가? 눈에 보이는 크기의 구멍만이 아니라, 세포 차원의 막에서도 물론 애매한 경계를 구성한다. 열림과 닫힘을 반복하며 내부가 외부를 포함하기도 하고 배제하기도 한다. 그런데 들뢰즈는 이런 경계의 애매함 속에 오히려 잠재성이 있다고 본다. 애매한 경계가 가지는 잠재성을 통해 존재의 변화가 이루어진다는 것이다. 들뢰즈가 말하는 '기관 없는 신체'는 이 경계 개념과 관련된다.

우리는 일반적으로 신체를 각각의 기능을 하는 기관들이 모여서 이루어진 유기체적 존재라고 생각한다. 그 기관들은 서로 분명한 경계들이 있으며 각자의 기능과 역할이 있다고 본다. 입은 먹기 위한 기관, 항문은 배설 기관, 이는 씹는 기관 등. 거기에 더해서 이 기관들은 하나의 유기적 신체를 만들기 위한 존재라고 한다. 하지만 들뢰즈는 이런 생각에 반대한다. 기관의 존재를 부정하는 것은 아니지만, 기관들을 유기적으로 조직화해서 하나로 통일하는 것에 반대하는 것이다. 입, 항문, 이, 식도 등의 기관의 구분은 사라지고, 유기적이지 않은 생명 전체일 따름이라고 한다. 각 기관들은 고정적으로 한 가지 기능을 하도록 되어 있는 것이 아니라, 잠정적이면서 일시적으로만 어떤 기관으로서 존재한다는 것이다. 이것이 바로 '기관 없는 신체'의 개념이다.

"신체는 물질 덩어리이다. 그는 혼자이며 기관들을 필요로 하지 않는다. 신체는 결코 유기체가 아니다. 유기체들이란 신체의 적이다." 기관 없는 신체는 기관에 반대한다기보다는 우리가 유기체라고 부르는 기관들의 유기적 구성에 더 반대한다. 이 신체는 강도 높고 강렬한 신체이다.

–『감각의 논리』, 질 들뢰즈 저, 하태환 역.

기관 없는 신체는 유기체로 조직화되는 것을 가차 없이 찢어발긴다. 기관 없는 신체는 기관의 영역이 하나로 고정되어 있지 않다. 어떤 기관이라고 하더라도 그것은 일시적으로만 그럴 뿐, 그 경계는 다시 곧바로 허물어진다. 기관 없는 신체는 언제나 강렬한 현실을 가리키며 그 속에서 기관들은 오직 이웃과의 관계들에 의해 구별된다. 이웃 관계에 따라 힘이 달라지며 기관도 변하는 것이다. 입은 음식과 만날 때 먹는 기관이 되고, 술과 만나면 거꾸로 배설 기관이 되기도 하고, 다른 입과 만나면 사랑의 기관이 되는 식이다. 입이라는 기관의 경계가 명확하지 않은 것이다. 이것은 공간이나 외부적으로 보여지는 차원의 얘기가 아니다. 외적인 모양만 입일 뿐이지, 그때그때 다른 역할을 한다. 이 기관은 매번 누구와 만나느냐에 따라 다른 기관이 된다. 명확하지 않은, 애매한 경계에서 어떤 이웃과 관계를 맺느냐에 따라 이 기관은 무한한 역량을 펼치게 된다.

다양한 파장의 파동이 기관 없는 신체를 주파하며 이 파동이 만나는 힘에 따라 어떤 기관이 어느 영역, 어느 경계에서 결정될 것이다. 한 경계에서 이 파동과 외적 힘이 만나면 감각이 발생한다. 따라서 하나의 기관은 이러한 만남, 사건에 의하여 결정될 것인데 잠정적인 기관에 불과할 것이다. 힘이 변하면 이 기관도 변한다. 기관 없는 신체는 기관의 부재에 의해 정의되는 것이 아니다. 이것은 결정되지 않은 기관의 존재에 의해서뿐만 아니라, 결국은 결정된 기관들이 잠정적 일시적으로 존재한다는 사실에 의해 정의된다.

-『감각의 논리』, 질 들뢰즈 저, 하태환 역.

기관 없는 신체는, 달리 말하면 어떤 기관도 될 수 있는 신체다. 이것은 될지 말지 모르는 가능성의 차원이 아니라, 바로 실현되는 잠재성의 차원이다. 기관 없는 신체의 잠재성은 언제, 어디서, 누구와 만나서 어떤 힘을 받는가에 따라 무한히 다양한 기관으로 현실화되는 것이다. 명확한 경계를 세운다면, 그 기관은 하나의 단일한 기능만을 하는 기관이 된다. 그 기능이 필요 없어지면 그 기관도 무용지물이 될 수밖에 없다. 하지만 경계가 언제 어디서나 열리고 닫힐 수 있다면, 어떤 기관도 될 수 있는 무한한 역량을 지닌 존재가 되는 것이다.

경계에 걸쳐져 있는 우리 집 계량기는 언제 또 문제를 일으킬지 모른다. 하지만 이제는 문제를 외면하거나 혼자 해결하려고 할 게 아니라, 경계에 대한 인식을 바꾸어야 한다. 분명하게 금 그어진 명확한 경계에서는 사실 아무것도 할 수 없다. 경계는 누구도 들어가서는 안 되는 금기의 영역이 아니라, 누구나 가능한, 무엇이든 받아들일 수 있는, 열려 있는 공간이라야 한다. 거기서 어떤 사건이 벌어질 때마다 상황에 맞는 역할들, 역량들을 최대한 발휘해서 해결해가야 하는 것이다.

그런 면에서 경계에서 벌어지는 사건이나 문제들은 우리의 역량을 확장하는 좋은 기회일 수 있다. 계량기 문제를 계기로 우리는 옆집 부부와도 많은 이야기들을 나누게 되었고, 서로를 이해하는 폭도 더 넓어졌다.

서로 좋은 얘기만 하며 지낼 때보다, 문제 해결을 하는 과정에서 서로에 대한 이해는 더 깊어지게 마련이다.

경계는 잠재성의 영역이면서 마주침이라는 사건의 영역이다. 잠재되어 있던 영역은 사건화되는 동시에 의미를 부여받으며, 사건화되는 순간에만 현실성을 띤다. 우리 집의 경계도 평소에는 아무런 역할도 하지 않는다. 풀만 자라는 공간이라 수시로 풀을 뽑아주는 일을 제외하고는 우리의 관심 밖의 영역이다. 하지만 그곳은 잠재성의 영역이며 사건은 매번 그곳에서 벌어진다. 우리 집은 울타리가 없어서 마당이 다양한 기능을 한다. 동네 개들이 똥 누고 가는 화장실이기도 하고, 고양이들이 들어와서 낮잠 자다 가는 침실이기도 하다. 동네 언니들, 할머니들이 잠깐씩 들리는 사랑방이기도 하고, 외출하고 들어올 때면 깜짝 선물이 놓여져 있는 선물 나눔의 공간이기도 하다. 만약에 울타리를 견고하게 만들고 경계를 분명히 해서 어떤 것과도 소통하지 못했다면 이렇게 다양하고 풍성한 모습은 볼 수 없었을 것이다.

도시에서 아파트 생활만 해왔던 우리로서는 집의 경계가 명확해야 한다는 잘못된 선입견이 있었다. 그런 선입견으로 인해 경계에서 사건이 일어날 때마다 스트레스를 받았고, 어떻게든 경계를 분명히 세우고 싶었다. 나처럼 문제를 피하려고 하든, 남편처럼 미리 해결하려고 하든, 둘다 애매한 경계에 대한 불안한 마음이 계속 작동하고 있었던 것이다. 경계를 정하는 울타리를, 우리 집을 위해 기능하는 하나의 정해진 기관으로 보았었다. 이 기관이 정상적으로 작동하려면 기관의 기능을, 그리고 그것의 정체성을 명확히 해야 된다고 생각했던 것이다. 하지만 오히려 경계인 듯 경계 아닌 애매한 경계야말로 무한한 잠재성을 품고 있으며, 무한한 다양성을 실현하는 장소가 된다. 거기서 수많은 이야기들이 오고 간다. 동물들, 식물들, 사람들의 다양한 이야기들이.

2

참깨의 맛

- 헐벗은 반복

참깨 농사를 지어본 적이 있으신가? 나는 처음이었다. 하루에 한 번이라도 빠질 수 없는 양념 중 하나가 참깨지만 그 참깨가 어디서 나오는 건지, 어떻게 키우는 건지는 생각해본 적도, 궁금해한 적도 없었다. 맛있는 참깨나 참기름을 찾아서 구매하거나 가끔 엄마나 지인이 직접 만들었다는 참기름을 받아먹고 감동하는 게 전부였다. 직접 농사 지어서 짜낸 참기름은 어쩌나 맛이 고소하던지, 밭이 생기자 참깨를 꼭 심고 싶었다. 이웃 할아버지도 참깨 농사는 쉬운 농사 중 하나니까 해보면 좋다고 적극적으로 추천해주셨다. 용기백배해서 참깨 모종을 심었다. 참깨 농사는 모종을 심어놓고 나니 다른 일이 거의 없었다. 다른 작물들을 신경 쓰느라 전혀 손을 대지 않았지만 혼자 예쁜 꽃도 피우고 잘 자라고 있었다. 한참 뜨거운 땡볕에 풀들을 잡느라, 병충해 잡느라 일에 지쳐 있을 때쯤 참깨를 수확해야 할 때가 오고 말았다. 이제나 저제나 참깨 벨 날을 생각하다가 덥기도 하고, 다른 일들이 밀려 있어서 참깨 일은 하루 이틀 미루고 있었다.

더 이상 미룰 수가 없다는 생각이 들자 남편을 졸라 오늘은 가능하면 참깨를 베자고 했다. 그런데 남편의 그날 계획에는 참깨 베는 일이 없었던 것이다. 내가 참깨를 베자고 하자, 다른 일들 때문에 시간이 없는데 갑자기 그것까지 하자고 하면 어떡하냐고 화를 냈다. 화를 내면서도 결국은 낫을 가지고 가서 베어내기 시작했다. 베는 동작이 이미 분노에 차 있었다. 나는 나대로 그 꼴을 보기가 싫어서 도와주지는 않고 혼자 시원한 창고에 가서 드러누워버렸다. 남편은 뜨거운 햇볕 아래 참깨를 베어내고 몇 개씩 모아서 묶고 세워 놓는 작업을 혼자서 계속하고 있었다. 나도 화가 나서 다시는 참깨 농사를 짓지 않으리라 다짐하고 있었다. 바보처럼 고생을 사서 한다는 생각이 들었다. "밭은 괜히 사서 일을 만들었네, 그 돈이면 여유도 좀 부리며 편하게 쉬엄쉬엄 살 텐데." 엄마한테 전화해서 하소연을 했다. 엄마도 덩달아 그러게 힘든 농사를 왜 시작해서 고생이냐고, 내년에는 참깨 농사는 절대 하지 말라는 것이다. 그거 몇 푼 한다고 그러냐고, 그냥 사 먹으라며.

참깨가 마르기를 기다리다 드디어 깨를 털 때가 와서 밭에 나갔다. 처음 털어보는 일이라 궁금하기도 했다. 어디서 어떻게 참깨가 나오는 건지, 살짝 설레는 기분도 들었다. 그런데 참깨에 손을 대기가 무섭게 하얗고 토실토실한 참깨들이 우두두두 떨어지는 것이 아닌가? 초가을 눈이 내린다면 이런 장면일까? 정말 감동적이었다. 돈을 주고 사거나 누군가에게 받은, 봉지에 들어 있는 참깨를 본 경험이 전부인 나에게는 너무 생소한 참깨의 모습이었다. 무미건조한 봉지 속 참깨가 아닌, 감동적인 다른 참깨를 보았던 것이다. 참깨에 이런 감동이 숨어 있었다니, 돈을 주고 사는 많은 것들이 우리에게서 얼마나 많은 감동들을 빼앗아 가는 것일까라는 생각이 머리를 스쳤다. 참깨를 털면서 느꼈던 감동만 있었던 것이 아니라, 참깨의 다른 맛은 그 후에도 더 있었다.

털어낸 참깨를 모아서 집으로 가져왔다. 지저분한 것들이 참깨에 많이 섞여 있어서 선풍기 바람으로 까불어야 된다고 엄마한테 몇 번이나 들었던 참이었다. 마당에 참깨를 펼쳐놓고 선풍기를 틀어놓았다. 남편이랑 나란히 앉아서 참깨를 한 줌씩 들어서 선풍기 바람에 날리기 시작했다. 참깨를 베느라 한바탕 싸웠던 얘기부터 시작해서 이런저런 얘기를 나누게 되었다. 어린 시절 모레 놀이를 하는 기분이 들기도 했다. 가벼운 것이 멀리 날아간다는 지극히 당연한 사실이었지만, 직접 해보니 그렇게 재미있을 수가 없는 것이다. 무게에 따라서 정확히 다른 거리에 떨어지는 것을 보며 한참 신기해했다. 나중에는 계속 같은 동작을 하느라 팔이 아프긴 했지만 나름 재미있는 일이었다. 첫 농사라 수확량이 얼마 되지 않았지만 여기저기 조금씩 나눠주며 고맙다는 말을 들으니 어찌나 뿌듯하던지. 내년에 참깨 농사를 또 해야 되려나? 편하게 돈을 주고 사서 먹을 것인가? 힘들어도 다른 재미와 감동들을 더 느끼며 살 것인가? 돈으로 산 참깨의 맛과 농사지은 참깨의 맛은 천지 차이였다.

『차이와 반복』에서 들뢰즈는 반복에 두 가지 형식이 있다고 말한다. 차이가 없는 동일성의 반복과 차이 나는 반복이 그것이다. 들뢰즈는 그 특유의 유머를 사용하여 차이 없는 반복을 헐벗은 반복에, 차이 나는 반복을 옷 입은 반복에 비유한다. 1^2, 1^3, 1^4, … ,1^n은 표면적으로는 모두 같은 값 1에 해당한다. 이것은 결과적으로는 동일하게 보인다는, 결과론적인 얘기이다. 하지만 이것들은 모두 1^1과는 다른 과정들을 거치는 값들이며 각각의 값들은 자기만의 다른 깊이나 강도를 가진다. 겉으로 보기에는 같은 값이지만 그 속에 내포되어 드러나지 않는 차이가 있는 것이다. 그런데 우리는 이 각각의 다른 깊이를 모두 지워서 평면화시키고, 시간이나 공간과는 무관한 모두 동일한 1, 1, 1, … 1로 바라본다. 다른 깊이를 가진 차이 나는 반복을 숫자 1로 동일하게 환원시켜버리는 것이 차이가 없는 반복, 헐벗은 반복이라는 것이다. 헐벗었다는 것은 깊이를 제거함으로써 두께가 사라져버렸다는 의미이기도 하다. 헐벗은 반복이란 얇은 껍데기만 반복되는, 내용 없는 동일성의 반복이다.

이와 달리 진정한 반복은 옷 입은 반복, 즉 차이를 품고 있어서 매번 달라지는 반복이라고 한다. 헐벗은 반복처럼 외부적으로 동일한 값을 가지는 게 아니라, 내부적인 차이들을 가지는 것이다. 차이를 가진다는 것은 시간과 공간을 포함하는 운동이며, 다른 시공간을 계속해서 창조해내는 운동이다. 이것을 들뢰즈는 n제곱의 역량이라고 말하기도 한다. 겉으로는 보이지 않지만 잠재적으로 가지고 있는, 매번 차이를 만드는 역량이라는 것이다. 1^1, 1^2, 1^3, … 1^n은 모두 다른 옷을 입은 1이다. 그런데 이 차이 나는 반복은 겉으로 드러나지 않으며, 헐벗은 반복이자 동일한 결과인 숫자 1 안에 봉인되어 있다고 한다. 차이 나는 반복, 즉 비대칭적 반복은 대칭적 반복인 헐벗은 반복이라는 결과나 효과 속으로 숨어든다는 것이다. 문제는 여기서 생긴다. 차이 나는 반복은 늘 헐벗은 반복 속에 숨어 있기 때문에 잘 볼 수 없다는 것, 역량은 차이 나는 반복에 있지만 차이 나는 반복을 우리는 잘 모른다는 것이다. 때문에 차이 나는 반복을 하지 못하고 우리는 대부분 계속해서 동일성만 반복하게 된다는 것이다.

반복의 두 가지 형식을 구별해야 한다. 첫 번째 경우 차이는 단지 개념에 외부적인 것으로 설정되고 있을 뿐이다. 이는 똑같은 개념 아래 재현된 대상들 사이의 차이로서, 시간과 공간의 무차별성으로 추락한다. 두 번째 경우 차이는 이념의 내부에 있다. 이 차이는 이념에 상응하는 역동적인 시간과 공간을 창조하는 어떤 순수한 운동으로 펼쳐진다… 첫 번째 반복은 '헐벗은' 반복이지만, 두 번째 반복은 옷 입은 반복으로서, 스스로 복장을 하면서, 가면을 쓰면서, 스스로 위장하면서 자신을 형성해간다. 이 두 가지 반복은 서로 독립적이지 않다. 하나는 독특한 주체이고, 심장이자 내부이며, 또한 그것의 깊이다. 다른 하나는 단지 겉봉투, 추상적 결과일 뿐이다. 비대칭적 반복은 대칭적 총체나 효과들 안으로 숨어든다.

—『차이와 반복』, 질 들뢰즈 저, 김상환 역.

차이 없는 동일성의 반복, 헐벗은 반복이라는 개념에 내가 질문하고 있었던 돈의 문제가 계속해서 겹쳐지며 다가왔다. 돈이라는 것도 헐벗은 반복의 형식을 가진 것이 아닐까? 돈이란, 헐벗은 반복과 마찬가지로 내용은 없고, 외부적인 숫자로만 설정되는 형식이다. 돈에는 시간이나 공간이 들어 있지도 않다. 이런 만 원이든, 저런 만 원이든 만 원이라는 돈은 모두 똑같이 동일한 것이다. 힘들게 번 만 원이든 쉽게 번 만 원이든 통장으로 들어가면 모두 똑같은 숫자 만 원일 뿐, 거기에서 특별한 시간이나 공간의 의미를 읽을 수는 없기 때문이다. 시공간이 포함된다는 것은 어떤 사건적인 것에 결부된다. 돈이란 그런 행위나 사건들을 지워버리고, 알 수 없는 추상적인 결과로만 존재한다. 내용물을 감싸는 용도로

만 쓰이는 겉봉투에 불과한 것이다. 이 헐벗은 반복인 겉봉투는 삶의 역량이 될 수 없다. 그런데 문제는 헐벗은 반복일 뿐인 겉봉투 같은 돈의 숫자에만 집착하게 된다는 것이다. 그 숫자가 늘어나는 방법만 계산하고, 어떻게 하면 쉽게 늘릴 수 있는지에 대해서만 고민한다. 하지만 삶 속에서 이 겉봉투가 열릴 때, 잠재되어 있던 역량은 드러나게 된다. 열심히 일하고, 모아서 만든 돈과 주식이나 부동산으로 가만히 앉아서 번 돈이 숫자상으로는 같을지 모르지만, 그 안에 들어 있는 역량은 전혀 다른 것이다.

우리의 농사는 계산기를 아무리 두드려도 답이 안 나온다. 시골로 들어 온 주변 이웃들도 하나같이 농사는 손해나는 장사라고 한다. 심지어 농사짓기 시작하는 순간부터 손해라고 말하는 사람도 있다. 시골로 들어온 사람들 대부분은 도시의 방식으로 벌고, 도시의 방식으로 쓰는 경우가 많다. 그냥 돈 좀 주고 사 먹는 게 싸지, 농사는 할 게 못 된다는 게 공통적인 의견이다. 나도 그런 생각이 들 때가 한두 번이 아니었다. 땅을 일구고 작물을 심고 풀을 뽑고 약을 치고, 힘이 들 때마다 '이 짓을 왜 하는 거야? 그냥 사 먹고 말지'가 입에 붙는다. 하지만 이것은 돈이라는 헐벗은 반복의 형식, 추상적인 숫자만 보기 때문에 나오는 생각이다. 돈으로만 계산하다 보니 얼마나 많은 이윤을 남기는지, 그 숫자에만 관심을 가지는 것이다. 무엇으로 돈을 버는지가 아니라, 얼마나 많은 돈을 벌게 하는지만 생각한다. 마트에서 사는 만 원어치 참깨에는 만 원이라는 숫자 이외에는 아무런 가치가 없다. 따뜻한 봄날 하얗게 핀 참깨꽃의 아름다움이나 더운 여름 참깨를 베며 흘렸던 땀의 맛, 싸우고 화해했던 사건, 깨를 수확할 때의 눈 내리는 가을 풍경, 참깨를 까불며 즐겼던 놀이의 기쁨, 이웃들과 나누는 기쁨 등의 가치는 모두 계산에서 빠지고 없는 것이다.

돈이라는 형식으로만 생각한다면 우리는 참깨를 사 먹는 것이 당연하다. 하지만 돈의 숫자로만, 겉봉투로만, 빈 껍데기로만 살아가는 것이 아니지 않은가? 삶 속에는 계산기로 계산할 수 없는 많은 것들이 존재한다. 차이들이 만들어내는 역량이 잠재되어 있는 것이다. 풍부한 경험들, 다양한 사건들은 그냥 사라지는 것들이 아니며 모두 삶 속에서 그 역량을 발휘한다. 우리의 삶을 떠받치고 있는 힘은 아마도 숫자로만 존재하는 돈이 아니라, 그 속에 잠재되어 있는 역량들일 것이다. 그렇다고 해서 돈을 부정하고 거부하며 살 수 있는 것도 아니다. 들뢰즈가 말하듯이 두 가지 형식, 헐벗은 반복과 옷 입은 반복은 서로 독립적일 수 없다. 떼려야 뗄 수 없는 원인과 결과의 관계다. 헐벗은 반복은 차이 나는 반복들로 인해서 드러나는 결과이기 때문이다. 우리의 문제는 잠재적 역량은 쓰지 않으면서 결과에 해당하는 껍데기에만 집중한다는 데에 있다. 그것은 너무나 가벼워서 선풍기 바람에 멀리 날아가 버리는 쭉정이만 만들어내는 꼴이다. 속은 비었고, 껍데기만 남은 쭉정이. 우리가 해야 하는 것은 차이 나는 반복, 즉 역량들을 쓰는 일이지 이익을 따지기 위해 계산기만 두들기는 게 아니다. 지금 내가 할 수 있는 일을 하는 것, 나의 역량을 쓰는 것이 헐벗은 반복의 빈 껍데기로만 사는 것에서 벗어날 수 있는 길이다. 아무래도 우리의 참깨 농사는 내년에도 계속될 것만 같다. 빈 껍데기 같은 돈의 맛보다는 참깨 농사의 맛이 훨씬 더 깊다는 것을 알아버렸기 때문이다.

3

라일락은 계절을 모른다

- 차이 나는 반복

시골로 오고 난 후로는 계절이 바뀌는 것에 민감해졌다. 계절의 변화를 온몸으로 느낄 수밖에 없는 구조이기 때문이다. 도시에 살 때는 아주 덥거나 추워도 바깥에서 생활할 일이 드물기도 하고, 워낙 냉난방이 잘 되어 있어서 계절 옷 정리가 그리 급한 일이 아니었다. 아파트 실내에서는 4계절 내내 얇은 옷 하나로도 가능하다. 더위를 많이 타는 아이들은 한겨울에도 반 팔을 입고 있을 정도니, 계절이 바뀌는 것에 대해 둔할 수밖에 없었다. 하지만 시골 주택에서는 봄, 여름, 가을, 겨울 매번 실내복을 바꿔 입어야 한다. 여름엔 거의 벗다시피 해야 하고, 겨울에는 겹겹이 껴입어서 실내복인지 실외복인지 구분하기도 어렵고, 털 실내화까지 챙겨 신어야 할 정도다. 이제 더위에서 추위로 넘어가는 변곡점이 왔다. 그렇게 비만 내리던 여름이 지나고 완연한 가을이 되었다. 낮에는 여름인 것 같지만 해만 떨어지면 싸늘해진다. 계절 옷 정리를 해야 할 때가 왔다. 빼놓자니 입을 것도 같고, 넣어두자니 넣을 자리가 부족해서 정리가 쉽지 않았다. 계절이 바뀌면 그 계절에 맞춰서 옷을 입는 게 맞다 싶어서 여름 옷들은 모두 안에 넣어놓았다. 더운 한낮에도 두꺼운 가을옷을 입고 버티고 있었다. 그냥 내 몸을 계절에 맞추기로 했다.

철이 든다는 것은 계절을 아는 것이라고 한다. 계절을 구별할 줄 알고 거기에 맞게 사는 것, 때나 상황에 맞게 사는 것을 철이 들었다고 하는 것이다. 어느 정도 나이가 되면 철 좀 들라는 말을 자주 듣게 된다. 태어난 이후로 몇 년을, 혹은 몇십 년을 반복해서 사람은 이래야 해, 저래야 해, 하는 식으로 배우고 익히고 반복했으면 알 건 알고 지킬 건 지키고 살라는 말이다. 어린애처럼 상황 파악 못 하고 덤비거나 마음대로 행동하는 것은 철이 들지 않은 것이다. 다시 말하자면 철이 든다는 것은 자연의 법칙, 사회적인 약속, 도덕적인 법칙, 예의 범절 등 인간이 살아가는 데 필요한 법칙, 규범 등을 잘 알고 지킨다는 것이다.

마찬가지로 농사도 철을 알고, 제때를 잘 지키는 게 중요하다. 날이 더 추워지기 전에 고춧대를 정리해야겠다 싶어서 밭에 나갔다. 그런데 웬일인가? 꽃이 다시 피고 파란 고추들이 제법 많이 달려 있는 게 아닌가? 낮 동안의 햇살이 뜨거우니 계절을 모르고, 꽃을 피우고 열매를 맺고 있었던 것이다. 고추를 좀 더 따 먹어야겠다 싶어서 정리하려던 고춧대는 그냥 두기로 했다. 다른 정리를 할 게 있나 하고 밭을 둘러보는데, 봄에나 볼 수 있는 풍경들이 펼쳐져 있었다. 고추만 계절을 모르는 게 아니었다. 초가을에 수확하며 떨어진 참깨 씨며 들깨 씨, 참외 씨, 호박 씨 등 온갖 씨앗들에서 귀여운 싹들이 나오고 있었다. 밭 한쪽에는 완전히 청경채 밭이 되어 있었다. 애들이 철 모르고 쑥쑥 자라고 있었던 것이다. 갑자기 작년 늦가을에 마당에 피어서 인상에 깊게 남았던 라일락 꽃이 떠올랐다.

꽃이 은은하게 예쁘기도 하고 봄마다 마당에 라일락 향기가 퍼지면 좋을 것 같아서 작년 봄에 라일락을 사다 심었었다. 작은 묘목을 심은 거라서 봄에 달랑 꽃 한 송이를 겨우 피웠다. 시간이 흘러서 늦가을이 되었다. 작년 가을엔 이상 기후인 건지 계절에 맞지 않게 뜨거운 햇살이 늦가을까지 내리쬐고 있었다. 마당에서 놀라운 장면을 목격했다. 봄에 피었던 라일락이 늦가을인데 꽃을 또 피운 것이다. '어머나, 날씨가 너무 따뜻해서 지금이 봄인 줄 알고 피었나 보네. 곧 추워질 텐데 저 꽃은 어쩌나, 봄에 피었으면 좋았을 것을.' 그때는 철 모르고 핀 라일락을 신기하면서도 안타까운 시선으로만 보았다. 내가 알고 있는 계절에 맞는 풍경이란 봄에 싹이 나고 여름에 무성하게 자라고 가을에 수확하고 겨울은 다음을 준비하며 쉬어가는 모습이다. 그런데 어찌 된 건지 자연은 내가 알고 있는 것과는 뭔가 어긋나게 돌아가는 것들이 있었다. 자연은 계절을 모르는 건가? 자연이 지키지 않는 계절을 우리 인간만 지키겠다고 애쓰고 있는 것인가?

분류, 개념, 법칙, 이런 것들은 모두 인간을 기준으로 만드는 것들이다. 때문에 개념이나 분류라는 것이 인간의 한계를 넘어서지 못하는 것도 당연하다. 인간이 알 수 없는 자연, 생명, 존재들은 무수히 많다. 고생물학자 스티븐 제이 굴드는 『원더풀 라이프』에서 인간의 기준으로 자연을 분류하는 것, 생명을 구분하고 나누는 것이 얼마나 어리석고 불합리한 일인지에 대해 말한다. 20세기 초 고생물학자들이 로키산맥에서 고대생물 화석을 찾아 분류하는 작업을 했다. 그런데 화석들 중에서 어느 부류에도 들어가지 않는, 분류 불가능한 생명체들을 무수히 많이 발견했다고 한다. 하지만 그 당시 학자들은 그 생물들을 기존의 진화론의 분류법에 맞춰서 억지로 끼워 넣거나 아예 분류에서 제외시켰다. '구둣주걱'이라는 유머러스한 비유를 들며, 맞지 않는 발을 구두에 억지로 끼워 넣듯이, 분류법에 맞지 않는 생명체들을 기존의 분류 체계 안에 끼워 넣었다는 것이다. 일반화되지 않는 독특한 존재들을 일반화시킨 분류 체계 속에 구겨 넣은 것이다. 더 놀라운 것은 무리하게 구겨 넣었음에도 불구하고 어디에도 소속되지 못한 화석들이 몇 개의 서랍에 가득 찰 정도로 많았다는 것이다. 굴드는 우연히 돌발적으로 생겨난 존재들을 기존의 체계 안에 넣을 수 없으며, 넣어서도 안 된다고 주장한다. 생명의 진화는 우리가 일반적으로 알고 있는 수형도 모양의 진화 체계에 맞아 떨어지는 것이 아니라는 것이다. 자연은 인간이 구분하는 어떤 체계 안에, 분류 안에, 법칙 안에, 일반성 안에 들어가지 않는다.

반복은 본성상 위반이고 예외이다. 반복은 언제나 법칙에 종속된 특수자들에 반하여 어떤 독특성을 드러내며, 법칙을 만드는 일반성들에 반하여 항상 어떤 보편자를 드러낸다.

–『차이와 반복』, 질 들뢰즈 저, 김상환 역.

"반복은 일반성이 아니다." 들뢰즈의 박사 논문인 『차이와 반복』의 첫 문장이다. 첫 문장부터 헉! 머리에 지진이 일어난다. 반복이 일반성을 가지고 일어나는 게 아니라면 뭐란 말인가? 어떤 일반성을 말할 수 있어야 그 일반성을 따라서 반복한다고 말할 수 있는 거 아닌가? 여기서 일반성이란 질적 유사성과 양적 등가성이라는 두 가지 큰 특성을 가진다. 주지하듯이 일반성이 있다고 하려면 대다수가 질적으로 유사하거나 양적으로 같은 값들을 가져야 할 것이다. 그리고 우리는 반복을 유사하거나 같은 것들이 반복되는 것이라고 이해한다. 반복하는 것은 일반성이 있다고 하고, 일반성이 있으려면 반복되어야 한다고 생각하기 마련이다. 하지만 들뢰즈는 우리와 생각이 다르다. 반복이 일반성이 아니라고 하니 말이다. 반복이 일반성이 아니라는 것은, 박사 논문의 첫 문장으로 쓸 만큼 들뢰즈에게는 가장 중요한 문제 제기이다.

그렇다면 반복은 도대체 어떤 것인가? 들뢰즈에 의하면 반복은 동일하거나 유사한 것이 아닌, 새로운 어떤 것으로 만드는 것, 즉 차이화하는 것이라고 한다. 반복을 오히려 자연법칙에 대립시키고, 도덕법칙에 대립시키고, 습관의 일반성, 기억의 특수성에 대립시킨다. 다시 말해서 들뢰즈의 반복은 모든 법칙을, 모든 습관을, 모든 기억을 거부하는 것이다. 법칙에 맞추는 것, 습관대로 하는 것, 기억하는 대로 하는 것은 모두 반복이 아니다. 반복은 동일성이 아니라, 차이화할 때만 가능한 것이라고 한다. 들뢰즈의 반복 개념에 따르자면 자연은 사실 차이 나는 반복이다. 자연에 동일한 것은 없으며 끊임없이 차이를 만들어내기 때문이다. 자연이 동일성을 가지고 반복하는 것처럼 보이는 것은 단지 겉보기 차원이고, 표면적으로만 그렇게 보일 뿐이다. 그것은 인간의 인식 차원에 머무르는 것이고, 인간의 한계에 갇혀서 일반화시키고 법칙화시키고 분류하는 것이다.

만일 자연이 물질의 표면으로 환원된다면, 또 이 물질 자체가 어떤 깊이를 자유롭게 이용하지 못한다면, 자연은 결코 반복하지 않을 것이며,

자연의 반복은 항상 실험자와 과학자의 선한 의지에 내맡겨진 가설적 반복으로 그칠 것이다. 물질은 자연의 태내에 해당하는 어떤 깊이를 자유롭게 이용하고 있으며, 이 깊이 안에서는 생생하되 언젠가 죽음을 맞이해야 할 반복이 조성되고 있고, 이 반복은 급기야는 명법적이고 실증적인 반복이 된다.

—『차이와 반복』, 질 들뢰즈 저, 김상환 역.

라일락이 봄인지 가을인지 인식하지 못하는 것은 당연한 일이다. 봄이나 가을이라는 자연의 개념들, 혹은 라일락이라고 하는 자연의 이름은 자연 안에 있는 것이 아니라 그것을 바라보는 인간의 인식 안에 있는 것이다. 봄 스스로가 봄임을 기억하고 있다가 다음 해에도 같은 봄을 만들어 내는 것이 아니다. 라일락에게도 기억이 없기는 마찬가지다. 라일락이 봄을 기억하고 자기는 봄에 피어야 한다는 인식을 가지고 있는 것도 아니다. 하지만 인간은 기억하고 인식한다. 봄을 봄으로 기억하고, 라일락을 라일락으로 인식하기 위해서 실재적인 차이들은 제거하고 동일한 것으로 개념화한다. 개념은 차이가 없고 실재적이지 않은 헐벗은 반복들로 일반화한다. 반대로 개념 바깥에 실재하는 존재들은 차이를 품은 옷 입은 반복을 한다. 개념에 의한 반복, 헐벗은 반복이란 실재적인 존재가 아니라, 옷 입은 반복의 결과로 드러날 뿐인 것이다. 개념을 가진 인식만으로는 실재적 차이, 차이 나는 반복을 볼 수 없다.

가을이라고 부르는 것도 인간이 만든 자연의 개념 중 하나이다. 그런데 가을에 라일락이 피는 것은 가을이라는 개념에도, 라일락이라는 개념에도 맞지 않는다. 맞지 않으면 그것이 잘못된 것이고, 오류라고 본다. 법칙에 맞아 떨어지는 것, 그 범주 안에 들어가는 것만 정상이고 나머지는 비정상이고 생각해볼 가치도 없는 것으로 만들어버린다. 봄, 여름, 가을, 겨울로 나누고 바라보는 건 인간의 기준일 뿐이다. 하지만 개념에 묶여 있는 계절이 아닌, 실제적인 계절은, 동일한 반복이 아니라, 강도적 차이로만 존재한다. 햇살과 바람, 비와 구름 등의 강도, 그 강도의 차이, 그리고 그 차이 나는 반복 위에 봄, 여름, 가을, 겨울이라는 이름의 옷을 입히는 셈이다. 햇살이나 바람 등의 강도와 라일락의 강도적 차이와의 만남, 거기에서 라일락은 계절의 이름과는 무관하게 피고 지는 것이다. 그 강도적 차이들의 만남에 의해 존재는 드러나기도 하고 사라지기도 할 뿐이다.

차이 나는 반복은 개념에 매이지 않는다. 그것이 늦가을에 피었던 라일락이었던 것이다. 올 가을엔 우리 마당이 화려한 꽃들로 더 풍성해졌다. 베고니아, 금잔화, 라일락, 장미 등 봄에 조금씩 피는 듯 하더니, 기나긴 여름의 장마 때문에 제대로 피워보지도 못하고 모두 지고 말았었다. 그런데 그 꽃들이 이제야 제철을 만난 듯이 화려하게 피어난 것이다. 자연은 계절의 이름을 알지도 못하며 인간이 구분해놓은 계절과는 무관하게 살아간다. 그들은 강도적 차이로, 차이 나는 반복으로 존재한다. 가을 안에서도 봄의 강도가 가능한 것이다. 그러고보면 나이도 숫자 상의 겉보기에 지나지 않을지도 모른다. 중년의 나이 안에서도 청년의 강도로 청년의 빛을 내며 사는 것도 어쩌면 가능하지 않을까? 라일락처럼 이때는 이래야 하고 저때는 저래야 한다는 것을 모른다면, 인위적인 개념에 매이지 않는다면 오히려 강도로만 살 수도 있지 않을까. 우리의 삶도 자연처럼 차이 나는 반복이어야 하지 않을까.

4

사라진 배추

- 심신 평행론

고추 농사는 망했지만, 무, 배추라도 잘 지어서 맛있는 김장을 해보기로 다시 마음을 다잡았다. 작년에는 집 뒤 텃밭에 배추를 심었었다. 그런데 배추의 반은 벌레가 먹어버렸고, 배추 속도 제대로 차지 않아서 김장을 하는데 양이 얼마 되지 않았었다. 그런 실패의 경험이 있어서 올해는 모종을 넉넉히 사서 심기로 했다. 주말마다 밭에 와서 농사를 도와주는 언니네 몫까지 생각해서 배추 100개 남짓, 무 70개를 샀다. 배추도 벌레에 강한 품종이라는 것으로 골랐다. 짱짱한 배추가 나오리라는 기대를 하면서 열심히 모종을 심었다. 모종을 심고 난 다음 주말, 언니네 부부가 동치미 무, 갓, 쌈 야채, 쪽파 등을 심으러 밭에 갔다 왔다고 연락이 왔다. 그런데 "배추랑 무 심는다더니 아직 안 심었어?" 하는 것이다. "네? 무슨 말이에요? 배추 110개랑 무 70개나 심었는데요?", "이상하네, 내 눈엔 안 보이던데? 무는 아예 없고, 배추만 10개 남짓 있는 것 같던데? 배추를 왜 심다 말았어?", "에이, 언니가 제대로 못 봤나 보네요, 이따 밭에 가니까 가서 확인해 볼게요." 급한 볼일을 보고 오후에 밭에 나갔다. 그런데 이게 웬일인가? 배추가 달랑 13개, 무가 2개, 그게 다였다. 믿을 수가 없었다. 나 혼자 심었다면 혹시 꿈꾼 거 아닌가 의심이라도 했겠지만, 남편이랑 같이 심었으니 꿈을 꾼 것도 아닌, 분명한 사실이었다. 서로를 쳐다보며 "우리 분명히 심은 거 맞잖아?"라고 말할 수밖에 없었다. 그런데 무언가를 심었었다고 하기에는 밭 두둑이 너무나 깨끗하게 아무런 흔적이 없었다. 모종이 하늘로 솟았는지, 땅으로 꺼졌는지 정말 믿을 수가 없었다.

처음 밭을 샀을 때, 멧돼지나 고라니가 자주 다닌다고 울타리를 튼튼하게 쳐야 한다고 이웃 할아버지들이 말씀하셨었다. 그래서 밭을 사자마자 제일 먼저 했던 일이 울타리를 치는 것이었다. 남편은 뭐든지 튼튼하게 하는 걸 좋아해서 다른 밭들보다 더 단단한 것으로 높게 쳐놓은 상태였다. 멧돼지나 고라니가 밭에 들어올 거라는 생각은 한 번도 해보지 않았다. 그런데 깨끗하게 비워진 밭을 망연자실 보고 있으니 옆 밭의 할아버지가 지나가시며 한마디 건네셨다. 요즘 고라니가 와서 여기저기 다 먹어치웠다고, 울타리를 더 단단히 쳐야 한다고 하시는 것이다. 고추 농사를 망친 후유증이 채 가시기도 전에 배추랑 무까지 사라졌다니, 그냥 다 집어치우고 싶었다. 울타리까지 높게 쳤는데 고라니가 들어와서 다 먹어버리면 도대체 어떻게 농사를 지으란 말인가? 우리 부부는 완전히 의욕을 상실하고, 김장 재료는 전부 사서 하기로 결론을 내렸다. '우리가 무슨 농사야? 알지도 못하는 농사를 하겠다고 나섰으니 제대로 될 리가 없지, 자신을 잘 아는 것이 중요한 거야.'라며.

며칠 후 언니네가 밭에 왔다. 주말농장을 몇 년째 하고 있어서 농사에 나름 전문가라는 동생까지 대동하고서. 언니들은 고라니가 다시 먹더라도 하는 데까지 해보자는 것이다. 울타리를 이중으로 치고 허수아비도 세우자고 했다. 의욕을 잃고 포기하려고 했던 우리 부부도 언니들을 도와 모종을 다시 사 와서 심었다. 배추밭 주변으로 울타리를 다시 치고, 콩밭에 세워 두었던 허수아비도 배추밭으로 옮겨놓았다. 이렇게 고생해서 했는데 또 고라니가 먹어버리면 그때의 절망감이 더 크지 않을까 걱정도 되었다. 그런 내 마음은 아랑곳하지 않고 언니들은 무슨 놀이 하듯이 신나게 하는 것이었다. 언니들의 가벼운 몸동작을 보고 있자니 이런 저런 생각이 들었다. 자유로워 보이는 저 가벼움은 어디서 오는 걸까? 나는 왜 이렇게 뭐든지 몸이 무겁다는 생각이 드는 걸까? 왜 몸으로 하는 일에는 이렇게 자신이 없고 두려워하는 걸까? 농사일에 대해서 아는 게 없다는 생각에 더 두려움을 갖는 것인가? 일단 뭘 좀 배워야겠다는 생각이 들었다. 영농 교육을 받아야 되나? 혹은 책이나 인터넷 정보를 찾아야 되나? 하지만 문제는 자료를 찾고, 정보를 찾아본다고 해서 알아지지 않는다는 것이다. 경우마다 달라서 어떤 것을 우리 일에 적용해야 할지도 모르겠고, 머리로 이해해도 그것이 제대로 적용되지도 않았다. 몸이 무겁고 일이 안 되는 것은 마찬가지였다. 아는 게 아는 게 아니었다. 그렇다면 정말로 안다는 것은 무엇인가?

우리는 앎의 문제를 정신의 문제라고 쉽게 생각해버린다. 안다는 것은 학교에서 책을 통해 배워야 아는 것이고, 정신적으로, 지적으로 알아야 되는 것이라고 생각한다. 거기에 덧붙여 정신적인 일이 신체가 하는 일에 비해 훨씬 가치가 높은 것으로 본다. 우리는 흔히 정신의 힘으로 신체의 능력을 키울 수 있다고 생각한다. 끈기 있게 못 하거나 서툴러서 제대로 못 하는 것을 두고 정신적인 의지가 약하다는 둥, 할 마음이 없다는 둥, 정신적인 것에 문제의 원인이 있다고 본다. 정신만 똑바로 차리면 육체는 저절로 따라오게 되어 있다고 생각할 정도로 신체를 등한시한다. 유교 사상 중에서 '지행일치'라는 말이 있다. 아는 대로 행동하라는 말인데, 이것은 정신과 신체를 구분하고, 정신을 우위에 두려는 생각에서 온 것이다. 아는 것이 먼저 있고 그 앎에 따라서 행동하라는 말이기 때문이다. 그러나 들뢰즈는 생각이 다르다. 들뢰즈는 스피노자가 『에티카』에서 말하는 심신평행론에 동의한다. 정신과 신체 중 우위에 있는 것은 없고, 서로 평행하다는 것이다. 정신이 신체를 지배하거나 신체가 정신을 지배하지도 않으며, 서로 개입하지 않고 정신과 신체는 동시적으로 존재한다는 것이다. 스피노자는 동일한 하나의 존재를 두고, 두 가지 방식으로 다르게 표현한 것일 뿐이라고 말한다. 정신으로 표현하거나, 신체로 표현하거나.

서로 평행하다는 것은 신체의 역량이 커지면 정신의 역량도 동시에 커진다는 의미이기도 하다. 여기서 중요한 것은 시간적으로 차등을 두고, 신체가 변하면 정신이 변하고 정신이 변하면 신체가 변한다는 말이 아니라, 동시적으로 일어난다는 점이다. 신체의 변화가 곧바로 정신의 변화이고, 정신의 변화가 곧 신체의 변화라는 뜻이다. 행하는 순간 곧바로 아는 것이며, 아는 순간 곧바로 행하게 된다는 것이다. 안다는 것은 행동한다는 것이요, 행동하지 않는다는 것은 곧 알지 못한다는 말이다. 안다는 것과 행한다는 것은 분리되어 있는 것이 아니라, 동일한 것이다. 지에 맞춰서 행하라는 지행일치가 아니라, 지와 행이 하나라고 주장했던 양명학파의 '지행합일'에 가깝다. 잘못된 행위를 한다는 것은, 옳은 것이 무엇인지 알지만, 행동으로 옮기지 못하는 것이 아니라, 그 행위가 잘못된 것임을 정확히 알지 못하는 것이다. 예를 들어 담배를 끊지 못하는 사람은 담배를 피우는 것이 건강에 해롭다는 것을 알면서도 담배를 끊지 못하는 것이 아니라, 담배가 결정적으로 몸에 좋지 않다는 것을 정확히 모르는 것이다. 아니면 나중에 끊어도 크게 문제가 되지 않는다고 아는 것이다.

"어떤 점에서 인간의 정신이 다른 정신들과 다른지, 어떤 점에서 인간의 정신이 다른 정신들보다 우월한지를 규명하기 위해서는, 인간 신체의 본성을 인식하는 것이 필요하다. 일반적으로 말하면, 어떤 신체가 '동시에 더 많은 방식으로 작용하고 작용 받는' 능력이 다른 신체들에 비해 클수록, 그 신체의 정신은 그만큼 '더 많은 것들을 동시에 지각할' 수 있다." 정말로 역량의 견지에서 사유하기 위해서는 먼저 신체에 대한 물음을 제기해야 했다 … 신체의 능동-수동은 영혼의 능동-수동과 나란히 간다고 하는 역량 이론은 윤리적 세계관을 형성한다. '도덕을 윤리로 대체하기'는 평행론의 귀결이며, 평행론의 진정한 의미를 드러낸다.

–『스피노자와 표현 문제』, 질 들뢰즈 저, 현영종, 권순모 공역.

역량을 말하기 위해서는 정신이 아니라, 신체가 무엇을 할 수 있는지를 물어야 한다. 신체가 할 수 있는 역량만큼 정신의 지각 능력이 있다는 것, 그것은 신체의 활동, 실천하는 역량 자체가 곧 정신의 역량, 영혼의 역량이라고 본 것이다. 신체의 활동 능력을 키우는 것이 동시에 정신의 지각 능력 또한 키우는 것이다. 존재의 역량을 키우는 것은 앎의 영역을 늘리는 것이 아니라, 행위, 실천, 함, 그것밖에 없다. 이것이 바로 아는 대로, 정해진 규범대로 행해야 한다는 도덕의 문제가 아니라, 실천하는 것이 곧 앎이라는 윤리의 문제인 것이다. 농사를 잘 짓는 신체가 되고 싶다고 마음 먹는다고 해서 그런 신체가 되는 것도 아니고, 책이나 정보를 통해서 알았다고 해서 잘 지을 수 있는 것도 아니다. 계속해서 농사를 지어보는 것 말고는 달리 방법이 없다. 실패를 거듭하더라도 그 행위로부터 농사 역량이 생기는 것이고 존재가 변할 수 있는 것이다.

등산도 마찬가지였다. 남편이 항암 치료를 받고 나서 어떻게든 살아야겠다는 생각에 우리 부부는 매일 산에 올랐다. 남편은 몸무게가 0.1톤에 가깝고, 나는 근육이 1도 없는 몸이라 그 전에는 산은커녕 낮은 언덕, 아니 평지도 걷기 힘들어하는 사람들이었다. 처음에는 몸이 천근만근 무겁게 느껴져서 겨우 한 시간 남짓 걸리는 둘레길조차 반도 채 걷지 못하고 내려왔다. 그러다가 매일 걸으며 조금씩 늘기 시작했고, 몇 달이 지나고, 몇 년이 지나자 우리는 거의 산사람이 되었다. 그 시절에는 건강한 몸 이외에 다른 생각을 할 여유도 없었다. 그냥 닥치고 등산이었다. 산을 안다는 것은 머리로 아는 것이 아니라 나의 신체가 그 산의 구석구석을 아는 것이었다. 워낙 많이 다녔던 산은 내 신체가 너무나 잘 알아서, 어디서 어떤 식으로 힘을 써야 할지 쉬어 가야 할지 저절로 알게 되었다. 우리 신체는 어느새 산의 리듬에 맞춰 오르고 내리는 리드미컬한 신체가 되었다. 그때는 등산에 대한 나의 실존 역량이 최고조에 달했을 것이다. 뭐든

하면 된다는 생각이 들었고, 다 잘할 수 있을 것 같은 자신감이 있었다. 급기야 백록담까지 정복하는 기염을 토했다. 등산하는 게 두렵지 않았다. 계속해서 산을 타면서 산으로부터 자유로워진 것이다.

배추 농사를 같이 하는 언니들은 친정에서 밭농사를 크게 하신다. 어렸을 적 시골에서 살 때는 안 해본 일이 없고, 지금도 농사일 바쁠 때는 항상 시골에 도우러 내려간다. 농사를 짓다 보면 다양한 문제들이 많이 발생한다. 오랜 시절 농사를 짓고, 여러 가지 문제들을 겪으며 살아온 언니들의 신체는 농사에 관한 한 높은 역량을 지니고 있을 것이다. 그래서인지 어떤 일도 그리 힘들게 느끼지 않고, 어떤 문제도 그리 두렵게 바라보지 않는다. 고라니 정도야 별일도 아니라는 태도가 나에게는 그렇게 멋져 보였던 것이다. 언니들과 달리 나는 시골에서 자랐어도 맨날 공부 핑계 대며 농사일 돕는 것은 살살 피해 다녔었다. 성격이 워낙 급한 엄마는 느리고 서툰 나에게 일을 시키려고 하지도 않았다. 몸으로 하는 일은 서툴고, 책 보고 공부하기를 좋아하다 보니 자연스럽게 신체를 더 등한시 하게 되었다. 신체가 하는 일을 무시하고 정신적인 일만 가치 있는 것으로 생각했던 것이다. 읽을 책이 밀리고, 글을 써야 할 때면 몸 쓰는 일이 더 버겁게 느껴진다. 이런 나에게 밭이 생기고 몸을 써야만 하게 된 것은 오히려 감사할 일이다. 능력이 부족하다고, 느리다고 점점 몸을 쓰지 않으려는 나를 움직이게 한다. 끊임없이 나를 움직이게 하는 밭농사는 나의 신체 역량을 증가시킬 것이다. 언젠가 가벼운 몸짓으로 농사를 지을 날도 오지 않을까? 그까짓 고라니 쯤이야라고 할 날이 오지 않을까? 다시 심은 배추랑 무가 아주 잘 자랐다.

5

뱀의 색깔은?

- 비자발적 사유

그날따라 새로운 요리를 하기가 싫어서 전에 냉동실에 얼려놓았던 곰국을 먹기로 했다. 곰국엔 당연히 대파가 필수적으로 들어가야 한다. 서울에서 살 때는 마트에서 사 온 대파를 한꺼번에 다 먹을 수가 없어서 반 정도는 시들어서 버렸었다. 시골에 온 후로는 대파를 즉석에서 바로 잘라다 먹으니 매운맛이 그대로 살아 있어서 좋고, 버릴 일이 없어서 좋고, 마트에 나가지 않아도 돼서 좋았다. 대파는 여러 가지로 기분 좋게 하는 식재료 중 하나가 되었다. 그런 이유로 매번 요리를 할 때마다 웬만하면 대파를 넣어서 하게 되었다. 여느 때처럼 선물 받는 즐거운 기분으로 대파를 자르러 텃밭으로 나갔다. 무심코 들어가려고 하는데 텃밭 입구쯤에서 뱀이 언뜻 내 눈을 스쳤다. '으악!' 외마디 비명을 지르고 그 자리에서 바로 뒤돌아 도망치고 말았다. 얼마 전부터 동네 언니들로부터 집 근처에서 뱀을 보았다는 소리를 듣던 차였다. 그 얘기를 들으면서도 설마 우리 집까지는 안 오겠지 하고 있었다. 요즘 동네에서는 무슨 공사를 하려는지 앞산을 모두 파헤쳐놓고 있었다. 아마도 뱀들이 갈 곳이 없어져서 헤매다 이 집 저 집에서 보이는 게 아닐까 싶었다. 잠깐 스치듯 보았던 뱀이지만 그 이미지가 자꾸 떠올랐다. 너무나 낯선 뱀의 모습에 다시 한 번 소름이 돋았다. 낯설었던 이유는 뱀의 색깔 때문이었다.

초등학교 2학년 때까지 초가집에서 살았다. 그 당시 제주도에는 뱀이 얼마나 많았는지, 집 마당에서는 물론이고, 길을 가로질러 가는 뱀, 담 구멍을 드나드는 뱀 등, 여기저기서 뱀을 보기 일쑤였다. 평소에 하도 많이 봐서 그런지 꿈에서도 뱀이 자주 나왔다. 그때 보았던 뱀들이 나에게는 실제로 경험한 뱀이었다. 책이나 텔레비전에서 보는 뱀들의 이미지는 그 정도로 강렬하게 다가오지는 않는다. 그래서 나에게 실제로 존재하는 뱀이란 어릴 적 제주도에서 보았던 번들거리는 까만색 뱀이 전부다. 그 이후로 내 눈앞에 실재하는 뱀은 없었다. 도시로 나와 살면서 당연히 뱀을 볼 일은 거의 없었다. 내가 직접 봤었는지조차 기억이 가물가물할 정도로 전설로만 남아 있는 잊혀진 생명체였다. 그러다가 텃밭으로 들어가는 내 앞에 뱀이 나타난 것이다. 그것도 이상야릇한 갈색 뱀이. 뱀을 보고 나는 두 번 놀랐다. 한 번은 갑작스러운 뱀의 출현에 놀랐고, 또 한 번은 처음 보는 뱀의 색깔에 놀랐다.

뱀의 이미지가 자꾸 떠오르는데 갑자기 옛날 생각이 났다. 아마도 초등학교 4, 5학년쯤 미술 시간이었을 것이다. 저학년 때 그리기 상을 받았던 경험도 있어서 미술 시간을 좋아했었다. 풍경화를 그리는 시간이었데, 그때가 늦가을이라 온 세상의 풍경은 주황빛 귤로 가득 찬 과수원들이었다. 예쁜 귤들을 그리고 싶은 마음에 과수원 풍경을 그리기로 마음먹고 열심히 그려나갔다. 주황색 귤이며 초록색 나뭇잎이며 순탄하게 잘 그려지고 있었고 제법 만족스러웠다. 이제 바탕색으로 마무리를 해야 할 때가 되었다. 과수원의 땅을 칠해야 할 차례인데 어떤 색으로 칠해야 할지 고민이 되었다. 그 당시 크레파스에는 색깔마다 이름이 붙어 있었는데, 붉은빛이 도는 갈색에 땅색, 혹은 흙색이라고 쓰여 있었던 것이다. 분명히 내 눈에 과수원의 땅은 검은색에 가까웠다. 그런데 불그죽죽한 갈색을 보고 땅색이라니 혼란스러워졌다. 한참을 망설였다. 내 눈에 보이는 대로 까만색을 칠할지, 이름이 붙어 있는 대로 땅색을 칠할지. 소심한 범생이었던 나는 이름표가 붙어 있는 대로 땅색을 꺼내서 칠을 하기 시작했다. 결국 그림을 망치고 말았다. 그 시간 이후로 나는 미술에 자신이 없어졌다.

뱀을 보고 난 후로 이런저런 생각을 하다 보니 질문이 생겼다. 지성으로서의 앎과 감성으로서의 앎은 다를 수밖에 없는 것일까? 뱀과 땅의 예를 생각해보면 지성과 감성 둘 사이에는 뭔가 가까이 갈 수 없는 거리, 일치할 수 없는 삐그덕거림이 있는 것 같다. 나의 지성으로는 분명히 뱀의 색깔이 다양함을, 당연히 갈색 뱀도 존재한다는 것을 알고 있었을 것이다. 책, 사진, 화면 등 다양한 매체를 통해 갈색 뱀 정도야 한 번쯤 보지 않았겠는가? 사실 갈색 흙에서 갈색 뱀을 본다는 것은 당연한 것이다. 하지만 아무리 객관적인 사실을 지성이 알고 있다고 해도 우연한 대상과의 마주침 안에서는 아무런 힘을 발휘하지 못했다. 오히려 아주 오래된 일임에도 불구하고 실제로 내가 겪었던 감각들이 깨어나서 즉각적으로 뱀을 까만색으로 불러냈던 것이다. 감각적 인식, 즉 감성적인 앎이 더 강하게 작동한 것이다. 그림 그리기에 자신감을 잃었던 것도 같은 이유다. 크레파스 색깔에 땅색이라고 이름 붙여져 있다는 것은 땅을 그 색으로 칠하라는 일반적인 지성의 명령이기도 했다. 하지만 나의 감성은 그것을 받아들이기 어려웠던 것이다. 그것은 최소한 나에게는 진리가 아니었던 것이다. 그렇다면 지성보다 감성이 우위에 있다는 것인가? 지성이 할 수 있는 일은 아무것도 없는 것인가? 들뢰즈는 이 질문에 대해 지성을 두 가지로 구분하면서 해결한다.

들뢰즈는 지성을 먼저 오는 지성과 나중에 오는 지성으로 구분해서 말한다. 지성이라고 해서 모두 같은 지성인 것 같지만 둘은 전혀 다른 실행을 한다고 본다. 먼저 오는 지성은 사유의 영역이 아니고 단지 재인식의 영역이다. 다시 말해서 먼저 오는 지성은 새로운 사유를 만드는 것이 아니라, 이미 전제되어 있는 지성을 통해, 그 틀에 맞춰 세상을 해석하는 것이다. 주어진 지성의 한계 안에서 세상을 해석하고, 그 가능성 안에서만 맴돌 뿐이다. 먼저 오는 지성에 의한 앎은 실재적이지 않은, 그저 추상적인 관념에 지나지 않는 반쪽짜리 앎이다. 반면에 들뢰즈는 나중에 오는 지성이야말로 진짜 지성이고 그것이 바로 사유를 밀어붙이는 힘이라고 말한다. 나중에 오는 지성은 우연히 폭력적으로, 비자발적인 방식으로 찾아온다. 우연히 마주친 사물의 인상은 어떤 기호를 품고 있으며, 그 기호가 우리의 감성을 자극한다. 감성은 기호의 의미를 펼쳐내는 데 한계를 느끼게 되고, 지성이니 기억력이니 상상력이니 하는 다른 능력들을 동원한다. 이때 비자발적으로 끌려 나오는 지성이 바로 나중에 오는 지성이며 본질, 혹은 진리를 사유하도록 강요당하는 것이다. 비자발적인 것, 무언가로부터 당해서 하게 되는 것, 할 수밖에 없는 것이 진짜 사유라는 것이다.

자발성과 비자발성은 서로 다른 능력들을 일컫는 말이 아니라 동일한 능력들의 서로 다른 실행을 가리키는 말이다 … 지각은 우리에게 아무런 근원적인 진리도 주지 않는다. 자발적인 기억이나 자발적인 사유도 마찬가지다. 이것들은 가능한 진리 외에는 아무것도 주지 않는다. 아무것도 우리에게 해석하도록 강요하지 않고 아무것도 한 기호의 본성을 해독하기를 강요하지 않는다 … 이와 반대로 하나의 능력이 비자발적인 형태를 가질 때마다, 이 능력은 자신의 한계를 발견하고 그 한계를 극복한다. 기호들을 포착하고 받아들이는 감성이 무관심한 지각을 대신한다 … 모든 비자발적인 사유가 자발적인 사유를 대신한다.

—『프루스트와 기호들』, 질 들뢰즈 저, 서동욱, 이충민 공역.

일반적으로 우리는 자발적인 것이 비자발적인 것보다 더 큰 힘이라고 생각하고 자발성을 강조한다. 비자발적이라는 말은 왠지 수동적인 의미로 들리기도 해서 별반 힘이 될 것 같지도 않다. 하지만 자발적인 힘은 어디까지, 어느 만큼 쓸 것인지에 대해서는 관심이 없다. 단지 어느 정도의 힘만 쓰게 될 것이다. 자발성은 생각보다 할 수 있는 일이 별로 없다. 들뢰즈의 말처럼 자발적인 기억이나 자발적인 사유는 진리에 가까이 가는 능력이 없다. 적당히 가다 말기 때문이다. 앵무새처럼 누군가를 따라 하는 정도로 그칠 수밖에 없는 것이다. 반면에 무언가가 우리를 덮쳐 온다면 살기 위해서 우리는 그것보다 더 큰 힘을 발휘해서 이겨내려고 할 것이다. 무언가가 덮쳐 올 때 쓰게 되는 비자발적인 힘은 적당히 가는 것으로 끝내지 않는다. 그것을 이겨내기 위해 자기가 가진 최대한의 힘을 쓰게 될 것이다. 그것은 지금까지 갇혀 있던 한계를 넘어서는 힘이며, 그렇기 때문에 동시에 한계가 없는 무한한 힘이기도 하다. 어떤 기호들이 우리를 덮쳐올 때 그 문제를 해결하기 위해 우리는 한계에 부딪힐 때마다 다른 능력들을 동원해서 그것을 해석하고자 한다. 이것이 바로 비자발적인 사유이며, 사유는, 하는 것이 아니라 오는 것이다.

뱀을 보고 단지 무서워하기만 하고 무관심한 지각으로 끝나버렸다면 거기에서는 어떤 사유도 발생하지 않았을 것이다. 하지만 뱀을 본 순간의 공포와 두려움은 질문을 하게 했다. 비명을 지르고 뒤돌아서 도망 나오는데, 그 민망함에 왜 이렇게까지 무서운 감정이 생기는가를 생각하게 되었다. 그 질문은 어린 시절에 너무나 자주 보았던 뱀을 떠올리게 했고, 왜 지금의 뱀이 더 기괴하게 느껴졌는지 깨닫게 했다. 기억력과 상상력, 지성의 힘까지 끌어올렸다. 아직도 나에게 뱀이라는 것은 까만색 뱀이 전부이고, 그것이 뱀의 본질이고 진리인 양 믿고 있었던 것이다. 하지만 눈앞에서 그 믿음이 깨지는 혼란을 겪으며 더 이상한 감정에 휩싸였다. 수십 년 전 어릴 적 감각이 아직도 나한테서 일어난다는 것도 놀라운 일이지만, 감성이 지성을 이기고 올라왔다는 사실도 놀라운 일이었다. 그런 생각들이 이어지며 어린 시절 풍경화를 그리며 혼란스러워 했던 추억까지 소환된 것이다. 결국 뱀의 색깔과 땅의 색깔의 연관성, 감성과 지성의 관계, 거기에 이어 존재에 대한 사유까지 하게 되었다.

우리가 아무리 방대한 지식을 가지고 있고, 높은 지성의 경지에 있다고 하더라도 그것이 얼마나 제한적이고 협소한 지식이며 지성인 것인가? 누군가가 이미 만들어놓은 지식이라는 것은 중요한 순간에는 아무런 힘도 발휘하지 못한다. 직접 겪었던 감각의 기억에 비해 일반적인 지성이라고 하는 것, 즉 자발적 사유라는 것이 할 수 있는 것은 지극히 미미한 것이다. 감각의 힘은 지금까지 알아왔던 것과는 다른 사유를 하라고 명령한다. 네가 이미 알고 있던 그것들은 진리가 아니라고 말한다. 바로 여기에서 어떤 알 수 없는 힘에 의해 비자발적 사유가 일어나는 것이다. 이처럼 어떤 낯선 감각을 느낄 때, 낯선 감정이 일어날 때, 질문하는 것은 새로운 사유로 갈 수 있게 하는 힘이 된다. 그 순간에 하는 질문은 들뢰즈의 말처럼 영혼을 움직이게 하고 사유를 움직이게 하기 때문이다.

6

익숙한 새로움

- 차이와 반복

올해로 10년째 이어오고 있는 책 모임이 있다. 도서관 토론 수업에서 시작된 이 모임은 좀 특이하다. 일반적인 모임이나 아무리 작은 공동체라도 그 조직을 이끌어가는 나름의 리더가 있게 마련이고, 시간이 흐르면서 저절로 힘의 중심점이 생기기 마련이다. 그런데 이 모임에서는 아무도 리더를 원하지 않았다. 흔하게 있는 회장도 총무도 없이 그냥 진행해 보기로 했다. 두세 달에 한 번씩 돌아가면서 책을 선정하고, 발제자는 매주 바꿔가며 하기로 했다. 이 책 모임은 힘의 중심이 없다기보다는 중심이 계속 이동하는 방식으로 돌아가고 있었다. 이것은 누구 한 사람의 목소리가 너무 크거나 너무 작을 수도 없는 구조였다. 책을 선정한 회원과 발제자 사이에 협력하거나 견제하는 힘이 생기면서 균형을 이루고 있었다. 구성원들의 성향이나 연령대도 매우 다양하다. 초등학생 학부모부터 손주가 생긴 할머니까지 두루 있어서 세대마다 다른 관점의 얘기들을 나누게 된다. 그리고 역사, 문학, 건축, 몸, 철학, 과학, 미술, 그림책 등 관심사도 다양해서 혼자서는 절대 읽지 않았을 책을 읽게 되는 경우도 많다. 전에는 몰랐던 새로운 세계, 다양한 관점들, 개성 넘치는 사람들의 목소리들을 들으며 우리의 공부는 매번 새로운 힘을 얻었고, 흥미진진하게 진행되고 있었다. 조금 지루해질 만하면 새로운 멤버가 들어왔고, 거기서 다시 새로운 힘을 얻었다. 그러면서 10년이란 세월이 흘러간 것이다. 30대 회원은 이제 40대가 되었고, 40대 회원은 50대가 되었다.

10년이란 시간은 그리 짧은 게 아니다. 읽은 책만 해도 100권 가까이 될 정도니 말이다. 하지만 그 분량에서 오는 식상함이 생겼다. 이 책에서 혹은 저 책에서 하는 얘기들이 모두 비슷하게 느껴진다. 서로에 대한 호기심도 거의 사라졌고, 사소한 일상들을 묻고 고민을 들어주고 하는 편안한 관계가 되었다. 별다른 문제의식 없이 지내는 사이에 어디서나 흔히 볼 수 있는 여느 사교 모임의 성격을 닮아 가고 있었다. 단지 새로운 책을 통해서 지적 호기심을 근근이 채워가고 있었다. 그러던 중 책이 달라져도 같은 얘기를 반복하고 있는 내 모습을 보게 되었다. 나만 그런 게 아니라 각자가 각자의 같은 이야기들을 반복하고 있었다. 게다가 오랜 기간 서로를 잘 알다 보니 이 사람은 이런 말을, 저 사람은 저런 말을 할 거라는 선입견을 가지고 있어서 듣는 것조차 집중하지 못했다. 서로가 각자 같은 이야기만을 반복하다가 무슨 이야기를 나누었는지도 모른 채 끝나버리는 경우도 비일비재했다. 나는 점점 매너리즘에 빠져들었고, 여기서는 어떤 배움도 일어날 수 없다는 생각이 들었다. 어떻게 해야 할까? 다른 길을 찾아야 할 것 같았다. 이 모임을 계속 유지하는 게 맞는 걸까? 새로 시작하게 된 들뢰즈 공부 모임도 있어서, 더 긴장이 되고 강도가 센 그 모임에 집중할까 하는 생각도 들었다. 이 핑계 저 핑계 찾고 있었다. 오랫동안 해온 모임이고, 정이 들었다고 해서 꼭 이어가야 할 의무가 있는 걸까? 배움이 없고 생성이 없다면 과감하게 끝내야 하는 거 아닌가?

언젠가 외국 여행을 갔을 때 유독 눈이 가는 예쁜 꽃이 있었다. 평소에는 사진 찍는 걸 좋아하지도 않는데, 예쁘고 특이해 보여서 사진까지 찍었었다. 그런데 그 꽃이 여행에서 돌아온 후에 동네 어귀에서 보이는 것이 아닌가. 헉! 이 꽃이 거기만 피는 게 아니었구나. 거기서는 왜 그렇게 이국적으로 보이고 특별히 예쁘게 보였던 걸까? 여기서는 전혀 눈에 띄지도 않았고 관심 밖의 이름 모를 흔한 꽃이었을 뿐인데. 꽃이 어떻게 보이는가 하는 것은, 그것이 어떤 질서에 놓여 있는가, 내 감각이 얼마나 열려 있는가, 거기에 얼마나 집중하고 보는가에 따라 다를 것이다. 여행을 갔으니, 그곳의 인상은 모든 게 내 통념을 넘어서는 다른 질서의 세계이고, 모든 것을 집중해서 볼 마음의 준비가 되어 있었을 것이다. 그런 이유로 외국 여행에서 보는 모든 풍경은 새로운 게 아니더라도 전부 새롭게 보인다. 모두가 자기를 봐달라고 하는 것처럼 하나하나가 감동을 불러 일으킨다. 아니, 이미 나 자신이 모든 것에서 감동할 준비가 되어 있는 것이다.

들뢰즈는『프루스트와 기호들』에서 배움으로서의 예술론을 펼친다. 들뢰즈에게 배움이란 일반적으로 우리가 생각하듯이 지성의 영역을 넓혀가는 그런 일이 아니다. 배움이란 진실, 즉 본질 찾기라고 하는데, 그렇다면 본질은 또 무엇인가? 본질이란 하나의 차이, 절대적이고 궁극적인 차이인데, 그것은 관점에 의해 정의되며, 관점은 다시 차이 자체라고 한다. 차이 자체는 또 무엇을 의미하는가? 들뢰즈에게 차이 자체란 정신적인 것에 해당하며, 예술적인 상호 주관성만 있을 뿐이라고 한다. 차이 자체인 본질은 예술을 통해서만 찾을 수 있다는 것, 따라서 예술을 통해서만 배움이 가능하다는 것이 들뢰즈의 생각이다.

예술을 통해서만 우리 자신으로부터 벗어날 수 있다. 또 오로지 예술을 통해서만 우리가 보고 있는 세계와는 다른, 딴 사람의 눈에 비친 세계에 관해서 알 수 있다. 예술이 아니었다면 다른 세계의 풍경은 달나라의 풍경만큼이나 우리에게 영영 알려지지 않은 채로 남아 있을 것이다. 예술 덕분에 우리는 하나의 세계, 즉 자신의 세계만을 보는 것이 아니라 세계가 증식하는 것을 보게 된다. 독창적인 예술가들이 많으면 많을수록 우리는 무한 속에서 회전하는 세계들 어느 것과도 다른, 우리가 마음대로 할 수 있는 세계들을 더 많이 가진다. 예술은 창조하는 것이 아니라 베일을 벗겨 드러내는 것이다.

–『프루스트와 기호들』, 질 들뢰즈 저, 서동욱, 이충민 공역.

사실 외국에서 보았을 때에는 그 꽃의 본질을 인식하지 못하고, 다른 이국적인 꽃들처럼 단순히 예쁘다고만 생각했다. 그런데 돌아와서 그 꽃을 다시 보았을 때, 그때서야 그 꽃의 본질, 그 꽃의 차이를 깨달은 것 같았다. 평범한 일상 속에서 그 꽃은 이제 예전과는 다른 꽃이 되었다. 그 꽃만이 가지고 있는 어떤 본질이 내 눈 앞에서 솟아올랐다. 보이지 않던 것이 이제는 보이는 것이다. 그 이후로 평범한 일상의 풍경들이 달리 보이기 시작했다. 평범하게 노을이 지는 모습도, 마당의 한 그루 나무도, 시골의 아기자기한 집들도, 거리도, 모든 것이 어느 이국적인 풍경처럼 달리 보이는 경험을 했다. 들뢰즈가 말하는 예술이란 것이 바로 이런 차이, 즉 본질을 깨닫게 되는 것일지도 모르겠다. 나처럼 평범한 사람은 그것이 다른 질서 속에 놓여 있을 때에만, 짧은 순간에 잠깐 볼 수 있는 것이지만, 위대한 예술가들은 다르다. 그것이 기존의 질서 속에 놓여 있어도 다른 질서에 놓인 것처럼, 그 차이, 혹은 본질을 찾는 능력이 있는 것이다. 기존의 베일을 잘 벗겨내는 사람들이 바로 예술가인 것이다.

외국에서 꽃을 보고 특이하다고 느꼈던 감각은, 내가 사는 익숙한 장소에 와서 다시 되살아났다. 너무나 익숙해서 눈에 들어오지도 않았던 꽃이 낯설고 아름답게 느끼도록 했다. 그동안 평범하게 그냥 스쳐지나가 버렸던 나의 무딘 감각이 안타깝게 여겨졌다. 꽃뿐만이 아니라 얼마나 많은 것에서 감각하지 못하고 살아가는 것일까? 이제는 평범했던 것들이 더 이상 평범한 것이 아니라는 생각이 들었다. 저것이, 혹은 저 사람이 다른 질서 속에 있었다면, 다른 세계에 포함되어 있었다면 얼마나 다르게 보일 것인가. 그들의 본질은 무엇인가? 어떤 차이들을 만들어내는 존재들인가? 나의 감각의 세계가 새롭게 펼쳐지기 시작한다. 기존의 질서를 깨는 것, 새로운 감각을 불러 일으키는 것, 들뢰즈가 말하는 예술이란 그런 것이다. 기존의 질서를 깨는 그 지점에서 새로운 배움은 일어난다고 말한다. 하지만 진정한 배움, 예술로서의 배움은 기존의 질서를 깨고 새로운 감각을 일으키는 차이 찾기만으로 가능해지는 것일까? 차이만으로는 본질을 모두 얘기할 수 없다. 들뢰즈는 여기에서 반복의 개념을 가져온다. 일반적으로 반복이란 동일한 것의 반복, 철학적 용어로는 재현적 반복이라고 생각하지만, 들뢰즈의 생각은 다르다. 반복이 겉으로는 차이와 대립되는 항으로 보이지만 오히려 직접적인 상관항으로 작동한다는 것이다.

본질은 본래 차이이다. 본질이 반복해서 자신과 동일해지는 능력이 없다면 본질은 다양하게 만드는 능력, 다양해질 능력도 없을 것이다. 본질은 대체할 수도 없는 것이므로 반복하지 않는다면 궁극적 차이인 본질을 가지고 무엇을 만들 수 있을 것인가? 위대한 음악은 오로지 반복되는 연주를 통해서만 존재할 수 있고, 시를 외워서 암송할 수밖에 없는 것은 바로 이 때문이다 … 차이와 반복은 뗄 수 없고 서로 상관적인 본질의 두 힘이다. 예술가는 반복하기 때문에 늙지 않는다. 반복이란 차이의 힘이며 차이란 반복의 힘이기 때문이다.

– 『프루스트와 기호들』, 질 들뢰즈 저, 서동욱, 이충민 공역.

본질, 즉 차이가 반복하는 능력이 없다면 다양한 차이를 만드는 능력도 없다는 것이다. 차이와 반복은 동전의 양면처럼 반대되지만, 동시적이면서 서로 없어서는 안 되는 관계이다. 반복되는 연주에서, 반복되는 시 암송에서 차이가 생성되고 위대한 예술이 되는 것이다. 하지만 여기서 중요한 것은 반복이 동일하게 복사하는, 재현적인 반복이 아니라 매번 차이를 생성하는 반복이라는 것이다. 그렇다고 해서 차이를 찾아서, 다른 질서, 다른 세계를 찾아서 영원히 떠나버리는 것이 아니라, 다시 그 자리로 돌아오는 것, 차이를 품고 돌아오는 반복이다. 차이와 반복은 끝나지 않는 영원한 생성의 힘이다. 차이와 반복의 힘이 있는 진정한 예술가에게는 영원한 생성만이 있는데 어떻게 늙을 수 있겠는가?

· · ·

코로나가 시작되고 도서관이 폐쇄되었다. 회원들은 일단 당분간 좀 쉬어보자고 했다. 나도 좋은 핑계거리가 생겼다 싶었다. 쉬는 시간을 가져보면 또 달라질 수도 있지 않을까 하는 기대도 있었다. 한 달 남짓 쉬고 있는데 코로나가 빨리 끝날 기미가 보이지 않자 회원들이 하나둘씩 공부를 다시 시작하자는 제안을 했다. 공부를 하다가 멈추어보니 도저히 살 수가 없어서 안 되겠다는 것이다. 매너리즘에 빠져서 습관적으로 책을 읽고 모임에 참석하고 하는 것들이 아무런 의미도 없어 보였는데 그게 아니었다. 공부는 자기 세계를 확장하는 좋은 방법이다. 다양한 사람들이 모여서 하는 공부는 더더욱 그렇다. 책을 통해, 그리고 다른 사람들을 통해 낯선 세계를 알게 되고 새로운 질문을 던지게 되고 다른 사유를 만나게 된다. 그 만남에서 일어나는 사유는 다시 일상에서 질문을 하게 만들고 단순하고 익숙한 일상조차 새로운 삶으로 확장시킬 수 있기 때문이다.

들뢰즈가 말하듯이 예술이 가지고 있는 차이와 반복의 힘을 일상적인 삶에서 드러내는 것은 드물다. 삶에서 차이를 가진다는 것은 일상 생활을 불가능하게 만들 수도 있기 때문이다. 사회의 통념이나 기존의 질서

체계를 벗어나려고만 한다면 어떻게 살아갈 수 있겠는가? 하지만 책은 일상의 질서에서 빠져 나오게 도와주는 길잡이 역할을 한다. 외국 여행에서 느끼는 것처럼 새로운 감각의 체계, 새로운 질서가 열리는 것이다. 우리는 기존의 통념을 깨는 그 길을 따라서 걸음마를 시작한다. 그리고 다시 삶으로, 기존의 사회의 질서로 돌아온다. 그런데 그 삶은 조금은 다른 삶이다. 여행에서 돌아와서 다시 새롭게 보게 되는 풍경들처럼, 똑같은 일상이어도 그것은 책을 통해 생성된 차이를 품은 반복일 것이다. 이미 다른 사유의 질서를 만났기 때문에 이제는 또 다른 삶의 시작이다. 바닥에서 일어서는 연습을 수없이 반복해야 걸음마를 뗄 수 있는 것처럼, 책을 통해 다른 체계의 이야기를 계속 반복해서 읽고 나누는 것이 다음 단계로 들어설 수 있는 힘이 될 것이다. 책 모임은 나에게 평범한 일상들을 다시 되새김질하고 새롭게 보라고 자극한다. 도서관이 다시 개방될 때까지 우리는 이 카페 저 카페 전전하며 떠돌이 공부 모임을 계속해서 진행 중이다. 그 안에서 어떤 차이를 생성하고 반복하는 힘이 우리를 다시 일으켜 세운다. 이 공부가 10년이 지나 20년, 30년 후에 우리는 어떤 존재로 살아가고 있을까, 사뭇 궁금해진다.

차이와 반복은 동전의 양면처럼 반대되지만,
동시적이면서 서로 없어서는 안 되는 관계이다.

… 차이와 반복은 끝나지 않는 영원한 생성의 힘이다.

차이와 반복의 힘이 있는 진정한 예술가에게는
영원한 생성만이 있는데 어떻게 늙을 수 있겠는가?

겨울

시골의 나이테 한 겹 쌓이고

1

돈이 뭐길래

- 탈코드화, 재코드화

남편이 대장암 진단을 받기 한 달 전에 보험을 해약했다. 보험을 해약하려고 하면 보험사에서 항상 하는 소리, 보험 해약하면 꼭 병이 나더라는 말을 몸소 증명하고 말았다. 가만히 앉아서 몇천만 원 받을 것을 못 받았다고 주변에서 바보 소리를 들었다. 서울에서 살던 집을 팔고 시골로 들어왔다. 서울에 집값은 하루가 다르게 오르는데 시골 집값은 내려가지 않으면 다행이다. 헐값에 서울 집을 팔고 오르지도 않는 시골집을 샀다고, 또 바보 소리를 들었다. 얼마 전에 딸의 생일 선물을 사 준다고 쇼핑을 나갔다. 계산대에서 직원이 포인트 카드나 할인 카드가 있는지 물었다. 계산대 앞에만 가면 기계적으로 하는 질문에 질렸던 터라, 질문이 채 끝나기도 전에 단호하게 할인 카드 같은 건 없다고 했다. 쇼핑을 좋아하지도 않거니와, 카드가 여러 개 있는 것도 싫고, 포인트가 쌓인다고 해봐야 얼마 되겠나 싶어서 만들지 않았다. 그런데 같이 간 딸이 정색하며 화를 냈다. 작은 거 하나라도 살 때마다 포인트가 쌓이고 그 포인트를 돈처럼 쓸 수 있는데 왜 돈을 버리냐는 것이다. 티끌 모아 태산이라나? 돈에 대해 전혀 생각이 없어 보이는 엄마가 걱정스러운 모양이었다. 현대인의 생활의 중심이 되는 건 돈이다. 돈을 많이 버는 방법을 연구해야 되고, 포인트도 차곡차곡 잘 챙겨야 하고, 정보도 열심히 찾아다녀야 한다. 무엇보다도 우선하는 가치는 돈이다. 그런데 나는 그렇게 살지 못한다. 돈에 대한 혐오감이 있는 건가? 남들처럼 살아야 되는 거 아닌가? 어떻게 살아야 하지?

코로나 때문에 1년 가까이 만나지 못하던 친구들을 오랜만에 연달아 만나게 되었다. 다들 서울에 사는 친구들인데 하나같이 비슷한 이야기만 하는 것이다. 보험, 부동산, 주식 얘기만 계속되었다. 집이 있는 친구는 집값이 얼마 올랐다고 하고, 어찌어찌하다 집을 못 산 친구는 뼈 빠지게 일해서 돈을 모아봐야 무슨 소용이냐며 너무 화가 난다고 했다. 또 다른 친구는 보험으로 백내장 수술을 했는데 세상이 달라 보인다고, 다들 알아보고 수술하라고 이런저런 정보들을 알려주었다. 시골에 들어 온 이후로 나는 돈에 대한 개념이 더 사라져버려서 할 말도 별로 없었고, 왠지

나만 세상에서 소외된 기분이었다. 아는 언니는 작년에 암 진단을 받았는데 보험금을 꽤 많이 받아서 집 사는 데 보탰다는 얘기도 들었다. 그즈음 남편도 어디서 비슷한 얘기들을 들었는지, 갑자기 불안하다며 이제는 암 보험 하나는 들어야 되지 않겠냐고 거들었다. 계속해서 비슷한 이야기를 연달아 들으니 나도 점점 불안감이 커졌다. 암에 걸릴 가능성이 높은(?) 남편을 위해서 보험을 들어야만 할 것 같았다. 계산하지 않으면서 단순하게 살고 싶지만 주변에서 들리는 말들이 나를 가만두지 않는다. 보험을 알아보기 시작했다.

이 보험 저 보험 종류별로 상담 받고, 매뉴얼을 받아서 따져보고, 계산해 보다가 문득 내가 지금 무슨 짓을 하는 건가 싶었다. 계산을 하다가 문득 보험사가 우리를 위해서 위험을 대신 처리해주는 것도 아니라는 생각이 들었다. 보험사에서는 남편을 암 환자라고 전제하고 있었다. 남편의 암 경력 때문에 들 수 있는 보험도 거의 없거니와 들 수 있다고 해도 계속해서 내야 하는 비용이 만만치 않았다. 남편이 앞으로 직장생활을 할 수 있는 시간도 얼마 남지 않았는데, 15년, 혹은 20년 동안 부담스러운 돈을 매달 내야 한다는 것이다. 거기서 우리가 받을 수 있는 혜택은 단지 불안감 해소다. (사실 보험을 들었다고해서 암에 대한 불안감이 해소될지도 의문이다.) 그게 아니면 남편이 빠른 시일 안에 병이 나야 한다. 그런 경우에만 어떤 이익을 볼 수 있는 시스템이었다. 그렇다면 보험을 드는 이유가 남편의 병을 담보로 일확천금이라도 받아보겠다는 생각인 것인가? 고생해서 일하면서 버는 돈을 매달 보험사에 갖다 바치면서 병이라도 나기를 기대해야 하나? 건강보다도 돈을 더 생각하고 있는 나 자신이 실망스러웠다. 나의 이 불안감의 정체가 뭐길래 이런 생각까지 하게 된 것일까? 남들은 다들 수단과 방법을 가리지 않고 돈을 벌기 위해 애쓰는데 그렇지 못한 나 자신에 대한 실망감에서 그것을 회복시키고 싶은 것일까? 나도 남들처럼 돈을 많이 벌고 싶은 것인가? 믿을 건 돈밖에 없나? 돈이 있으면 불안감이 없어지는 걸까?

진짜 자본주의는 교환 수단으로서의 자본이 아니라, 자본이 스스로 무한 증식하는 능력에서부터 시작되었다고 한다. 처음에는 생산 능력을 키우고 기술을 개발해서 더 많은 이윤을 만들었지만, 그 이윤을 올리는 능력이 떨어지자 자본은 중심부에서 주변부로 옮겨갔다. 선진국들은 저개발 국가 등으로 확장해서 싼 노동력을 이용하고 이윤율을 다시 더 늘린 것이다. 하지만 이런 식으로 이윤율을 높이기만 하는 방식에는 한계가 생겼다. 거기에 덧붙여 자본주의는 다른 방식을 생각해냈다. 필요치 않은 것을 필요하다고 느끼게 만드는 것. 새로운 소비 욕구를 계속해서 만들어내는 것이다. 옷을 고쳐 입거나 수선해 입었던 시절은 이제 기억에서 사라졌고, 버리고 새로 사 입기가 더 쉬워졌다. 주말마다 외식은 해줘야 하고, 평생에 한두 번 갈까 말까 한 해외여행을 일 년에 한두 번씩은 가야 하는 세상이 되었다. 노동은 하기 싫지만, 몸을 만드는 운동은 해야 하고, 피부과며 성형외과며 전에는 갈 필요가 없어 보이던 병원 나들이도 정기적으로 해야 한다. 친구들을 만나려고 해도 이제는 집이 아니라, 카페에서, 혹은 식당에서 만나게 된다. 돈이 있어야만 만남도 가능해졌다. 그래서 우리는 끊임없이 돈을 벌어야만 한다. 이렇게 쓸 게 많은 세상이니 어찌 돈을 벌지 않고 살 수 있겠는가? 돈이 없으면 남들처럼 살 수가 없으니 불안할 수밖에.

들뢰즈가 볼 때 자본주의가 특별한 이유는 각 개인들을 탈코드화하고 다시 재코드화하는 능력 때문이라고 한다. 남들과는 다르게 살겠다고 하는 욕망(탈코드화)이 오히려 남들처럼 살려고 하게 된다(재코드화)는 것이다. 남들에게 없는 명품을 가지고 싶고, 남들과는 다르게 특별한 여행을 하고 싶고, 남들이 먹어보지 않은 것을 먹고, 남들보다 더 멋져 보이거나 예뻐 보이겠다는 욕망들. 그 욕망들이 모든 개개인으로 스며들어 아이러니하게도 모두가 똑같아지는 방식. '넌 남들과 달라.'라며, 개인의 차이에 대한 욕망들을 세세하게 잘 건드리고 부추기는 것이 바로 자본의 능력이다. 다르게 살고 싶은 마음과 남들처럼 살고 싶다는 마음 사이에서 자본은 영악하게 자신을 무한 증식해나간다. 남들과의 차이를 자본을 통해서만 가능하도록 만든 것이다. 자본주의로 인해 생긴 병들을 치료하기 위해 힐링 센터니 힐링 프로그램들을 만드는 것도 자본이다. 자본과 대립되는 지점에 있을 것 같은 미니멀리즘도 마찬가지다. 남들과 달리 자본에 기대지 않고 최소한으로 살겠다는 미니멀리스트들도 자세히 들여다보면 기존의 것들을 모두 버리고 미니멀리즘에 맞는 제품들을 다시 사들인다. 어떻게든 자본을 피할 길은 너무나 요원해 보인다.

자본주의는 자기가 한 손으로 탈코드화하는 것을 다른 손으로 공리화한다. 그래서 분열증은 자본주의장 전체의 한쪽 끝에서 다른 쪽 끝까지 침투해 있다. 하지만 자본주의장 전체에 있어서 중요한 것은, 언제나 새로운 내부 극한들을 탈코드화된 흐름들의 혁명 권력과 대립시키는 하나의 세계적 공리계 속에 분열증의 충전들과 에너지들을 묶어놓는 일이다.

—『안티 오이디푸스』, 질 들뢰즈, 펠릭스 가타리 공저, 김재인 역.

자본이 증식하는 원리를 들뢰즈는 기존의 코드에서 벗어나려는 분열증적인 힘이라고 본다. 하지만 분열증과 다른 것은 아무리 그것이 분열증적인 힘이라 해도 어떻게 해서든 그 힘을 다시 자본 안으로 묶어버린다는 것이다. 분열증으로 시작하는데 마지막에 가서는 결국 분열되지 못하고 봉쇄되는 형국이다. 자본으로부터 아무리 도망가도 다시 자본에게 끌려 들어온다. 자본이 무서운 이유는 아무리 새로운 것을 찾고, 새로운 것을 만들어도 하나의 세계적 공리계 속으로 묶어놓는다는 것이다. 어쩌면 이런 자본의 성격에 힌트가 있는지도 모르겠다. 공리계란 어쨌든 일반화하는 것이다. 그런데 우리의 삶이라는 게 그렇게 일반적이지 않다. 나와 똑같은 사람을 어디서도 만날 수 없듯이, 우연히 만나는 사건들, 마주침들은, 어디서도 만들 수 없는 특이한 것들이다. 우리의 삶이란 이런 특이한 것들의 연속이다. 이것을 일반화시키고, 공리화하는 건 불가능하다. 때문에 실제로 삶에서 필요한 힘들은 자본으로 포섭할 수 있는 것이 아니라, 순간순간의 사건들로부터, 만남으로부터 나오는 것이다. 남들과 다른 삶을, 특이한 삶을 살겠다고 자본의 힘을 빌려야 할 이유는 없어 보인다. 각자는 모두 이미 어느 누구와도 같은 수 없는 특이한 존재들이기 때문이다.

도시를 떠나 시골로 들어와 사는 동안 돈에 대한 생각을 많이 할 일이 없어서 마음 편하게 있었다. 남의 집값이 오르든 말든 집값을 걱정할 일도 없고, 누가 돈을 많이 벌건 적게 벌건 별 상관이 없었다. 필요한 옷이라고 해봐야 매일 츄리닝이나 작업복이 전부다. 음식도 방금 캐온 나물들만 가지고 해도 최고의 맛을 보며 살 수 있다. 서울에 있는 비싼 한정식집을 가도 아마 보지 못할 맛일 것이다. 한번은 다른 지방으로 여행을 갔는데, 어찌 된 게 우리 동네에 다시 온 것 같은 기분이었다. 서울 살 때처럼 시골 풍경에 가슴이 확 트이거나 하는 그런 기분은 느낄 수가 없었다. 매일 같이 보고 사는 풍경이니 말이다. 여행도 갈 필요가 없어졌다. 게다가 시골에서는 돈으로 해결할 수 없는 일들이 많다. 특히나 몸으로 해야 하는 일들이 많아서 일단 건강한 신체가 필요하고, 요령이나 지혜와 같은 돈과는 무관한 힘을 더 필요로 한다. 관계를 잘 맺는 힘 또한 시골에서는 중요한 힘이다. 마주칠 때마다 인사도 열심히 하고 항상 웃는 얼굴로 말이라도 한 번 더 붙이고 서로에게 무슨 일이 있었는지 관심을 가져야 한다. 그렇게 돈을 잊어버리고 살다가 오랜만에 도시 친구들을 만나면서 마음 저편에 눌러놓았던 돈에 대한 혐오와 돈에 대한 집착이 동시에 작동되기 시작했다. 예전의 습관처럼 불안감이 훅 하고 밀려왔던 것이다.

10년 전 남편이 대장암 3기 진단을 받았다. 남편은 휴직계를 내고 수술받고 항암 치료를 받았다. 매달 들어오던 월급이 당장 끊겼다. 보험도 해약한 상태라 받을 수 있는 돈도 없었다. 언제 일을 시작하게 될지 언제 수입이 생길지 알 수 없는 상황에서 우리는 생활비를 최대한 줄여야 했다. 말을 하지 않았지만, 초등학생인 아이들도 본능적으로 사태의 심각성을 눈치챘는지 갑자기 철이 들었다. 나도 몇 년째 쉬던 과외 자리를 구해서 알바를 시작했다. 형제들, 친구들 등 주변에서도 많이 도와주었다. 이참에 최대한 돈에 기대지 않고, 자립하는 삶을 살아보기로 했다. 아이들 옷도 가능하면 사지 않고 수선해 입었고, 남편의 이발도 집에서 직접 했다. 우연히 참여하게 된 공동체 농장에서 키운 콩으로 메주를 만들어서 된장도 담가 먹었고, 대부분의 음식도 자연식으로 간단히 해 먹었다. 가족 4명이 한 달 150만 원으로 사는 게 가능했다. 남편이 아파서 휴직하고 사는 얘기를 하면 다들 우울한 표정으로 걱정들을 해주었다. 하지만 남들에게는 불행하게 보여지는 그 생활이, 실제로 살아가고 있는 우리에게는 오히려 가장 행복했던 시간이었다. 스스로 직접 만들어보니 생각만큼 어려운 일들이 아니었다. 뭐든지 할 수 있다는 자신감이 커졌고, 우리의 최대 역량을 발휘하고 있었다. 그런 상황을 실제로 겪어보니, 막연하게 돈이 많이 필요할 거라는 생각에서 벗어날 수 있었다. 우리는 습관적으로 돈이 많이 필요하다고 생각하며, 걱정하고, 불안해한다. 하지만 위기 상황에서 정작 필요한 것은 돈이 아니라, 실재적인 힘, 삶을 살아내는 힘이었다.

이웃의 할머니, 할아버지들은 다리, 허리, 눈, 혹은 귀가 불편하신 분들이 많다. 그럼에도 불구하고 하루하루 정말 많은 일들을 하시며 살아가신다. 할아버지들이 아픈 다리로 지팡이 짚고 한 걸음 한 걸음 옮겨서 시내에 볼 일을 보고 오시는 걸 보면 감탄사가 절로 난다. 할머니들은 허리가 아파서 약을 달고 사신다면서도 못 하시는 일이 없다. 눈, 귀도 정상이고, 사지도 멀쩡한 우리보다 훨씬 더 많은 일을 해내신다. 그런 그분들에게 과연 많은 보험금이 필요할까? 보험금을 많이 받는다고 해서 할 수 있는 건 무엇일까? 비싼 요양원에 들어가 누워 있기를 바라지는 않을 것이다. 불편하고 아픈 몸이어도 조금이라도 스스로 움직이고 활동하는 힘, 하루하루를 살아가는 힘, 이웃들과 조그만 거라도 나누고, 웃으며 이야기 나눌 수 있는 힘, 그런 힘들이 더 필요할 것이다. 우리 동네 할머니,

할아버지들은 모두들 그렇게 잘 살고 계신다. 돈에 기대서 아무것도 하지 않는다면 실제 삶에서 필요한 능력은 점점 줄어들 것이다. 살아갈 수 있는 힘이 줄어들면 다시 돈에 기대게 되고, 돈이 없으면 불안해지는 삶을 반복하게 될 것이다. 스피노자에 의하면 모든 존재는 존재 자체가 완전하다고 한다. 자기를 지속시키기 위해서 최대한의 역량을 발휘하는 것이 존재의 본성(코나투스)이기 때문이다. 여기서의 역량이란 자기 내부에서부터 나오는 능동적인 것이지, 외부에 기대는 수동적인 것이 아니다. 어딘가에 의존하는 것은 자기 내부의 역량을 오히려 감소시키고, 코나투스적인 본성에 역행하는 것이다. 돈, 돈, 돈 외치는 것은 결국 자기 본성에 반하는 것, 자신의 생명을 죽이는 길이다.

2

김장의 철학

- 공통 개념

김장철이다. 사연 많은 배추를 밭에 가서 뽑았다. 추운 날씨에 얼어버릴까 봐 미리 뽑아서 묻어 놓은 무도 챙겼다. 뽑아 온 배추 50포기 정도를 직접 절이게 되었다. 전에는 절이는 게 자신이 없어서 절임 배추를 사서 했지만, 이번엔 농사 지은 배추가 있다. 드디어 절이는 공정부터 시작해서 전체 과정을 직접 하게 되었다. 가장 중요한 공정인 배추 절이는 방법을 옆집 이모를 찾아가서 자세히 묻고 들었다. 설명을 해주면서도 내심 걱정이 되시는지 시간이 나면 와서 도와주신다고 하셨다. 드디어 김장이 시작되었다. 배추를 뽑아 와서 오후에 절이기 시작했다. 밤에 자기 전에 한 번 더 뒤집어 놓으려고 배추 상태를 보았는데 너무 짠 것 같았다. 이대로 두면 아침에는 배추가 소금이 되어 있지 않을까 걱정이 돼서 잠도 제대로 잘 수가 없었다. 결국 새벽 3시에 일어나서 배추를 씻었다. 잠도 못 자고, 허리도 아프고, 피곤함이 밀려왔다. 다음 날 육수를 끓이고 양념을 준비하고 무채도 썰고 바쁘게 움직이고 있었다. 동생네랑 마당에서 분주히 움직이고 있으니 옆집 이모가 오셨다. 오자마자 무의 양을 보시더니 그렇게 조금 넣을 거냐고 하셨다. 한눈에도 우리가 김장하는 모습이 정말 어설퍼 보였는지, 이래라 저래라 참견을 하기 시작하셨다. 몸도 피곤한데 다른 사람이 와서 참견을 하니, 머리가 아파왔다. 아, 이번 김장은 산으로 가겠구나. 내가 하던 방식으로만 해도 제대로 될까 싶은데, 내 생각과 다른 얘기를 계속 들으면서 김장을 할 수 있을까 걱정되었다.

제주도가 고향인 나는 사실 김장 하는 법을 제대로 배운 적이 없다. 제주도는 날이 따뜻해서 여기서처럼 대대적으로 하는 김장 문화가 없었다. 겨울에도 배추가 나오는 따뜻한 날씨라서, 다른 계절과 별반 다르지 않게 조금씩 해 먹기 때문이다. 결혼하고 몇 년 후부터는 엄마한테 김치를 받아먹기가 죄송하기도 해서 김장을 직접 하기 시작했다. 할 때마다 엄마, 친구들, 이웃들에게 물어보았다. 전라도, 경상도, 서울 등 고향이 가지각색이라 김장하는 방법도 천차만별이었다. 게다가 남편은 부산 사람이라 젓갈 맛이 많이 나는 김치를 원했다. 그러다 보니 우리 김장은 전국의 잡다한 방식이 모두 섞여서 어느 동네 김장인지, 정체성을 알 수 없게 되었다. 매번 이게 맞나 저게 맞나 고민하다가 김장을 마치곤 했다. 김장을 해본 지도 10년쯤 됐으니 이제는 우리의 방식을 정하고 제대로 해보리라 마음먹었다. 그런데 도와준다고 오신 이모는 우리가 하는 모든 것에 토를 다시고, 다른 방식으로 해도 된다고 하시는 것이다. 게다가 부추 엑기스라는 것까지 한 통 들고 오셔서, 정말 맛있다며 넣어서 하란다. 매실 엑기스는 넣었어도, 부추 엑기스라니, 도대체 무슨 맛일까 미심쩍어졌다. 생각도 다르고 일의 속도도 달라서 같이 일하는 게 불편하고, 그냥 우리끼리 했으면 하는 마음이 굴뚝 같았다. 하지만 그런 우리의 마음은 아랑곳하지 않고, 도와줘야겠다는 일념으로 이모는 아예 자리를 잡고 앉으셨다. 아, 시골은 이런 게 쉽지 않구나 생각하며 마지못해 이모 말에 연신 끄덕거리면서 그야말로 김장 초보의 자세로 돌아가서 양념을 만들고 무치기 시작했다.

처음에는 좀 툴툴거리다가 이래선 안 되겠다는 생각이 들었다. 이모의 말을 듣기 시작했다. 재료들 간의 관계며, 나름의 원리들을 찬찬히 설명해주셨다. 이제 그 말들이 새롭게 들렸다. 그동안 내가 했던 방식들이 얼마나 경직되고 좁은 것이었는지 다시 생각하게 되었다. 잘 알지도 못하면서, 아니 잘 모르니까, 더더욱 이렇게 해야 한다는 이상한 고집을 부리고 있었던 것이다. 그 방식대로 하지 않으면 김치가 안 될 것 같은 불안함이 있었다. 그런데 이모가 하는 얘기를 듣고 있자니, 김장의 방식이 한

가지만 있는 게 아니라 얼마든지 다른 방식들도 많다는 생각을 하게 되었다. 이미 내 방법 안에도 여러 지방의 스타일이 섞여 있는데, 한 가지 정답이 있는 양 생각했던 것이다. 전국 팔도의 김장이, 그리고 그 무수히 많은 집들마다 얼마나 다양한 방법들로 하고 있겠는가. 황태, 갈치, 조기 등 생선을 한 마리씩 통째로 넣는 집도 보았고, 젓갈을 무지막지하게 넣어서 김치가 거의 까만색이 되는 부산 김치도 있다. 양념의 가짓수를 최소로 해서 깔끔하게 담그는 서울식 김치, 홍시의 고장은 홍시를 김장에 넣는다는 말도 들었다. 우리 앞집 할머니는 김장에 고수도 넣으신다. 그런데 재미있는 것은 모두들 하는 말이 자기네 식이 맞다고 고집하고 남의 방식은 이상하고 틀렸다고 주장한다는 것이다. 여하튼 옆집 이모의 진두지휘 아래 우리는 일사분란하게 김장을 마무리했다.

김치는 그야말로 세상의 모든 식재료를 총집합시킨 음식처럼 보인다. 자기 지역에 많이 나는 재료를 일단 넣고 보는 것이 김장의 원칙이라면 원칙이지 않을까. 주변에서 많이 보이는 식재료를 모두 섞어서 만드는 김치는 평소에는 함께 하기 힘든 재료들을 잘 섞이게 한다. 발효의 과정을 거치는 동안 재료들 각각은 서로가 서로의 '되기'를 한다. 우선 절이기 과정을 보면 배추는 소금-되기를 하고 소금은 배추-되기를 한다. 배추의 막을 사이에 두고 서로가 자신을 해체하고 섞여 들어가는 과정은 그야말로 들뢰즈가 말하듯이 '분자적 차원에서의 되기'이다. 서로 조화롭게 되기가 끝났을 때 비로소 김장은 시작된다. 김치에 들어가는 모든 재료들은 발효되는 과정에서 자기이기를 고집하지 않고 자연스럽게 섞여 들어간다. 한번은 아는 언니네가 하는 방법을 보고, 절임 배추 하나에 생선을 한 마리씩 넣어서 김장을 한 적이 있다. 처음에 담글 때에는 비주얼이 좀 심각했지만, 묵은지가 되었을 때는 그 생선의 형체가 모두 사라져 버려서 깜짝 놀랐었다. 그때 했던 김치의 깊은 맛은 아직도 잊을 수가 없다. 이처럼 '되기'를 거치며 이질적인 것들이 서로의 공통성을 찾아가는 것, 그리고 더 나아가 제3의 존재가 되는 것은 스피노자의 '공통 개념'을 닮았다. 단, 다른 점이 있다면 김장의 경우는 물질적인 차원에서의 얘기이지만, 스피노자의 '공통 개념'은 인간의 이성에 관한 문제라는 것이다. 인간의 정신은 '공통 개념'이라는 관념을 만들 수 있는 능동적인 능력이 있음을 강조한다.

우리가 갖는 최초의 적합한 관념, 그것은 공통 개념, 즉 "공통적인 어떤 것"의 관념이다. 이 관념은 우리의 이해 역량 혹은 사유 역량에 의해서 설명된다. 그런데 이해 역량은 곧 영혼의 작용 역량이다. 따라서 우리가 공통 개념들을 형성하는 한에서 우리는 능동적이다. 공통 개념의 형성은 우리가 우리의 작용 역량을 형상적으로 소유하게 되는 계기를 표시한다. 바로 그렇게 해서, 그것은 이성의 두 번째 계기를 구성한다. 그 발생에서 이성은 지각된 적합과 부적합에 따라서 마주침들을 조직하려는 노력이다. 그 활동 자체에서 이성은 공통 개념들을 파악하려는 노력, 따라서 적합과 부적합 자체를 지성적으로 이해하려는 노력이다.

—『스피노자와 표현 문제』, 질 들뢰즈 저, 현영종, 권순모 공역.

스피노자에 따르면 너와 나 사이에서 서로가 공통적으로 적합하다고 생각하는 관념을 공통 개념이라고 한다. 공통 개념은 나와 다른 너를 이해하는 역량에서 나온다. 그런데 모든 인간은 유한한 존재이고 감각 능력에도 한계를 가진다. 따라서 인간은 처음에 부분적이고 부적합한 인식을 하는 게 당연하다고 스피노자는 말한다. 그 한계로부터 벗어나 적합한 인식을 하기 위해, 즉 공통 개념을 가지기 위해 이성의 능동적 힘이 필요하다는 것이다. 나와 너무 다른 너를 이해하려는 노력, 그것이 이성의 능동적 힘이다. 그리고 이성에는 그런 능력이 있다고 본다. 나는 그동안 어느 지역에 한정된 방법으로 김장을 했으면서도, 내가 하는 방법이 맞다고 생각하고, 다른 의견은 거부하려고 했다. 김장법에 대해, 부분적인 인식, 부적합한 인식을 가지고 있었던 것이다. 하지만 불편하고 기분이 안 좋아지는 그 순간에 부정적인 감정을 스톱시키고, 생각을 가다듬어 보았다. 김장이라는 것이 무슨 법칙이 따로 있는 게 아니라는 생각이 들었다. 감정적인 문제는 접어두고, 이성의 힘을 써보려고 했다. 부적합한 인식을 적합한 인식으로 바꾸자, 이모의 방법들을 받아들일 수 있게 되었다. 부정적이고 불편한 자세에서 편안한 자세로 바뀌었고, 즐거운 마음으로 김장을 할 수 있었다. 이모는 동작도 어찌나 빠르신지 평소에 우리가 김장하는 데 소요되었던 시간보다 훨씬 일찍 끝내게 되었다. 김장도 성공적으로 되었고, 감사하다는 마음이 절로 생겼다. 기쁨의 경험을 또 한 번 늘린 셈이 되었다. 김장의 재료들이 서로 섞여 들어가듯이 우리도 그렇게 서로서로 섞이고 있었다.

우리는 수동적 기쁨을 축적하고, 거기서 우리는 공통 개념을 형성할 기회를 얻으며, 그로부터 능동적 기쁨이 도출된다. 이런 의미에서 우리의 작용 역량의 증가는 우리에게 그 능력을 정복할, 혹은 실질적으로 능동적이 될 기회를 제공한다. 우리는 몇몇 지점에서 능동성을 정복해놓으면, 불리한 상황에서도 공통 개념을 형성할 수 있게 된다. 공통 개념들의, 혹은 능동적으로-되기의 견습시기가 있다. 스피노자주의에서 형성 과정이 갖는 중요성이 무시되어서는 안 된다. 가장 덜 보편적인 공통 개념에서 출발해야 한다. 그것이 우리가 형성할 수 있는 첫 번째 것들이다.

-『스피노자와 표현 문제』, 질 들뢰즈 저, 현영종, 권순모 공역.

공통 개념은 우선 가장 가까운 곳에서 생긴다. 나와 유사한 대상과의 공통 개념은 쉽게 만들어지기 때문이다. 공통 개념에서 생기는 기쁨은 점점 이해의 역량, 이성의 능력을 증가시키게 되고, 그 역량은 조금은 차이 나는 것과의 공통 개념도 형성할 수 있게 만든다. 이해 역량은 점점 커지고 이제는 자기와 대립되는 대상과의 사이에서도 공통 개념을 형성할 수 있게 된다. 이런 식으로 정신의 능동성이 작용할 수 있다는 것이 스피노자의 생각이다.

우발적인 마주침은 역량을 증가시킬 기회이다. 거기서 어느 방향으로 가느냐에 따라 자기 확장을 할 수 있는지가 결정된다. 나와 다른 것들과 마주치는 순간에 나는 위축되고 저항하려고 한다. 내가 하던 게 옳은 것이고 그 방식으로 해야 하는데 그것이 틀렸다고 하면 일단 경계부터 하게 되고 받아들이지 않으려고 한다. 하지만 그 다름을 받아들이면 오히려 내가 확장되고 마음이 편안해지는 경험을 하게 된다. 저항하고 경계하던 마음은 부분적이고 편협한 생각에서 왔다는 것을 알게 된다.

시골에서는 우발적인 마주침이 자주 일어난다. 낯선 저들을 받아들일 것인가, 거부할 것인가. 그때마다 나의 변이 역량은 시험대 위에 오른다. 더 작아질 것인지 더 커질 것인지. 공통 개념의 영역을 더 좁힐 것인지 더 넓힐 것인지. 스피노자에 의한다면 우리는 존재를 유지하려는 코나투스에 의해 역량이 증대되는 것을 욕망한다. 조금만 정신을 차린다면 우리는 자기 존재를 유지하기 위해 이해의 역량, 이성적인 힘을 쓰려고 노력한다는 것이다. 살기 위해서 나와 다른 존재를 이해하려고 하는 힘이 있다니, 그야말로 스피노자는 긍정의 철학자다.

이모는 내가 절인 배추를 보고 처음 한 것치고는 아주 잘했다고 칭찬해주셨다. 그런데 너무 급하게 절이려고 하다 보니, 짠 데도 있고, 싱거운 데도 있고, 고르게 절여지지 않았다고 했다. 그렇게 새벽같이 일어나서 하지 않아도 되었을 거라며 안타까워 하셨다. 배추 절이기는 소금을 적당히 해서 시간을 두고 천천히 절이는 게 좋다고 한다. 소금을 많이 넣는다고 해서 빨리 절여지는 것도 아니고, 서로가 골고루 잘 섞이려면 충분한 시간이 필요하다는 것이다. 나의 시골살이에서도 공통 개념을 형성하려면 배추 절이는 것처럼 오랜 시간이 걸릴 것이다. 아직도 나의 신체와 정신은 도시 생활에서의 습관이 많이 남아 있다. 도시에서 생각하던 방식대로 생각하려고 하고, 몸도 아직은 시골 생활에 맞게 따라주지 않는다. 그런데 급하게 시골살이에 적응하겠다고 억지로 몸과 마음을 바꾸려고 한다면 오히려 더 힘들어질지도 모른다. 낯선 것들과의 마주침 속에서 일단은 마음을 여는 것, 그것이 바로 나의 변이 역량을 키울 수 있는 출발점이다. 그렇게 자연스럽게 하나씩 하나씩 변해 가다 어느 순간 나도 모르게 시골 사람이 다 되었다는 생각을 할 날이 올지도 모른다.

3

알면 웃게 되는

- 지성의 힘

농사가 어느 정도 마무리되었다. 수확물 정리며 밭의 창고를 정리하다 보니 수납장이 필요하다 싶어서 중고 수납장을 사기로 했다. ㅇㅇ마켓에서 적당한 수납장을 발견하고 인근에 있는 대단지 아파트로 가서 받기로 했다. 시골 생활에 익숙해져서 그런지 아파트가 이제는 낯선 공간이었다. 공포스럽기까지 한 미로 같은 지하 주차장에서 뱅뱅 돌다가 겨우 찾았다. 무거운 수납장이라서 엘리베이터 바로 가까운 곳에 잠깐 주차해놓고 가져오면 되겠지 싶었다. 5층 엘리베이터 앞에서 바로 받아오는데 채 5분도 걸리지 않았다. 그런데 가지고 내려와 보니 주차장에서 어떤 아저씨가 잔뜩 화를 내며 소리소리 지르고 있었다. 장애인 주차장 앞을 막으면 어떻게 되는지 아느냐면서 신고하면 벌금이 얼마라는 둥 다짜고짜 협박을 하는 것이다. 신고하려던 참이었다고 당장 차를 빼라고 난리를 쳤다. 분노로 금방이라도 폭발해버릴 것 같은 표정이었다. 죄송하다고 하는데도 계속해서 화를 내는 것이다. 무턱대고 싸우자고 덤비는 사람 같았다. 차 앞면에 연락처도 남겨놓고 5분도 채 안 걸리고 바로 나왔는데, 그렇게까지 화를 내냐고 나도 같이 욱해서 화를 내려고 했다. 큰 싸움이 될 뻔했다.

그런데 갑자기 다른 생각이 스치면서 알 수 없는 힘이 나의 분노를 억눌렀다. 저 사람도 삶이 쉽지 않은가 보구나라는 생각과 함께 오히려 마음이 아프고 안타까워지는 것이다.

이만한 일에 저렇게까지 화를 낼 정도라면, 얼마나 많은 피해 의식이 있는 걸까? 남들이 모두 자기를 괴롭힌다는 생각에 매여 있는 거 아닐까? 그만큼 많은 괴롭힘을 당했던 걸까? 이런 생각을 하다 보니 갑자기 내 얼굴에 이해의 미소가 번져 나왔다. 한껏 미소를 지으며 죄송하다고, 죄송하다고 몇 번이나 반복해서 사과를 했다. 진심을 다해 사과했더니 계속 화내던 아저씨도 뻘쭘했던지 목소리가 점점 작아지셨다. 마지막 나오는 순간까지 나는 계속 웃으면서 사과하고 있었다. 큰 싸움이 될 뻔했던 순간에 분노를 억누를 수 있었던 것에 감사했다.

가끔 도시에 나가면 사람들이 다들 알 수 없는 분노에 휩싸여 있다는 느낌을 받게 된다. 폭발하기 일보 직전이다. 절대 손해 보지 않으려고, 상대방이 피해를 줄까 봐 노심초사하고, 대접 못 받고 무시당할까 봐, 혹은 자기의 힘을 과시하고 싶어 목에 힘이 잔뜩 들어가 있는 모습들이다. 최대로 팽팽하게 당겨진 고무줄처럼 살짝 건드리기만 하면 끊어져버릴 것 같다. 그러면 나도 같이 긴장하게 된다. 일단 운전대를 잡는 자세부터 달라진다. 누구 하나 양보하지 않으려 하고, 뭐가 그리 급한지 속도를 내다가 급브레이크를 밟고, 그 속도들에 맞춰서 가려면 바짝 긴장하고 있어야 한다. 주차장 사건도 마찬가지 상황이었다. 낯선 도시의 아파트들 사이에서 복잡하고 어두운 주차장에 들어서며 나는 공포감으로 긴장하고 있었다. 그 긴장감 속에 갑자기 맞닥뜨린 사건은 나를 더 위축시키고, 예민해지게 만들었고, 그것이 분노를 일으키게 했던 것이다.

그 아저씨도 아마 손해 보거나 피해 볼 수 없다는 습관적 강박에 사로잡혀 있었을 것이다. 내가 거기에 똑같이 맞섰다면 큰 싸움으로 번질 수 있는 상황이었다. 시골의 시간에 익숙해진 나에게는 5분도 안 되는 시간은 찰나의 시간처럼 느껴진다. 하지만 1분 1초가 바쁜 도시에서 아저씨에게 5분이라는 시간은 너무 긴 시간이었을지도 모른다. 그리고 모르는 사람 때문에 5분을 손해 보는 것은 절대 있을 수도, 있어서도 안 되는 것이다. 거기에서 자기의 피해의식은 눈덩이처럼 불어났을 것이고 그렇게

화를 내고 있었던 것이다. 계속 싸우려고 하고 벌금 얘기를 반복해서 하는 태도를 보니 뭔가 급한 일이 있어서라기보다는 피해 본 것에 대해 보상받고 싶은 것 같았다. 나는 나대로 그런 협박을 듣고 있자니 참을 수가 없었다. 피해를 입거나, 고통이나 슬픔을 당하는 것은 누구에게나 있는 일이지만 그것이 바로 나에게 해당될 때, 나에게만 일어났다고 생각할 때는 참을 수 없게 되는 것이다.

우리는 언어로 말을 한다고 생각하지만, 언어의 이면에서 실재적인 다른 기호들을 발산한다. 기호는 언어가 아니라, 오히려 육체, 혹은 몸짓이 발산하는 것이다. 누군가를 작동시키는 힘은 언어가 아니라, 몸짓, 즉 기호에 있다. 들뢰즈에게 지성이란 그 기호를 해석하는 힘이다. 아저씨가 말로는 벌금이 얼마라고 했지만, 그 사실만을 알려주기 위한 말이 아니었다. 아저씨가 진짜 말하고자 했던 것은 몸짓에 있었다. 얼굴을 붉히며 목에 힘주고 소리 지르는 몸짓은 상대방을 공포에 떨게 해서 빨리 자기에게 굴복하라는 의미였다. 벌금이 얼마라는 공적인 수단을 통해 나에게 겁을 주고 자기의 힘을 거기에 기대서 과시하려고 했던 것이다. 말의 내용은 자기가 발산하는 기호에 힘을 실어주기 위한 것일 뿐이었다. 나도 처음에는 그 말들의 피상적인 의미만을 읽었기 때문에 맞서서 화를 내려고 했던 것이다. 그런데 다시 한번 그 의미의 본질을 해석하려고 하자, 그 몸짓은 피해자가 되기 싫다는 것, 약자 취급을 받기 싫다는 의미가 들어 있음을 알게 되었다. 우리에게는 조금만 노력한다면 다른 몸짓들이 발산하는 기호들을 읽어낼 수 있는 능력이 있다. 이런 기호 해석 능력은 왜 그런 몸짓들을, 왜 그런 기호들을 발산하는지 이해할 수 있게 만든다. 그와 유사한 상황을 누구나 겪을 수도 있으며 나도 그런 상황에서의 피해자였던 경험도 있기 때문이다. 그 몸짓은 우리 모두에게 있는 것이었다. 기호에는 어떤 본질의 일반적인 법칙이 있으며 그것을 읽어내는 것이 바로 들뢰즈가 말하는 지성의 힘이다.

지성이 하는 해석이란 어떤 것인가? 그것은 본질을 발견하는 것이다. 각각의 고통은 체험된 것인 한, 개별적인 것이다. 그러나 이 각각의 고통은 서로를 재생산하고 서로 관련되기 때문에 거기서 무엇인가 일반적인 것을 이끌어낸다. 그런데 이 일반적인 것은 또한 일종의 기쁨이다. (우리는 이 법칙을 통해서 고통을 기쁨으로 변화시키는 앎에 대한 깨달음으로 점차 진행해나갈 수 있게 해준다.)

―『프루스트와 기호들』, 질 들뢰즈 저, 서동욱, 이충민 공역.

개별적인 사실들은 자기에게만 있는 고통, 그래서 더 견디기 힘든 고통처럼 느끼게 한다. 하지만 그 고통의 원인을 제대로 파악하게 되면 그것은 어떤 기쁨으로 변환된다. 우리가 느끼는 고통이라는 것이 아무리 개별적이고 특이한 것이라고 해도 그것은 어떤 법칙 아래에서 일어난다.

결국 고통의 원인은 고통을 주는 대상에게 있는 것이 아니라, 전체를 관통하는 일반적인 법칙하에 있다는 것이다. 그 법칙을 깨닫는 순간이 바로 슬픔이 기쁨으로 전환되는 순간이다. 이것을 들뢰즈는 이렇게 표현한다. "반복하는 자(반복을 실행하는 개별자)의 비극이 있지만, 반복의 희극이 있으며, 보다 근본적으로는 이해된 반복에서 오는 기쁨이나 법칙에 대한 이해에서 오는 기쁨이 있다." 비극이 희극으로 전환되는 것은 앎을 통해서라는 것이다. 그렇다면 앎이란 어떻게 가능해지는 것인가?

들뢰즈는 지성의 힘을 발휘하기 위해서는 미세하게 분석하고 들여다보는 현미경이 아니라, 멀리서 전체를 조망할 수 있는 천체 망원경을 사용해야 한다고 말한다. 지성은 한 발 물러서서 전체를 조망하는 통찰의 힘으로부터 나온다. 한 발 물러서서 볼 때 그 기호의 본질, 일반적인 법칙을 이해할 수 있기 때문이다. 여기서 주의할 것은 일반적인 법칙을 사회의 법칙이나 도덕 법칙과 같은 층위로 오해하면 안 된다는 것이다. 들뢰즈에 의하면 그것은 모든 법칙을 아우르는 법칙이며 선악을 넘어선 예술적 차원에서의 법칙이라고 한다. 그리고 그때의 대상은 아무리 낮은 단계라고 해도 여전히 본질을 품은 신성의 일부이며, 그 신성을 통해 우리는 깨달음의 기쁨을 얻게 된다는 것이다. 신성은 누구에게나 있으며, 그것을 발견할 수 있는 지성의 힘이 있다면, 우리의 삶은 온통 신성으로 채워진 삶, 절대적인 긍정의 삶이 될 것이다.

우리를 고통스럽게 하는 사람들 각각은, 우리를 통해서 어떤 신성과 결합될지도 모른다. 그 사람이 신성의 일부라는 점에 우리의 성찰이 미치면 우리는 지금껏 겪은 고통 대신에 당장 기쁨을 얻는다. 모든 삶의 기술은 우리를 괴롭히는 사람들을 우리가 신적 형태에 이를 수 있도록 해주는 단계로서만 이용한다. 그리하여 그 기술은 우리의 삶을 하루하루 신성으로 채워나간다.

—『프루스트와 기호들』, 질 들뢰즈 저, 서동욱, 이충민 공역.

둘째 아이가 판소리를 하고 있어서 판소리 공연을 볼 일이 종종 생긴다. 그러던 중 '적벽'이라는 판소리 창극을 볼 기회가 있었다. 판소리 '적벽가'를 각색해서 뮤지컬로 만든 작품이었는데, 크게 감동을 받은 장면이 있었다. 병사들끼리 서로 자기가 더 억울하게 징용 당했다며 하소연을 하는 장면이었다. 한 병사는 병든 어머니만 홀로 두고 왔는데 이제 누가 자기 어머니를 돌보겠냐고 죽어도 마음 편히 눈을 못 감을 거라며 자기가 제일 불행하다고 했다. 다른 병사는 결혼해서 오래도록 아이가 안 생기다가 온갖 기도 끝에 첫 아들을 얻었는데, 안아보지도 못하고 끌려왔다고, 자기가 제일 불쌍한 신세라고 했다. 또 다른 병사는 서른 넘어서 늦은 나이에 겨우 짝을 찾아 혼인식을 올리고 첫날 밤을 막 치루려는데 끌려왔다고, 자기가 제일 불쌍한 처지라며 신세 한탄을 했다. 누가 누가 더 슬픈지를 겨루는, 적벽에서의 또 다른 싸움, '슬픔 배틀' 장면이었다. 그런데 이상한 것은 너무 슬픈데 너무 웃긴다는 것이었다. 한번은 '심청가' 완창을 보러 간 적이 있었다. 심봉사가 물에 빠지는 대목에서 난데없이 감동을 받았다. 자기가 죽어가는 상황에서도 남의 죽음을 얘기하듯이 편안하게 말하는 것이 아닌가. 사실 죽음이라는 것은 누구에게나 고통스럽고 어떻게든 피하고 싶은 것이다. 살려달라고 소리 지르거나 한껏 슬퍼하는 것이 일반적인데, 편안하게 노래하고 있는 것이 아닌가. 저건 어디서 나오는 힘일까? 나도 저렇게 죽을 수 있다면 하는 생각마저 들었다.

병사들의 슬픔에서, 심봉사가 죽어가는 모습에서 나는 슬픔보다 어떤 생소한 기쁨, 가벼움을 느꼈다. 병사들의 개별적인 슬픔들을 반복해서 말하는 과정에서, 슬픔이 무엇인지, 슬픔의 본질이 드러나기 시작했다. 나만 느끼고 있다고 생각했던 슬픈 사연들이 누구에게나 있다는 것, 나보다 더 큰 슬픔들을 가지기도 한다는 것을. 모든 인간에게는 작고 사소한 슬픔에서부터 감당하기 힘든 슬픔까지도 겪을 수밖에 없다는 진실 앞에서 개별자인 나의 슬픔은 오히려 가벼워짐을 느낀다. 죽음도 마찬가지다. 우주적 관점에서 조망하고 바라본다면 나의 죽음조차도 반복되는 죽음일 수밖에 없으며, 그것은 이미 다른 삶이고, 다른 생성의 바탕임을 알게 된다. 이처럼 슬픔 앞에서 웃을 수 있고, 죽음 앞에서도 편안할 수 있는 힘은 바로 본질을 볼 수 있는 힘, 즉, 지성의 힘이다. 주차장 사건에서도 아저씨의 분노에 찬 협박의 말은 처음에 나를 화나게 했지만, 갑자기 어떤 깨달음의 순간을 만나게 했다. 그 상황을 이해하는 힘이 생기자, 웃으면서 사과하고 나올 수 있었다. 그 개별적인 사건에서 벗어나 분노라는 감정을 일단 멈추고 한 발 물러서서 보았기 때문에 가능한 것이었다. 그 사건은 나에게 지성의 힘을 사용할 수 있는 기회가 되었고, 아저씨에게 오히려 감사하다는 생각을 하게 되었다. 행복하고 충만한 삶이란 멀리 있는 것이 아니다. 슬픔을 기쁨으로 전환시킬 수 있는 힘, 통찰할 수 있는 지성의 힘을 쓰는 것이 바로 신성이 충만한 기쁜 삶인 것이다.

4

토토 +

- 내재적 생명

토토는 10년 전 우리와 인연을 맺게 된 유기견이다. 남편이 항암 치료를 받고 힘들어하던 시기에 집 앞에서 어슬렁거리는 강아지 한 마리가 자주 눈에 띄었다. 점점 지저분해지고 야위어가는 모습이 아무래도 주인을 잃었거나 버려진 강아지였다. 몇 년째 강아지를 키우자고 조르던 둘째 딸과 남편은 그 유기견을 보고 당장 데리고 와서 키우자고 했다. 하지만 나와 큰딸은 강아지를 너무 무서워했다. 멀리서 주먹만 한 새끼 강아지만 보여도 다른 길로 한참 돌아서 갈 정도였다. 하지만 한 달 가까이 집 앞을 서성이는 강아지가 불쌍해 보여서 일단 뭐라도 좀 먹이고 동물병원에 데려가기로 했다. 우리가 키우지는 않는다는 조건하에서. 그런데 동물병원에 갔더니, 유기견은 주인이 일주일 안에 찾아가지 않으면 바로 안락사 시키는 곳에 보낸다는 것이다. 둘째가 그 말을 듣고는 절대 그럴 수 없다며 눈물을 쏟아냈다. 우리가 키워야 된다고 우겼다. 나와 큰딸도 멀쩡한 강아지를 죽인다는 말에 어떻게 해야 할지 망설이다 일단 집으로 다시 데리고 왔다.

토토는 겁이 많고, 혼자 있기를 좋아하는 강아지였다. 그래서인지 끌어안고 장난치려는 남편이나 둘째 딸을 피해 다니고, 가까이 하지 않으려는 내 뒤만 졸졸 따라 다녔다. 산책을 나가면 귀엽다고 말 거는 사람에게도 너무 심하게 짖어대서 데리고 나가기도 힘들었다. 가끔 사람들이 없는 시간을 골라서 운동 좀 시키다가 들어가는 게 전부였다. 밖에 나가면 항상 목줄을 하고 다녀야 하니 괜히 내 목이 답답한 느낌이었다. 아파트 안에서 운동이라고 해봐야 몇 발짝 뛰면 끝나는 거리니 운동이라고 할 수도 없었다. 얼마나 뛰어다니고 싶을까 생각할 때마다 마음이 아팠다. 남편이 시골로 가서 살자고 말을 꺼냈을 때 내가 동의했던 것은 사실 다른 이유가 하나 더 있었기 때문이었다. 토토를 마당 있는 곳에서 목줄을 빼고 편하게 놀게 하고 싶었던 것이다. 강아지들은 흙냄새를 맡아야 스트레스가 해소된다는 말을 들은 뒤로는 더 그런 생각을 하게 되었다. 우리를 처음 만났을 때도 5살은 넘어 보였으니 최소한 15살 가까이 됐을 것이다. 얼마 남지 않은 시간, 이제부터라도 좀 편하게 살게 해주고 싶었다. 그 마음이 시골살이를 결정하는 데 큰 역할을 했다. 그렇게 이사를 오고 마당에서 목줄을 풀고 뛰어다니며 놀게 했다. 하지만 나이가 들어서 냄새도 맡지 못하고, 눈도 잘 보이지 않아서 생각만큼 편해 보이지는 않았다. 어쩌면 토토가 좋아했던 게 아니라 내가 좋아했던 거였을지도 모른다. 숙제를 미루다 이제 다한 것처럼 괜히 내 마음이 편했던 것이다.

토토는 하루하루 급격하게 나이가 들어가는 게 보였다. 그러던 어느 날 우리가 하루 집을 비운 사이에 구석에 안 보이는 곳으로 들어가서 쓰러져 있었다. 거의 죽은 줄 알았다. 놀라서 병원에 데리고 갔더니 아직 죽지는 않겠다고, 조금만 늦었어도 큰일 날 뻔했다며 신장이 많이 안 좋으니 입원시키고 치료하자는 것이다. 일주일 동안 입원을 시켜놓고 매일같이 병문안을 갔다. 토토가 우리를 알아보는 건지 아닌지 모르겠지만 왠지 매일 가야 할 것 같았다. 병원에서는 입원비가 만만치 않게 나오고 병이 길어질 것 같으니, 집에서 약 먹이고 수액을 넣는 게 어떠냐고 제안했다. 치료비도 부담스럽고 매일 병문안 가는 것도 보통 일이 아니라 집에서 치료하기로 했다. 밥도 혼자 먹으려고 하질 않아서 주사기로 억지로 넣어주어야 했다. 내가 수액 주사 놓는 것은 도저히 못 하겠다고 하자, 남편은 새벽 출근 전에 수액을 넣고 가야 했다. 걸음도 제대로 걷지 못하고 똥오줌도 못 가리니 밤새 싸놓은 걸 아침에 치우기 바빴고, 수시로 토를 해서 밤에 잠도 제대로 잘 수가 없었다. 매일같이 반복되는 생활이었다. 이 생활을 언제까지 해야 하는지 끝도 없게 느껴졌다. 하지만 달리 방법도 없었다. 누구를 위한 고생인지도 알 수 없었다. 토토도 분명히 너무 괴로워 보였지만 말을 못 하는 동물이니 의견을 물어볼 수도 없다. 왜 사람들이 안락사를 고민하는지 이해가 되었다. 안락사에 대한 고민이 시작되었다. 하지만 차마 할 수가 없었다. 우리가 죽음을 결정해서는 안 될 것 같았다. 그렇게 3개월을 버티다 어느 날 토토가 하루 종일 아무것도 먹지 않으려고 했다. 억지로 물이라도 먹이려고 했지만 삼키지 않았다. 병원에 데려갔더니 우리가 너무 오래 버텼단다. 아무래도 보내줘야 될 것 같다고 했다.

토토가 떠난 지 6개월이 지났다. 남편은 밤마다 강아지 동영상을 보다가 잠이 든다. 강아지를 다시 키우자는 무언의 압박이다. 둘째 딸은 주말에 집에 올 때마다 강아지 키우자며 눈물을 쏟아낸다. 하지만 나는 아직은 아니라고, 이제는 더 이상 다른 생명체를 키우고 감당할 자신이 없다고 강하게 반대했다. 토토가 병이 난 이후로, 치료하러 다니고 결국에는 안락사를 결정해야 했던 시간들이 견디기 힘들었던 것이다. 누군가를 키우다가 병을, 혹은 죽음을 어떻게 대해야 하는 건지 아직 잘 정리가 되지 않았다. 그렇게 고생하는 것도 자신이 없고, 삶과 죽음의 기로에서 선택하는 일도 두 번 다시 하고 싶지 않았다. 토토가 병이 나고 죽음에 이르는 동안, 그 과정이 뭔가 잘못됐다는 생각이 들었다. 토토가 좀 덜 힘들었을 때 왜 빨리 보내지 못했을까? 왜 우리는 모두 그렇게 고생하는 것이 토토를 위한 거라고 생각했을까? 그것은 토토를 위한 것도 아니고 우리를 위한 것도 아니었다. 죽음에 대해서 잘못 생각하고 있었던 것은 아닐까?

토토가 버티고 있었던 그 3개월 동안은 토토가 살아 있는 것도, 죽은 것도 아니었다. 생물학적인 죽음만 아닐 뿐, 죽은 것이나 다름 없는 상황이었는데도 죽음을 하루라도 지연시키려고 했던 것이다. 죽음을 지연시키려고 하는 마음은, 죽음을 존재의 무, 사라짐, 끝이라고 생각하기 때문에 생기는 것이다. 토토가 죽는 순간 토토가 이 세상에서 영원히 사라질까 봐 두려웠던 게 아닐까. 그 끝을 하루라도 더 지연시키는 것이 왠지 한 생명에 대한 예의이고 윤리인 것 같았다. 알 수 없는 어떤 힘이 죽음을 결정해주는 순간까지 기다리고 버티는 것이 우리가 할 수 있는 최선이라고 생각했다. 운명을 자기가 결정해서는 안 된다고 생각했던 것이다. 들뢰즈는 그런데 자살했다고 한다. 들뢰즈 철학에 빠져서 계속 공부를 하고 있으면서도 들뢰즈가 자신의 삶을 자살로 마감한 것에 대해서는 왠지 모를 거부감을 가지고 있었다. 자기의 죽음을 자기가 정할 정도로 그렇게 잘났나? 너무 오만한 거 아냐? 자신을 신과 동일시한다는 생각이 들었다. 주체적이고 의지적인 행동을 부정하고 사건이나 우연성을 긍정하는 철학을 말하는 사람이 자신의 죽음을 스스로 결정할 정도로 강한 의지를 보여주는 건 모순된 행동인 것 같았다.

우리는 개별적인 생명이 보편적인 죽음과 대치하게 되는 그런 단순한 순간 속에 생명을 가두어서는 안 된다. 실제로 하나의 어떤 생명은 도처에 존재한다. 즉 하나의 어떤 생명은 살아 활동하는 이런저런 주체가 가로지르는 모든 순간 속에, 체험되는 이런저런 대상들이 헤아리는 모든 순간 속에 존재한다. 말하자면 주체들과 대상들 속에서 스스로를 현실화하는 일만을 하는 사건들 또는 특이성들을 내재적인 생명이 실어 나르고 있는 것이다.

–『들뢰즈가 만든 철학사』, 질 들뢰즈 저, 박정태 역.

들뢰즈가 죽기 직전 직접 발표한 텍스트에서 죽음과 생명에 대해 서술한 부분이다. 나는, 아니 우리는 일반적으로 죽음과 생명을 위의 첫 문장처럼 생각한다. 생명은 죽음의 반대쪽에 있다. 생명이라는 것을 죽음과 반대되는 순간 속에 가두어버리는 것이다. 토토가 죽으면 토토라는 생명은 끝나고 무로 돌아가버린다는 생각. 그래서 죽음은 가능한 한 피해야 하는 것이고, 아무리 의식이 없더라도 살아 있음이 더 중요하다고 생각하는 것이다. 하지만 들뢰즈는 생각이 다르다.

생명은 어디에, 어느 시간에 갇히는 게 아니다. 활동하는 주체, 체험되는 대상들의 모든 순간 속에, 도처에 존재한다는 것이다. 생명은 사건이나 특이성들을 실어나르며 주체나 대상을 통해서 현실화시킨다는 것이다.

토토가 처음 우리 집에 왔을 때, 나와 큰딸은 강아지가 무서워서 가까이 오면 의자 위에 올라가 있거나 피해 다니기 바빴다. 그런데 하루 이틀 지나면서 점점 무서움이 사라지기 시작했고 한 달 정도 지나자 가까이 와도 괜찮은 정도로 발전했다. 좀 더 시간이 흐르고 한 번씩 쓰다듬어 보기도 하고, 몇 달 지나서는 어색한 자세이긴 했지만 안을 수도 있었다. 그러면서 함께한 시간이 10년 가까이 되었고, 강아지에 대한 나의 신체 반응은 그렇게 변해갔다. 토토를 만난 이후의 나는 이전의 나와는 분명히 다른 사람이 되었다. 이제는 강아지뿐만 아니라, 큰 개나 다른 움직이는 동물을 보면 모두 토토의 이미지를 통해서 보게 되고, 한 번 더 눈길을 주게 된다. 신기할 정도로 동물을 보거나 만질 때의 내 신체 감각은 완전히 달라진 것이다. 토토는 토토 안에만 있는 것이 아니라, 내 안에도, 어디에서도 살아서 활동하는 사건이다. 주체와 대상들을 넘나들며 사건으로 드러나는 내재적 생명인 것이다.

죽은 이후에도 토토는 여전히 내 안에 살아 있다. 시골에 살다 보니 지나가다가 강아지나 고양이, 새, 다양한 동물들을 만날 일이 많다. 모두가 토토를 생각나게 한다. 예전처럼 동물을 보고 무서워서 피해 가거나 비명을 지르거나 하는 일은 없다. 오히려 보고 있으면 토토를 닮았다는 생각에 한 번 더 보게 되고 말도 걸어보게 된다. 다른 동물의 눈에서, 발걸음에서 토토의 눈을 보게 되고 발걸음을 느낀다. 토토는 나의 일부로도 살아 있지만 다른 동물들의 일부로도 살아 있는 것이다. 이제 나는 토토를 만나기 이전의 내가 아니다. 토토 이후의 나는 토토와 나의 합작품이다.

애완동물이 죽으면 바로 다른 동물을 키우게 된다는 말을 이제는 이해할 듯하다. 다른 동물이지만 그 동물이기도 한 것이었다. 둘째가 집에 올 때마다 눈물 흘리며 강아지 키우자고 하는 것도 다른 강아지에게서 토토를 살려내고 싶은 마음일지도 모른다. 토토라는 닫힌 존재의 문제가 아니라 이건 어떤 연속선 상에 있는 특이점이며, 그 특이점이 둘째 안에도 있고 우리 가족 모두에게 있을 것이다. 그 특이점은 각자를 구성하는 일부이기도 하고, 그 부분이 너무 큰 부분을 차지하는 둘째와 남편은 그것이 현실에서 실현되기를 간절히 바라고 있는 것이다. 자신들의 활동 안에서 토토가 살아나기를 바라는 것이다. 토토를 품고 있으면서도 토토와는 다른 특이점을 가진 토토 이후의 아이들을 생각하는 것이다.

"개체는 현실화의 다양체를 형성하고, 이 다양체는 어떤 특이점들의 응축, 어떤 강도들의 열린 집합과 같다." 들뢰즈는 개체를 다양체이자, 열린 집합으로 본다. 끝이 있는 완결된 닫힌 존재가 아니라 열린 집합이라는 것, 이런 생각은 죽음을 완전히 다르게 볼 수 있게 한다. 죽음이 끝이 아니기 때문에 죽음을 단번에 실행할 수도 있었던 게 아닐까? 들뢰즈의 자살도 그래서 가능했던 것이다. 더 이상 생명으로서 차이를 생성하지 못하는 신체에 외부적 힘을 가하여 실행한 죽음. 생물학적으로 죽었다고 해서 생명이 끝난 것은 아니니까. 죽음을 이렇게 볼 수 있었다면, 우리도, 토토도 모두 덜 힘들게 하고 좀 더 일찍 보내줄 수도 있지 않았을까. 서로를 고통스럽게 하는 시간을 하루하루 연장시키는 일은 하지 않았을지도 모르겠다. 가족들의 성화에 못 이겨 다른 강아지를 다시 키우게 된다면 토토 때와는 다르게 죽음을 마주할 수 있지 않을까. 토토 이후의 '토토 +'의 인연을 기대해본다.

5

노동인가? 놀이인가?

- 홈 패인 공간, 매끈한 공간

콩 털기도 끝내고, 고춧대 태우기 등 뒷정리도 모두 끝냈다. 드디어 기다리고 기다리던 겨울, 쉼의 시간이 왔다. 온 세상이 고요하다. 오랜만에 느끼는 고요함이 좋다. 주말이라고 해서 일찍 일어날 필요도 없이 마냥 쉴 수 있는 시간이 왔다. 하지만 이런 시간을 즐기는 것도 잠시, 이 시간이 왠지 낯설었다.

무엇이든지 부지런히 일하면서 시간을 보내야 할 것 같은데, 마냥 이렇게 놀아도 되는 걸까? 일없이 있자니 뭔가 빠진 느낌이고, 시간을 잘못 보내는 것 같다. 앞도 뒤도 안 보고 죽어라 시험 공부만 하다가 시험이 끝나고 무엇을 해야 할지 모르는, 뭔가 허전한 느낌만 들었던 학창 시절처럼. 한 방향으로 아무 생각 없이 주욱 달리다가 갑자기 브레이크가 걸린 느낌이었다. 강도적인 힘을 쓰면서 매일을 살아야 할 것 같은데 이런 느슨한 느낌은 왠지 불편하다. 일년 내내 일하느라 고생했으니 지금은 쉬는 것으로 보상을 받아야지 하는 생각과 뭔지 모르겠지만 그건 아니라는 생각 사이를 오가며 하루 이틀 시간을 죽이고 있었다.

시험이 끝날 때마다 아이들이 하는 말이 있다. 시험이 끝났으니 많이 놀아야 된다, 쇼핑하러 가야 된다, 어떤 식으로든 고생한 자기 자신에게 보상을 해줘야 한다는 것이다. 그런 얘기를 들을 때마다 나는 공부하는 것을 즐기지 않고 왜 고생이라 생각하느냐며 잔소리를 했다. 몰랐던 것을 알게 되는 기쁨이 있고, 공부한 만큼 성적도 잘 나오면 그것으로 보상받는 거지, 꼭 놀거나 사거나 해야 하느냐고 정색하며 화를 냈었다. 이것이 아이들만의 얘기는 아니다.

요즘 회사의 젊은이들은 일을 제대로 하려는 생각보다 휴가 챙기기가 더 바쁘고, 더 철저하게 챙긴다고 한다. 얼마 전 아들을 군대에 보낸 동네 언니한테 재미있는 얘기를 들었다. 군대에서 부모님들에게 아들이 생활하는 곳을 보여주는 행사를 했단다. 뭔가 예전과는 너무나 달라진 군대의 모습에 놀라기도 했지만, 더 놀란 것은 자기를 소개하는 방식이었다고 한다. 들어온 지 얼마 되지 않았건, 오래 되었건, 하나같이 전역이 몇일 남은 아무개라고 소개하더라는 것이다. 매일매일 나갈 날만 헤아리고 있는 모습이 보기에 좋지만은 않았다면서.

모두가 비슷하게 살아간다는 생각이 들었다. 농사를 노동이라 생각하며 빨리 끝나서 쉴 수 있는 겨울을 기다리는 나나, 시험 기간에조차 시험이 끝난 후 어떻게 놀지 계획을 세우고 있는 아이들이나, 전역 날짜만 기다리는 군인들이나, 대학만 들어가면 행복한 삶이 기다리고 있을 거라고 생각하는 입시생들이나, 휴가만을 손꼽아 기다리며 하루하루 기계처럼 출퇴근하는 직장인들이나. 우리 모두가 지금 하고 있는 것이 무엇이든 그것이 끝나기만 기다리며 살아가고 있는 것은 아닌가라는 생각이 들었다. 끝나고 나야만 뭔가 즐거움이, 기쁨이, 의미 있는 일이 있을 거라는 생각. 지금의 이것은 그야말로 없어도 되는, 소모되기만 하는 시간으로 전락해버린 것은 아닐까?

노동과 놀이라는 화두를 던질 때마다 생각나는 얼굴이 있다. 몇 년 전 캄보디아로 여행 갔을 때의 일이다. 앙코르와트 사원을 보러 갔다가 곁다리 관광으로 톤레삽 호수라는 곳에 들렀다. 수상 가옥이 유명한 그곳은, 베트남 전쟁 난민들이 캄보디아에서도 받아주지 않아서 뭍으로 올라가지도 못하고 수상 가옥을 만들어 살았다고 한다. 신기하게도 학교나

교회, 다른 시설들도 모두 수상 가옥 위에 세워져 있었다. 맹그로브 나무 사이로 보트를 타고 구경하는 것이 그곳에서의 관광 코스였다. 어떤 아저씨가 운전하는 보트를 탔다. 그 보트에서는 8살 남짓 되어 보이는 아들이 운전하는 아빠를 돕고 있었다. 보트의 방향 잡는 것을 돕는 데 한몫을 하고 있었다. 학교에 입학해서 재미있게 공부하고 친구들과 신나게 놀아야 될 나이로 보이는데 돈을 버는 아빠를 돕겠다고 나왔구나라며 안타까운 시선으로 바라보고 있었다. 그런데 보트가 안정된 방향으로 가기 시작하자 우리에게로 다가와서 알아들을 수 없는 말로 마사지를 해주겠다며 손짓 발짓을 하는 것이다. 처음에는 돈을 받아가기 위해 애들을 동원해서 이런 것을 하나 보다 했다.

그런데 아이의 표정을 보니 돈을 주거나 말거나 별반 관심이 없어 보이고 오히려 그런 일이 자기의 놀이라도 되는 듯이 신이 나 있었다. 재미있어 죽겠다는 표정이 얼굴에 역력했다. 우리도 그 귀여운 표정에 마사지를 받고 1달러를 쥐여 주었다. 그 돈을 받고 운전하는 아빠에게 가서 어찌나 자랑하는지, 아빠도 아들을 정말 사랑스럽다듯이 쳐다보고 있었다. 우리의 일반적인 생각대로라면 학교도 안 보내고, 그렇게 어린 나이부터 돈을 벌게 해서 미안하다는 표정이어야 했다. 그런데 그게 아니었던 것이다. 나는 그 순간의 행복해 보였던 부자의 얼굴이 잊히지 않는다. 그들은 노동을 하는 것일까, 놀이를 하는 것일까?

똑같은 노동이어도 자기를 소외시키는 노동으로 하는 사람이 있고 놀이처럼 즐기는 사람이 있다. 노동으로 하는 사람은 노동과 나 사이를 분리한다. 돈만 받으면 되지, 내가 그 일을 어떻게 하든 아무 상관 없다고 하는 생각이다. 노동을 하는데 거기에 자기는 빠져 있는 상태, 노동을 돈으로만 환산하는 것, 자기를 배제하고 돈만 많이 벌면 되는 노동, 어떻게든 쉽고 편하게 돈을 벌 수 있는 노동을 선택하는 사람들. 이 생각에는 노동이 자기를 성장시키거나 자기의 변화를 일으킬 수 없다고 보는 관점이 기본적으로 깔려 있다. 노동에 강도의 차이를 두지 않으며, 단일화시켜버린다. 시간당 얼마로, 균일한 가치로 동일화시켜버리기 때문에 많은 시간을 채우기만 하면 되지, 거기에 에너지를 쏟을 필요가 없어진 것이다. 문제는 우리가 살아가면서 하는 모든 활동들을 노동으로 만들었다는 것이다. 여가 활동마저도 노동의 일부이고, 심지어 공부마저도 학습 노동이 되었다. 시간을 얼마만큼 많이 투자해서 공부하느냐에 따라 얼마나 많은 돈을 버는 직업을 가지는가가 결정되기 때문이다.

19세기에 노동이라는 개념은 물리학과 사회학 사이에 긴밀한 결합이 이루어지면서 만들어졌다고 한다. 모든 활동을 물리학에서의 '일' 모델로 만들었고, 잠재적인 노동으로 해석했다. 자유로운 행동을 규제하기 위해, '여가'라는 시간을 따로 분리해놓았는데, 그것은 노동이 있어야만 가능한 시간이었다. 이렇게 모든 활동을 노동으로 환원시킨 것은 노동이

근본적으로 국가 장치의 일부라고 보았기 때문이다. 국가를 위한 표준적 인간, 동일한 인간들로 수치화하는 것, 그 과정에서 물리학과 사회학의 결합이 있었던 것이다. 표준적 인간은 우선 공공 토목공사를 위한 인간이었다고 한다. 표준적 인간, 그리고 표준적 인간이 만드는 노동이라는 것은 국가를 위해 만들어진 아이디어였던 것이다. 들뢰즈에 의하면 그것은 시간과 공간을 잘라내서 국가를 위한 노동으로 채우는 홈 패인 공간을 만들어냈고, 노동의 바깥, 즉 매끈한 공간을 소멸시켰다고 한다.

노동이란 잉여 노동이라고 불리는 것과 더불어서만 시작된다. 다른 한편 노동은 시간-공간의 홈 파기라는 일반화된 조작, 자유로운 행동의 예속, 매끈한 공간들의 소멸들을 수행하는데, 국가의 핵심적인 기획은 노동의 기원과 수단이 된다. 국가 장치와 잉여 노동이 없는 곳에는 노동-모델도 없다. 그러한 곳에는 오히려 말에서 행동으로, 행동에서 노래로, 노래에서 말로, 말에서 계획으로, 이런 식으로 이상한 반음계에 따라 이동하는 자유로운 행동의 연속적 변주가 있다.

—『천 개의 고원』, 질 들뢰즈, 펠릭스 가타리 공저, 김재인 역.

실제로 흑인들이나 인디언들은 노동이 무엇인지 모르며, 노동하지 않는다고 알려져 있다. 이 사회들은 저장할 필요가 없기 때문에 노동을 필요로 하지 않는다. 홈 패인 공간이 아니라, 자유로운 행동과 매끈한 공간의 사회라는 것이다. 그렇다고 해서 이들 사회가 게으르고 태만한 사회이거나 무법 사회도 아니다. 들뢰즈는 오히려 이들 사회에, 활동의 변주를 규제하는 더 엄격하고 잔혹한 노모스의 법이 있다고 한다. 일을 하지 않는다는 것이 아니라, 그들에게는 노동이라는 모델 자체가 존재하지 않으며, 삶의 다양한 변주들을 노동으로 번역하지 않을 뿐이다. 어떤 활동도 단일하고 균일한 노동으로 환원되지 않는 삶이 있을 뿐이며, 거기에 잉여란 있을 수 없다는 것이다.

어느 인디언 부족은 1년에 한 번씩 서로 선물 교환을 하고 남는 모든 소유물들을 바다로 나가서 버리는 포틀래치라는 행사를 한다. 남김, 잉여, 축적이 없는 사회, 미래를 보장하지 않는 사회, 그들에겐 지금 현재만이 있다. 지금을 살아갈 뿐이다. 우리가 보기엔 너무나 엄격하고 잔혹해 보인다. 우리는 불안한 미래를 생각하며 무엇이든지 쌓아놓기 위해 안간힘을 쓰는데 말이다. 그렇다면 어떻게 그들 사회는 노동이 아닌 삶, 매끈한 공간에서의 자유로운 행동, 놀이 같은 삶, 우리로서는 상상하기도 힘든 삶이 가능했을까?

매끈한 공간은 형식화되고 지각된 것보다는 사건이나 '이것임'에 의해 점유된다. 그것은 소유의 공간이 아니라 변용태의 공간이다. 홈 패인 공간에서는 형식들이 하나의 질료를 조직하는 데 반해 매끈한 공간에서는 재료들이 힘들을 지시하든가 아니면 힘들의 징후 노릇을 한다. 이것은 외연적 공간이 아니라 강렬한 공간, 측량의 공간이 아니라 거리의 공간이다. 외연이 아니라 강렬한 내포적 공간인 것이다.

—『천 개의 고원』, 질 들뢰즈, 펠릭스 가타리 공저, 김재인 역.

매끈한 공간은 힘의 공간이고 거리의 공간이지, 홈 패인 공간처럼 틀 지어진 형식이나 크기의 공간이 아니다. 그것은 무엇을 점유하고 소유하는 정주적 공간이 아니라, 힘들의 이동, 변용태들이 득시글거리는 유목적 공간이다. 매끈한 공간은 계속해서 이동하는 공간, 계속해서 다른 길로 비껴나가는 공간인 것이다. 그것을 들뢰즈는 한마디로 '사건', '이것임'의 공간이라고 말한다. 이 사건에서 저 사건으로 이동하면서 새로운 사건, 새로운 생성을 일으킨다. 이것은 바로 존재의 변이이다. 그렇다고 해서 매끈한 공간 자체가 해방적인 것은 아니다. 들뢰즈가 매끈한 공간을 강조하는 이유는 '매끈한 공간에서 투쟁은 변화하고 이동하며, 삶 또한 새로운 도박을 감행하고, 새로운 장애물에 직면해서 새로운 거동을 발명하고, 적을 변화시키기' 때문이다. 매끈한 공간은 매번 다른 도전, 매번 다른 놀이, 매번 다른 존재를 가능하게 만든다. 홈 패인 공간에 빠지지 않으려면 강렬한 힘이 필요하고, 동시에 이동하기 위해서는 가벼워야 한다. 가벼우면서 강한 힘이야말로, 삶을 노동이 아닌 놀이터로 만들 수 있다. 계속해서 다른 길을 찾아 떠나는 유목민의 힘이 필요한 것이다.

톤레삽 호수에서의 부자의 얼굴은 달랐다. 단순히 배로 한 바퀴 돌아주면 돈이 얼마다라는 생각을 하는 게 아니었다. 그 시간을 노동으로 만들지 않았으며, 그 과정 안에서 부자의 따뜻한 사랑이 피어오르고 있었던 것이다. 그것은 홈 패인 공간이 아니라 사건적인 힘, 강도의 차이가 생성되는 시간이었다. 그 시간을 보내며 두 부자는 새로운 존재들로 거듭나고, 둘의 관계에는 더 단단하고 따뜻한 무엇이 생겼을 것이다. 겨우 8살 남짓인 아이는 아버지를 도와주며 자기의 존재감, 자기의 힘이 더 커지고 있음을 느꼈을 것이다. 아버지 또한 아들의 도움을 받아야 해서 미안해하는 아버지가 아니라, 아들과 함께하는 그 시간을 온전히 기쁘게 받아들이고 있었다. 그 시간 안에서 그들은 서로가, 그리고 각자가 다른 존재로의 변이를 실행하고 있었던 것이다. 잠깐의 시간이었지만 그들의 모습을 보면서 학교도 못 가고 돈 버느라 고생하네라는 생각보다는 오히려 부럽다는 생각이 들 정도였다. 평생을 물 위에서만 살아야 하는 운명이지만, 그들은 매번 그 안에서 매끈한 공간에서의 차이를 만들어내고, 변이하고, 삶을 변주하고 있었던 것이다. 아니 오히려 그런 조건이기 때문에 같은 자리에서의 변이, 존재의 변이에 더 집중하는 것일지도 모른다.

죽어라고 열심히 일하다가 그것에 대한 보상으로 쉬어보겠다는 마음으로는 사실상 제대로 쉴 수가 없다. 제대로 잘 쉬겠다는 목표로 열심히 일했는데, 그 뒤의 쉼의 시간이라는 것은 오히려 공허한 시간이 될 뿐이다. 더 열심히 하면 더 여유 있게 쉴 수 있을 거라고 기대하지만 쉬기 위해 열심히 하는 한, 쉼조차도 목적이 되고 의무가 되어버리는 것이다. 열심히 쉬지 않으면 뭔가 손해 보는 기분이 드는 건 그래서이다. 주말이나 연휴가 되면 모두들 하나같이 영화관으로, 맛집으로, 여행으로 쉼의 시간을 채우려고 애쓴다. 노동의 시간은 여가를 위한 것이고, 여가는 노동에 의해 생긴 것이다. 거기에서는 존재의 이행, 존재의 변이가 일어나지 않는다. 노동과 여가라는 홈 패인 공간에 갇혀 다른 존재로의 이행이 불가능한 것이다. 이제는 매끈한 공간을 펼쳐내야 한다. 홈 패인 공간에서 빠져나와 다른 존재로의 변이를 실행해야 한다. 매끄러운 공간에서의 존재의 변이, 새로운 도전, 새로운 창조야말로 들뢰즈가 말하는 놀이이자 예술인 것이다.

나는 아침잠이 많다. 하지만 누가 깨우지 않아도 새벽같이 일어날 때가 있다. 다들 알다시피 여행 가는 날이다. 아이, 어른 할 것 없이 여행은 우리를 설레게 한다. 여행을 준비하면서부터 이미 얼굴 표정은 달라진다. 설레임과 기대로 가득 차서 길을 나선다. 왜 설레이는가? 낯선 세계, 낯선 사람들을 만나고 낯선 사건들과 마주치기 때문이다. 그러면서 낯선 나, 평소에는 볼 수 없었던 나의 모습도 발견하게 된다. 들뢰즈가 말하는 매끈한 공간이란, 낯선 나를 만난다는 의미에서 아마도 매번 여행을 떠나는 일일 것이다. 그렇다면 우리의 삶도 여행처럼 살 수 있지 않을까?

우리는 이제 선택의 기로에 서 있다. 삶을 노동과 여가의 시간으로 채울 것인지, 놀이와 예술의 시간으로 즐길 것인지. 하루하루 마지못해 채워야 하는 시간으로 만들 것인지, 매일 다른 나를 만난다는 설레임으로 일상을 맞이할 것인지. 겨울에도 놀거리는 많다. 고구마, 땅콩 등 수확한 것들을 따뜻한 아랫목에 앉아서 먹는 것도 꿀맛이고, 된장, 고추장 담그는 것도 재미있다. 제주도나 서울에서는 경험할 수 없었던 눈 쓸기도 해보고, 눈사람도 만들고, 생각해보면 겨울 놀이도 많다. 봄, 여름, 가을에 일하고 겨울에 쉬는 것이 아니라, 우리는 매번 다른 놀이를 하며 살아가는 것이다.

6

리듬 좀 타 볼까?

- 리토르넬로

시골로 들어오자마자 딸들도 떠나보내고, 갑작스런 상황 변화에 남편은 한참 우울증을 앓았다. 그런데 코로나 덕분에(?) 그렇게도 좋아하는 아이들이 다시 돌아왔고, 남편 얼굴엔 미소가 가득하다. 아버지 역할을 마냥 즐기고 있었다. 뭐 하나도 아이들을 시키지 않으려고, 청소며 설거지며 뭐든지 도맡아서 하려고 했다. 내가 좀 잔소리를 할라치면 남편이 바로 해버리는 것이다. 어차피 나중에 고생하게 될 텐데, 자기가 도와줄 수 있을 때 도와주는 거라나. 21살, 22살 딸들은 성인이 되어가는 출발선에 섰다가 다시 아이로 돌아왔다. 잠깐 나가 살면서 고생하다가 부모 옆에 와 있으니 이 생활이 편하다는 것을 알아버린 것이다. 말만 하면 아빠가 뭐든지 오케이를 해주니 아이들도 점점 이런 생활에 길들여져 가고 있었다. 그런 아빠와 딸들의 모습을 볼 때마다 나는 잔소리를 하게 되고, 이런 상황 자체가 스트레스가 되었다. 이건 아닌데, 딸들은 이제 어른으로 살아야 하는데라는 생각은 하면서도 내보내지도 못하고 속앓이만 하고 있었다.

겨울이 깊어지고, 코로나는 더 심해지고, 4명이 집 안에서 생활하는 시간이 점점 길어졌다. 남편과 아이들의 태도에 나는 더 이상 안 되겠다는 생각이 들었다. 딸들에게 이제는 각자의 생활 공간으로 가서 사는 게 어떠냐고 제안했다. 거의 아이들을 내쫓는 상황이었다. 아이들도 나름 편하지만은 않았는지, 따로 지내는 게 좋을 것 같다고 내 생각에 동의했다. 남편이 문제였다. 굳이 따로 지내지 않아도 되는데 왜 지금 이렇게 급하게 보내야 하냐고 화를 냈다. 3월이면 학교도 개강하고 어차피 떠나야 하는데, 왜 하필 이렇게 추운 겨울에 내보내야 하냐는 것이다. "당신이야 좋아하는 책 읽으면서 혼자 시간도 잘 보내지만, 난 외로운 사람인데 너무 하는 거 아니야?" 처음에는 화를 내더니 안 되겠다 싶었는지, 갑자기 불쌍 모드로 전환하면서 나를 어떻게든 설득하려고 했다. 내가 살짝 흔들리려고 하는데, 이번에는 아이들이 단호한 태도를 보였다. "나가서 사는 게 좀 힘들긴 해도 그렇게 하는 게 저희한테도 좋을 거 같아요. 아빠가 힘들어도 조금씩 적응해야지, 언제까지 우리가 같이 있을 수도 없잖

아요." 쇠뿔도 단김에 빼다고, 바로 다음 날 짐을 챙기고 출발했다.

평소에 같이 차를 타고 다니게 되면, 아이들은 자기들 취향의 아이돌 노래만 계속 틀어놓고 큰 소리로 따라 부르는 것을 좋아한다. 그날도 처음에는 아이돌 노래를 틀어놓고 따라부르고 있었다. 그런데 아빠의 우울한 기분을 풀어주려고 그러는 건지, 우리가 듣고 싶은 노래를 신청하면 틀어준다고 선심을 쓰는 것이다. 우리는 이때다 싶어 오랜만에 80, 90년대 노래를 신청했다. 10대, 20대 때 많이 들었던 노래들을 들으니 바로 그때의 마음으로 돌아갔다. 강변가요제니, 대학가요제니, 그 당시 핫했던 노래들을 들으면서 분위기는 점점 고조되었고, 한껏 감정을 넣어서 따라 불렀다. 뒤에 앉은 딸들은 이상한 노래를 들으며 흥분한 엄마, 아빠를 보고 있으니, 어이가 없다는 표정이었다. 한참을 신이 나서 부르다가 그런 표정을 보니 민망해져서 다시 아이돌 노래를 듣자고 양보했다. 평소에도 아이들 때문에 워낙 많이 들었던 노래들이었다.

그런데 이게 왠일인가? 노래가 2배속이 되어 나오는 게 아닌가? "얘들아, 노래가 이상해. 2배속으로 나오는 거 아니야?", "아닌데요? 원래 속도 맞아요.", "아니야, 그럴 리가 없어. 분명히 너무 빠른데? 뭔가 잘못된 거 아냐?" 아~! 그 순간 나는 아이들과 우리 사이에 가까워질래야 가까워질 수 없는 거리가 있다는 사실을 깨달았다. 세대 차이란 곧 속도의 차이이고, 리듬의 차이였다. 그리고 그 속도나 리듬은 우리 신체에 각인되어 있었다. 우리는 아이들과는 다른 속도에 맞춰진 신체로 살아가고 있다는 생각이 들었다. 우리의 신체와 아이들의 신체는 완전히 다른 것이다. 나와 남편은 아이들 세대의 노래를 들을 수 없는 신체이고, 서로의 영역은 완전히 다른 세계다. 우리 신체가 이렇게까지 견고하다는 사실이 놀라울 따름이었다.

들뢰즈는 존재가 곧 환경이고, 리듬이라고 말한다. 생물체의 존재의 변이나 이행이 환경의 변화를 만들고, 그 이행의 사이, 경계에서 리듬이 생긴다는 것이다. 존재와 환경은 서로 톱니바퀴처럼 맞물려 돌아가며 서로가 서로를 이동시키고, 그 삐거덕거리는 이행의 운동이 바로 리듬이라는 것이다. 사실 존재와 환경은 구분이 없는 셈이다. 환경의 변화에서 존재가 드러나고, 존재의 변화가 환경을 만들어간다. 그 변화의 과정 안에서 리듬이 생긴다. 리듬을 잘 타는 사람들은 대부분 자기를 개방하고 다른 것을 잘 받아들이는 유연한 사람들이다. 주변을 의식하거나 자기를 놓지 못하는 사람들, 나처럼 뻣뻣한 사람들은 리듬을 타기가 좀처럼 힘들다. 여기에서 저기로, 저기에서 여기로 들락날락 오르락내리락 자유자재로 이동할 수 있을 때 리듬을 제대로 탈 수 있는 것이다.

밤과 아침 사이, 인공적인 것과 자연적인 것 사이, 무기물과 유기물 사이, 식물과 동물 사이. 바로 이 둘-사이에서 카오스는 리듬으로 바뀌는 것이다. 카오스는 리듬과 대립하는 것이 아니라 모든 환경 중의 환경이라고 생각하는 것이 좋을 것이다. 코드 변환에 따라 하나의 환경에서 다른 환경으로의 이동이 일어나거나 또는 몇몇 환경이 서로 소통해 서로 다른 시간-공간이 운동할 때 리듬이 생긴다. 물론 리듬은 박자나 템포와는 다른 것이다. 왜냐하면 박자란 규칙적이고 불규칙적인 것을 떠나 반드시 코드화된 형식을 전제하며 이 형식의 측정 단위 또한 가령 변화하더라도 결국은 소통되지 않는 환경에 안주하고 마는 데 반해, 리듬은 항상 코드 변환 상태에 놓인 '불평등한 것' 혹은 '공동의 척도를 갖지 않는 것'이기 때문이다.

-『천 개의 고원』, 질 들뢰즈, 펠릭스 가타리 공저, 김재인 역.

그런데 왜 리듬인가? 왜 들뢰즈는 리듬에 꽂혀서 자기 철학 안에서 리토르넬로를 거듭 강조하고 있는가? 리토르넬로란 음악에서 사용하는 용어라서 좀 생소하긴 하지만, 쉽게 말해서 조성을 조금씩 바꾸면서 반복적으로 삽입하는 형식이라고 한다. 들뢰즈는 다른 학문에서 사용하는 용어들을 이처럼 자유자재로 가져다 쓴다. 단, 그 개념을 그 학문 안에서의 개념으로 한정 짓지 않으며 자신의 철학 개념으로 변주하며 사용한다는 것이 들뢰즈의 특징이다. 들뢰즈가 이렇게 철학을 하는 기법조차도 아마 리토르넬로 형식이라고 할 수도 있겠다. 들뢰즈가 『천개의 고원』에서 음악, 리듬, 소리, 리토르넬로를 이야기하는 이유는 다름이 아니라 소리가 가진 힘 때문이다. 소리나 리듬이 가진 영토화하는 힘, 동시에 반대로 탈영토화하는 힘 때문이다.

들뢰즈는 소리를 영토성으로 설명한다. '소리 벽'이라는 표현을 쓰는데, 벽의 일부는 소리적인 것이라는 의미에서다. 우리의 일상에서도 소리의 영토성은 흔하게 볼 수 있다. 책을 읽기 위해 음악을 틀어놓는다거나, 라디오를 켜놓고 설거지하는 주부의 경우 등도 모두 소리가 자기 영역을 구분하는 능력을 가지고 있음을 보여준다. 난잡하고 무질서한 카오스의 상태에서 소리는 하나의 통일된 질서를 부여하며 그 안에서 집중할 수 있게 한다. 많은 사람들이 소란스럽게 수다 떨고 있는 카페에서 음악을 크게 틀어놓는 것도 이런 이유에서이다. 그 음악은 각자의 영역을 확보하게 하고, 그 음악의 영토 안에서 자기의 세계에 집중하게 만드는 것이다. 하지만 소리의 속도나 리듬, 화음의 질서가 깨진다면, 바로 그 통일성이나 영토성은 파괴되고 말 것이다. 기존의 리듬이 다른 리듬으로 바뀐다면 곧바로 탈영토화가 일어나고 다른 영토로 이행하게 된다.

음은 우리 내면으로 침투하고, 우리들을 몰아내고, 질질 끌고 가고, 가로지르기 때문이다. 음은 대지를 떠난다. 하지만 그렇게 되면 우리는 검은 구멍으로 떨어지는 경우가 있는가 하면 반대로 우리를 우주를 향해 열어주는 경우도 있다. 음은 우리에게 죽음의 욕망을 부여한다. 가장 강한 탈영토화의 힘을 갖고 있기 때문에 극히 우둔하고 얼빠지고 장황한 재영토화를 일으키는 경우도 있기 때문이다.

—『천 개의 고원』, 질 들뢰즈, 펠릭스 가타리 공저, 김재인 역.

그야말로 음은 우리를 우리로 존재할 수 없게 만들고, 다른 '나'들로 끊임없이 이행하게 만든다. 음, 리듬, 리토르넬로에는 그런 강력한 힘이 있다. 그것은 모든 것을 파괴시키고, 죽음을 욕망할 정도로 강력하기도 하다. 지금 여기의 나를 파괴시키는 힘은 다른 우주를 향해 열어주는 것, 새로운 우주, 새로운 시–공간을 만든다는 의미이기도 하다. 그런 점에서 리토르넬로는 시간을 만든다. 특정한 인물이나 풍경을 환기시키는 상투적인 시간이 아니라, 지금껏 경험해보지 못했던 시간 말이다. 이제껏 들어본 적 없는 잠재력을 드러내고 전혀 다른 배치물로 끌고 들어가 매번 새로운 시간을 만든다는 것이다.

남편과 내가 옛노래를 듣는 순간, 우리는 50대의 중년이 아니라, 곧바로 30년 전으로 돌아가 20대의 젊은이가 되었다. 몸도 마음도 동시에 그때 그 시절로 돌아가서, 한껏 흥에 겨워 몸을 들썩이기까지 했던 것이다. 음악은 이처럼 강력한 힘을 가지고 있다. 하지만 나이가 들면서 이미 많이 굳어버린 우리는 다시 아이돌 음악으로 곧바로 돌아올 수 없었다. 새로운 리듬을 탈 수 없는 나의 신체는 내가 변이할 수 있는 역량이 너무나 부족하다는 것을 여실히 보여주었다. 아무리 책을 많이 읽고 공부를 많이 한다고 해도 나를 넘어서 다른 것이 된다는 것은 쉽지 않은 일임을 깨달았다. "시간이 변할 때만 시간이 드러나고 공간이 변할 때만 공간이 드러난다. 마찬가지로 존재가 변할 때만 존재가 드러난다." 언제가 정화스님이 강의 중에 하신 말씀이다. 변할 때만 존재가 드러난다는데, 어떻게 변할 수 있는 것인가? 그 자리에 머무르려고 하는 힘은 너무나 거세고, 불안보다 안정을 원하기 때문에 우리는 본능적으로 변화를 두려워한다.

들뢰즈는 이 질문에 대해 이렇게 답하는 듯하다. 일단 달려들어 모험을 강행하라고, 자신을 세계에 던져 이 세계와 혼연일체가 되라고 한다. 속삭이는 노랫소리에 몸을 맡기고 자기 집 밖으로 나서보라는 것이다. 소리의 힘, 탈영토화하는 힘은 조금은 알겠다. 그런데 어떻게? 어떤 노랫소리에 몸을 맡기라는 말인가? 여기서 말하는 속삭이는 노랫소리란 밖에서 들려오는 것이 아니라, 어쩌면 내 안에서 들려오는 소리일지도 모르겠다. 들뢰즈가 말하는 리듬은 내재적으로 잠재되어 있는 것으로부터 진동해오는 것이며, 그 리듬의 진동이 결국은 밖으로 터져나가 존재를 변하게 하는 것이 아닐까. 존재의 진정한 변화란 외부의 힘이라기보다 내부적인 힘에서부터 나오는 것이다. 리듬은 30년 전뿐만이 아니라, 어느 태곳적으로 돌아가게 할 수도 있을 것이다. 세포 단위, 아니 더 작은 분자적 차원에서 알고 있는 리듬을 끌어낼 수도 있을 것이다. 따라서 리듬은 나를 해체하는 힘이기도 하다.

낯선 것들과의 만남은 새로운 리듬을 만들어낸다. 단 그것은 내가 그 리듬을 타기 위해 나를 내려놓을 때 가능하다. 낯선 것들과의 만남에 온전히 집중하고 거기서 만들어지는 리듬에 나를 맡겨보는 경험은 나를 해체하는 경험이기도 하다. 나를 해체하고 자연스럽게 낯선 것들에 섞여 들어가는 것, 거기서 새로운 리듬이 생길 수 있다. 딸들을 내보내면서 마음 한켠에는 미안한 마음과 안타까운 마음이 있었다. 내가 편하고 싶어서 그랬나 하는 생각도 들었다. 하지만 이제는 생각이 좀 달라졌다. 딸들도 낯선 세계 속으로 들어가, 다른 소리들을 듣기를, 새로운 리듬을 탈 수 있기를, 새로운 존재들로 변화하기를 기대해본다. 딸들은 나를 진지충이라고 부른다. 뭐든지 진지하게 생각하려고 하니 당연히 몸도 마음도 무겁고 뻣뻣할 수밖에. 나도 이제는 진지충에서 벗어나 좀 가벼워져야겠다. 아이들 세대에 맞추기 힘들다며 피하기만 할 것이 아니라, 다른 리듬을 갖고 있는 아이들을 만날 기회가 생길 때마다 한껏 즐겨보리라. 나를 열어 어느 세계에든 가 닿을 수 있는 리드미컬한 신체가 되는 그날까지 ~~ 룰루랄라~~!!

홈 패인 공간에서 빠져나와
다른 존재로의 변이를 실행해야 한다.

매끄러운 공간에서의 존재의 변이, 새로운 도전,
새로운 창조야말로 들뢰즈가 말하는 놀이이자 예술인 것이다.

에필로그

'나'는 계속해서 태어나는 중

서울로 유학까지 보내줘서 돈도 많이 벌고 성공할 줄 알았더니 아무 쓸데도 없는 공부만 하고 다닌다고, 엄마는 50이 다 된 나를 보고도 노래 후렴구 반복하듯이 똑같은 말씀을 하신다. 나는 또 얼굴을 붉히며 똑같은 대답을 한다. 돈 쓸 줄도 모르고, 돈을 좋아하지도 않는데 뭐하러 고생하면서 버냐고. 엄마의 반복되는 반박, 왜 쓸데가 없냐고, 당신이라도 팍팍 쓰게 돈 좀 벌어보라고 농담처럼 하신다. 나의 대답은 '….' 화를 내거나 할 말이 없거나. 우리 4형제 중 3형제는 다들 번듯한 직장에서 나름 인정받고 다닌다. 엄마에게는 다들 자랑거리인데 나만 좀 이상한 자식이다. 분명히 당신 뱃속으로 낳았는데도 당신 자식인지 모르겠다는 푸념을 자주 하신다. 요즘엔 엄마의 레퍼토리에 한 가지 주제가 추가되었다. 그렇게 공부를 많이 해놓고 왜 이런 시골 구석에 처박혀서 하지도 못하는 농사를 하느냐고 타박이시다. 나의 가치는 항상 엄마의 가치, 혹은 세상의 가치에 어긋나는 것이었다. 내가 틀리다는 엄마의 소리나 세상의 소리를 자주 듣다 보면 나도 모르게 위축되었다. 겉으로는 난 다르다고 말해보지만 무의식 중에 세상이 말하는 가치에 맞추는 흉내를 내려고 했다. 그런 흉내는 나에게 맞지 않는 옷을 겹겹이 입고 사는 것 같았다.

글을 쓰는 과정은 나에게 맞지 않는 옷을 하나씩 벗어버리는 과정이었다. 글을 다 쓰고 나서 정리를 하는 동안 알게 되었다. 내가 왜 들뢰즈를 좋아하는지. 들뢰즈는 절대적인 하나의 가치, 하나의 진리는 없다고 말한다. 더군다나 생명에게는 어느 하나로 동일시되는 것이 죽음이나 마찬가지다. 그런데 우리는 모두 하나의 진리가 있는 것처럼 오해하고 그것에 맞추기 위해 자신들을 억압하고 살아간다. 무엇이 자기를 억압하는지 아는 것, 그리고 그것을 걷어내고 자신만의 차이를 드러내는 것이 중요한 것이다. 사회의 가치를 따라 무엇인가가 되기 위해서 애쓸 것이 아니라 오히려 무엇이 되려고 하지 말 것, 덧셈이 아니라 뺄셈을 해야 한다. 사회적 가치나 도덕이 누르는 무게로부터 좀 더 가벼워질 필요가 있다. 생명의 본질인 차이는 외부에서 작용 받는 힘이 작을 때, 가벼워질 때, 더 잘 드러난다. 들뢰즈는 거듭해서 말한다. 더 근본적이고 중요한 것은 동일성이 아니라 차이라고. 나의 다름, 나의 차이, 나의 존재를 긍정할 수 있는 힘이 생겼다. 차이에 대한 욕망이야말로 생명의 힘이고, 생명은 자고로 잠재적인 자신의 차이, 욕망을 현실화하는 것이다.

나는 같은 일, 같은 자리에 오래 있는 것을 못 견딘다. 왠지 내가 죽어 있는 것 같고 불안해진다. 자꾸 새로운 것을 찾아 방황한다. 혈기 왕성하던 젊은 시절에는 주기적으로 혼자서 기차 여행을 떠났었다. 한번은 강원도행 밤 기차를 탔다가 취객들 때문에 고생했던 기억도 있다. 결혼하고 난 후에는 아이가 있는데도 정체 모를 공허함에 떠나기를 반복했다. 이제 와 생각하니 매주 이사 다니듯이 캠핑을 다녔던 것도 계속해서 다른 길을 찾고 싶은데 찾지 못하는 데서 오는 불안함 탓이었다. 다르게 살고 싶다는 욕망, 차이에 대한 욕망을 바깥에서 채우려고 했던 것이다. 하지만 그 방법으로는 해결되지 않았다. 바깥에서 찾으려고 했던 차이는, 차이가 아니라 오히려 더 동일해지는 방식이었다. 그것은 어떤 것이 되었든 누군가의 삶을 흉내내는 것에 지나지 않았다. 동일한 반복이 아닌, 차이나는 반복을 위해서는 방향 전환이 필요해졌다. 바깥으로가 아니라, 안으로. 그 방향 전환의 키는 질문하는 것에 있었다.

방황의 끝에서 만난 글쓰기는 매번 나를 기존의 자리에서 다른 자리로 가게 하는 또 다른 여행이었다. 다르게 살고 싶다는 마음은 계속 질문을 하게 만들었다. 그것이 사회의 가치인지, 나의 가치인지, 사회의 욕망인지, 나의 욕망인지 묻게 된다. 질문을 하고 길을 찾고, 그 길에서 다시 또 질문을 하고 또 다른 길을 찾고… 어느 지점에서 어떤 질문을 하는지가 바로 나라는 존재였다. 질문을 하는 지점들이야말로 새로운 나를 생성하는 변곡점들이었다. 질문이라는 변곡점들의 자취들이 바로 나인 셈이다. 새로운 나의 세계들이 하나씩 둘씩 만들어졌다. 기존의 가치를 허물고 새로운 세계를 쌓고, 다시 허물고 쌓기의 반복. 세상의 가치, 일반적인 가치들에 질문을 던지고 다른 길을 내는 것이 나를 만들어가는 과정이다. 세상의 이야기에 흔들리지 않고 휩쓸리지 않는 힘이 조금은 생긴 것 같다. 새로운 길을 내면서 간다는 것은 힘든 여정이지만, 길을 내는 과정에서 오히려 나는 편안하고 가벼워졌다. 그런 면에서 글쓰기는 나에게 구원과 같은 것이었다. 어딘가를 향해서 가야만 할 것 같아 방황했던 시간의 끝이 보였다.

글을 쓰는 동안 또 다른 기쁨을 맛보았다. 글을 써 가면서 이해하기 어려웠던 들뢰즈의 개념이 조금씩 이해가 되는 것이었다. 처음에는 들뢰즈의 개념들이 이해가 안 돼서 이 책, 저 책 찾아서 다시 읽기를 반복했다. 글을 써내야 한다는 의무감과 더 제대로 알고 써야 된다는 생각이 책을 집중해서 읽게 했다. 그 어려운 책들이 읽히는 게 신기할 정도였다. 그리고 일상에서 생기는 질문들을 가지고 책을 읽다 보니, 공부로만 책을 볼 때는 이해 안 되던 것이 이해가 되기도 했다. 글쓰기 초반에는 글을 시작도 하기 전에 걱정부터 했다. 무엇을 쓸지, 어떻게 써야 할지, 머리가 복잡해지고 스트레스를 많이 받았다. 글 쓰는 꿈까지 꾸기도 했다. 그런데 글 쓰는 시간과 양이 점점 늘어날수록, 엉덩이를 무겁게 할수록 마음이 가벼워졌다. 일단 한 줄 쓰기 시작하면 그 한 줄이 다음 한 줄을 만들고 다시 다음 한 줄을 만들어주었다. 그 이후로는 미리 생각하고 걱정하지 않기로 했다. 질문을 놓지 않고 가다 보면 길이 보이겠지 하는 믿음이 생기고 힘이 생겼다.

매주 글을 하나씩 써내는 과정은 강도 높은 훈련에 가까웠다. 일상 속에서 사건들은 매번 일어났다. 사소한 사건부터 큰 사건까지. 사건들을 겪어가는 과정의 한복판에서 감정을 다스리고 글을 쓰기란 쉬운 게 아니었다. 사건에 매몰되어 감정에 휘둘리면 책 읽기가 버거웠다. 감정의 소용돌이에 빠져서 지금 한가롭게 글이나 쓰고 있을 때인가라는 회의감도 들었다. 그것을 이겨내는 것이 진짜 훈련이었다. 감정을 추스르고 글을 쓰기 위해 다시 들뢰즈에게로 돌아왔다. 글을 쓰는 동안 감정의 소용돌이도 조금씩 가라앉았고, 거기서 내 나름의 답들을 찾아갔다. 살아가면서 진짜 힘든 것은 지나간 감정들을 자꾸 곱씹어서 생기는 것이다. 글쓰기는 지나간 감정들에서 벗어나는 연습이 되었다. 한 발 물러서서 나를 바라볼 수 있는 기회였던 것이다. 사건들 속에서 쓰는 글쓰기는 하나의 실험이기도 했다. 글 속에서 찾아지는 내 나름의 해답들을 삶 속에 적용시켜보았다. 글이 삶이 되고 삶이 글이 되는 경험들이었다. 글만이 아니라 삶도 하나씩 지어가는 것이었다. 내가 지어가는 나의 삶, 거기에는 긍정만이 있을 뿐이다.

내가 나를 긍정하는 것처럼 각자는 모두 긍정의 존재다. 우리 모두에게는 각자가 살아온 이야기, 각자가 지어가는 이야기들이 있다. 그 이야기는 모두 다를 수밖에 없다. 지금 그 사람이 그렇게 하는 데에는 그 사람이 살아온 이야기의 맥락 안에서 일어나는 것이다. 엄마의 이야기도 당연히 나의 이야기와 다르다. 엄마에게 나를 이해하라고 강요하거나 나를 이해해주지 않는다고 화를 낼 일이 아닌 것이다. 단지 엄마와 내가 다를 뿐임을, 누가 틀린 것이 아님을 알게 되었고 분노의 감정은 수그러들었다. 엄마의 습관적인 성화에도 웃으며 가볍게 넘길 수 있게 되었다. 후렴구처럼 엄마의 말은 반복되지만, 그때마다 말없음표로 있거나 얼굴 붉히며 화내던 태도에서 한 발 물러설 수 있게 되었다. 돈도 안 되는 공부 좀 그만하라는 엄마의 성화에 이제는 웃으면서 대답한다. "재미있는 걸 어떡하라고? 공부하는 게 재미있고, 시골이 좋아. 그냥 재미있는 거, 좋은 거 하면서 살려구~ ㅎㅎ" 나의 능글맞은 웃음에 할 말 잃은 엄마 왈, "게매, 너 ᄆᆞ슴양 허라게~~" (그러게, 네 멋대로 해라~~.)

봄에 시작한 글이 겨울이 끝날 무렵 마무리되었다. 1년을 뒤돌아보니 봄, 여름, 가을, 겨울의 나는 정말 다른 사람들이었다는 생각이 든다. 계절이 봄이면 나도 봄이었다. 모든 게 새롭게 싹트고 있을 때 나에게서도 무엇인가 싹이 트고 있었다. 계절이 여름이면 나도 여름이었다. 자연의 성장 속도가 빠른 만큼 내 삶의 속도도 빨라졌고 급했다. 가을엔 풍성함으로 나를 채우고 있었고, 겨울엔 계절도 나도 함께 마무리 짓고, 고요한 시간을 보내고 있었다. 계절은 그렇게 나를 통해서도 지나가고 있었고 다른 나를 만들고 있었다. 주변의 모든 것들은 또한 그렇게 나를 통해서 지나갈 것이며, 지나가는 그 순간마다 나는 다른 강도로, 차이 나는 존재로 새롭게 태어날 것이다.

참고문헌

질 들뢰즈 저, 김상환 역, 『차이와 반복』, 민음사, 2012

프리드리히 니체 저, 김태현 역, 『도덕의 계보/이 사람을 보라』, 청하, 2011

질 들뢰즈, 펠릭스 가타리 공저, 권순모 역, 『카프카, 마이너 문학을 위하여』, 크리틱, 2021

질 들뢰즈, 펠릭스 가타리 공저, 김재인 역, 『천 개의 고원』, 새물결, 2003

질 들뢰즈 저, 이경신 역, 『니체와 철학』, 민음사, 2001

질 들뢰즈 저, 박정태 역, 『들뢰즈가 만든 철학사』, 이학사, 2014

질 들뢰즈 저, 하태환 역, 『감각의 논리』, 민음사, 2019

질 들뢰즈, 펠릭스 가타리 공저, 김재인 역, 『안티 오이디푸스』, 민음사, 2016

질 들뢰즈 저, 현영종, 권순모 공역, 『스피노자와 표현 문제』, 그린비, 2019

질 들뢰즈 저, 서동욱, 이충민 공역, 『프루스트와 기호들』, 민음사, 2013